野川

furui yoshikichi

古井由吉

講談社 文芸文庫

JN053654

目次

野川

埴輪の馬

私の机の上に馬がいる。掌の内に納まるほどの、埴輪の馬である。昨年の暮れの中山の競馬場で、秩父に住まう人が土地の土産にさまざまな馬の形の素焼の飾り物を、来春の午年の縁起にそれぞれ小袋に入れて配ってくれたその中から、この馬が私に当たった。あの日、私の買った二頭の馬でもう勝負の決まりかけたところへ余計な馬に間に割り込まれて、相も変わらず半端な眼だとぼやいたが、ややあって考えてみれば私の馬券もすべてはずれたわけでもない。よほど小振りの好運にはなるけれど、とにかく、取ることは取ったと息をついた。そのとたんに、逸した魚の大きさも算えられて無念やら有難いやら、その足で競馬場の町の蕎麦屋で忘年会も済まし、都心を地下鉄で横切って夜の更けかかる頃に家の近くまで戻り、二軒手前のお宅の前を通り過ぎる時、もう十年ほども昔、同じ年の瀬の日曜の中山からの帰りに、そこの扉から忌中の札が目に止まって、はてと首をかしげながら家に入り仕事部屋の机の脇やら棚の上やらを掻き回すと、つい何日か前に届いた、千葉の先のほうに再入院中のその人からの、葉書が見つかった、ということのあったことを思い出した。

年内には帰宅出来る見通しが出て参りましたことを唯々感謝しております、とあった。消印は八日前の土曜日だった。よいお年をお迎えの程御祈り申し上げます、と結んであった。

あの年末のこの晩は今年にくらべるとずいぶん寒くて、葉書を持つ手がひりひりするようだった、とひとりでに凍えてくる手を上着の懐に突っ込んで、その手にまず付いて出て来た生温い馬を、これは何だと眺めて、それにつけてもゴール前の際どい逆転の光景が性悪な嘲弄の面相を剝いたが、酔いの機嫌にまかせてまもなく眠ってしまった。翌朝、日が高くなってから目を覚まして起き出すと、机の上に馬が、昨夜はポンと放り出したつもりなのに、行儀よく前肢を揃えて立ち、こちらへ頭をうつむけて、主人を乗せて出かけるのを待っているような様子だった。

——頭《かしら》の露をふるふ赤馬《あかむま》

古句が浮かんだ。埴輪の形《なり》はしているが、どう見ても駄載馬《ださいば》の風情である。主人は場末の居酒屋で埒もない機嫌でいるうちに、店の外では呼びもしないのにお迎えの馬が来て夜露に濡れて待っている。これも寿命の尽き方か、とちょっと考えこんだのは、昨夜の蕎麦屋で年にしては少々、躁《さわ》ぎ過ぎたせいであるらしい。しかしいつなんどき長い旅に出るか知れないとしたら、その時にはこんな素直《すなお》そうな馬が伴をしてくれるなら、どんな心安らかなことか、とまでは言わないが、妙な物に呼ばれるよりはよほど、先途は心やすい。あまりおとなしく立っているので、まだ早いとは思うけれど、つい乗ってしまうことにもなるか。

とにかく気に入った。それからは深夜に仕事を済ませて机の上を片づけると、端のほうにぽつんと、馬の姿が俄に目に立って、机の上が野とひろがり、風も渡るようで、何かしら良き旅立ちへの約束を感じさせた。そんな約束はいまさら私にあるはずもないが、しばらく気が暢びるというのも、床に就く前には、酒に劣らず助かる。そのうちに、仕事の最中には乱雑をきわめる物に順々に押されて、馬が横に倒れている、ということが度重なり、折角近頃出来た伴《とも》なので、机の向端《むこうはし》の、壁際に置いた円い缶の上に、これを祭ることにした。食べた覚えもないがプラムケーキの入っていた小さな空缶で、今はパイプ煙草の吸殻や鉛筆の削り屑をいったん溜めるのに使っている。丈は低いが、蓋の表には青地に黄金色の筋模様が波打つように流れている。麦の穂を象《かたど》ったものらしい。その上に馬を立たせると、露けき島国の駄載馬ではあるが、その前からはるばると、机の上の野よりもまだひろく、風に靡く草原が伸びた。

――眼を打ち開いて眺めよ。青い眼薬を塗れ。

青い眼薬が、言葉だけでも眼に染みた。軟膏状の物らしい。あるいは香油であって、眼に差すのかもしれない。青でなくては眼は澄まない、と思った。出立か出陣か、一隊に気合いを掛ける族長の声と聞いた。行く手に沙漠がひろがった。

──虚無の外套《マント》を纏い、滅却の盃を干し、消失への欲求の胸当てを着け、非在の頭巾《フード》を被れ。絶対無条件の断念の鐙《あぶみ》に足を掛け、何ひとつ無き境へ決然と駒を進めよ。中心の内にあろうと中心の外にあろうと、下へ沈もうと上へ漂おうと、万物の一体に付いて、脱・生成の帯を腰に巻きつけよ。

そして、眼を打ち開いて眺めよ、青い眼薬を塗れ、と励ます。

八百年ほども昔に生きたイスラムの神秘家詩人の、「七つの谷」と題する記から、おそらくいくつかの言語に谺《こだま》して、二十世紀になりドイツ語に訳され、断片として私の耳にまでようやく響いて来た声である。これを初めて読んだ当時、私は五十代のなかばで大病の直後になり、私としては深遠に過ぎるはずのこの出立の激励を、考え渋りもせずに、呑み込んでしまった。気合いに押されたか、呑み込んだはいいが喉に閊《つか》えて喘いだ。腑に落ちるも落ちぬも、そこまで届いていない。

あの頃、私はまだときおり喘ぐ癖を病気から持ち越していた。気がつけば、喘いではいないのだ。むしろ息をひそめている。まわりも平穏である。その平穏さがそのまま、嵐のように感じられる。いや、そうではない。そう感じた時には、嵐のようなものはもうおさまっている。遅れて息が走り出す。

　身動きのならぬ病床でも、実際に喘いだことはほとんどなかった。一度息を走らせたら、辛抱が破れて、喘ぎが止まらなくなるとおそれた。しかし細く揺らぐ平衡がどうにか落ち着いたかという時に限って、安堵の隙を窺っていたように、笑いにも似た喘ぎの衝動がゆっくりと上げて来て、自分で自分を、剝離気味に眺めるうちに、制止の限界にかかり、手足までがひそかに、責任の分担を放棄して躁ぎ出す。砕けかける波の壁の、巻き込まれる間際の、透明に伸び切った碧《あお》を想った。それを堪《こら》えるだけ堪えて、長い息を抜く。喘ぎにはならないが、その平穏そうな息があたりの静まりの中で何かの間違いのように、聞こえることもあった。

　自分は中心にない、自分が自分の中心でもない。苦しくても現にそうであって、涯《はて》も知れぬ宙へ浮かされてしまっては中心も何もないようなものだけれど、これを考えようとすれば、なかなか考え切れることでない、と切迫したような悠長なような歎き方をした。手術直後の夜の、寝覚めか寝入り際のことだ。全身麻酔の後遺が夢醒の境に出たものらしい。それでは中心はどこだ、中心の見当がおおよそにでもつけば、そこから遠くはずれた辺に浮いていても、自分のありかは、ありかだ、ともどかしがる。やがて徒労の問いだと思った。自分が自分の中心でなくなれば、外にある中心の、見当もつけられるものでない。見当と言うも無意味だ。一羽の黒い鳥が宙を飛んでいる。飛んでいると言えない。浮游しているのか墜落中なのかも分からない。一羽と見たが、一羽で連続しているかどうかも怪しい。幻像としてもさらに徒労だ。しかしどこかで、自分からも中心からもはずれた辺で、心臓の鼓動が聞こえた。

物を考えているな、としばらくしてその現場をいまさら押さえた。言葉で以って考えている、と驚いた。中心の失せた宙に、見当がなければ、言葉もあるはずがない。始めに言葉ありきとは、そらおそろしい恣意ではないのか、と目をひらいた。白い天井が、あれは天井かとつぶやくと、渋面を剝いた。

物の音には助っていた。ときおり夜の廊下を伝って、看護婦の声の切れ端や、患者の寝言か吐息らしいものが届く。これもこの際、物音の内に入る。人の声ながら間遠な雨垂れの音ほどに点々と孤立して聞こえる。一点立つと、藁にでもすがる心が動いて、死物狂いみたいな面相まであらわれ、空を摑む。間を置かずにもう一点立てば空間がまとまり、もう何日も寝たきりで見ていない廊下が浮かびかかるが、しばらくすると、いましがたの音が、それぞれ無関係に水の中から立つ、二本の得体の知れぬ杭のように、見えて来る。音がただ見える。聞こえた名残りもない。

しかし何事でもその場の限りはある。そのうちに音が続いて、声のような音色をその間にふくみ、廊下がまっすぐに伸びて、そのはずれの角を折れてすぐのところに談話室があり、窓の眺めがあり、忙しく働く女の匂いがして、中心もないところで男と女はよくも、間違えず交われるものだ、と妙なことに感心しながら、まるで寝床をしつらえなおされたように、寝相は変えるわけにいかなかったが、まるまりこむ気持で眠ってしまう。

いくら寝覚めを繰り返しても、何度変なところへ投げ出されても、いずれ夜は明ける、と眠り際につぶやいて、しかし誰のためにと夜は明けるものではない、人はいなくなっても明ける、と声の聞こえたこともあったが、眠りは破れなかった。

バスに乗って家に帰って来た。

嵐のようなものを感じるようになったのは、家に戻って床上げも済ませた後からのことだ。病院の寝たきりの床の、黒い鳥の飛ぶ宙には風も吹かなかった。嵐の切迫を孕むには広漠に過ぎた。暗くも明るくもない。光とも感じられぬ仄白さが隈なく渡っていた。切迫は身の内にあり、これを仮にも外へ投影しようとするのは、その身のありかさえ押さえられないのだから、これこそ身の程知らずのことだ。鳥は火難除けの団扇《うちわ》の八咫《やた》の鴉ほどに平らたくなった。

病み上がりの身体には、まだ内圧と外圧との釣合いが保ちきれなくて、ときおり吹込みのようなものが起こるのだろう、とそれぐらいに取った。いずれ龍巻の中でも退屈するようになる。しかしそのうちに気がついたことに、壁の時計へ目をやる、あるいは窓の翳りに午後の移りを眺める、あるいは毎日おおよそ決まった時刻に表で立つ音をまた耳にする、そんなことを境に吹込みは起こるようだった。露《あら》われた時間にたいする反応であるらしい。それでは無常迅速に感じてかと言えば、病み上がりにしても柄にもないことであり、時間の流れには苦しんでいない。刻々の進みと折り合っている。その今に感歎して、その自足にあらためて潰ろうとするとたんに、風は巻きはじめる。喘ぎよりも安堵の息の洩れるはずのところを、不可解なことだった。

どのみちたいした喘ぎでもない。並みの家の内の平坦な暮らしも病院にくらべれば起伏はあり、立居の端々に喘ぎのようなものはつきまとう。机の前に坐って漠然と物を読んでいるという無為もさしあたり労働の内である。ときおり体力の尽きるのも不可解ではない。喘ぎは動力を蒸《ふか》そうとしているようなものだ、とそう思いなしていたところが、春ももう深くなった暮れ方のこと、

——仏たちかくれては又出づる世に
　かれし林も春風ぞふく

たまたま読んでいた古い連歌の、この渡りに差しかかり、喘ぎが起こって、この時には止まらなくなり、これは尋常でないと呆れた。

過去現在未来の三世三千仏という時空の長大さに、生身が苦しんだか。しばらくの間でも刻々と息を詰めるようにしてしのいで来た病み上がりにとって、息の走りそうなところではある。しかし病院では寝たきりの床でも芭蕉たちの連句を切れ切れに読んでいた。家

に戻って机の前に腰を据えられるようになるとかえって、時間の流れのしばしばあの程度にも烈くなる連句には堪えられない気がして、手に取ったのがこの宗祇たちの連歌ではないか。勘は当たって、連歌を運ぶ悠長な、一身の拘わりようもない時間に、病後の心身がおのずと馴染んで、以前のようには急がず躓《つまず》かず、屈折も散乱も来たさず、句から句へなだらかにたどっているのを、訝りなかばに悦んでいた。三世三千仏の時空も、受け止められなければ頭の内が白くなるまでのことで、その白さにも自足がないでもない。

枯れし林も春風の句に喘ぎは誘い出された。釈迦の入滅を思ったわけでない。入滅に感じて祇園精舎の沙羅双樹の枯れたという話も忘れていた。

ただ、枯木の林に春の風が吹いている。そして息が走った。

花の林ではない。楢櫟の雑木林だ。家の近間にある。薪炭用に伐られなくなってから百年は経つ。まだ芽吹き前の、春めいた夕日に染まって樹皮が幹から枝まで紫の艶を帯るのを、毎年その時季になると、花よりも花やかだと眺めて来た。今年は二月下旬の風の暮れ方に幹がてんでに竿か帆柱のように揺れるのを眺めたきり翌日に入院して、四月に入って家に帰って来た頃には、林はもう青く烟って周辺の花は盛りを回りかけていた。

年々見馴れた光景が、わずか一年閑却にされたばかりに時空に迷って、永劫のほうへ惹き寄せられる、というようなことはあるものだろうか、と息のおさまるにつれて考えた。長閑な春風に吹かれていても、激しい永劫の嵐に揉まれた後の姿になるか。枯木の林はあくまでも現在だった。実際にはひと月あまりも時季遅れの光景であり、今は無いわけだが、遅れたその分だけよけいに現在と感じられた。これから駆けつければ、そのとおりに枯木が春の風に吹かれているはずであり、それが見えないとしたら、見えない眼のほうが間違いであり、現に在る物の前では、間違いは立ちどころに、足もとから消え失せなくてはならない。それでようやく、光景は成就する。春風は吹く。

この辺はもう、やや大仰に喘いだ者の照れ隠しのようなものになり、いずれ自分の手に余ることのようなので、春風には慇懃に謝って離れ、

――山はけさいく霜夜にかかすむらん
　けぶり長閑に見ゆるかり庵

長閑のうちにもすこし剣呑な、嵐のまた潜みそうな気配はないでもなかったが、たっぷりとした流れには宥められて、

――いやしきも身ををさむるは有りつべし
　人におしなべ道ぞただしき

挙句まで来て不調法ながら仮にもかしこまり、余計な諧謔の念の起こらぬ先にと机の前から立ち上がると、神経麻痺の名残りで脚が棒のように揺らいで、馴れたことではあったが、思わず顔が切羽詰まった。

枯木の林に春風の吹く光景は、自分がそれを眺めたのではなく、林のほうが自分を眺め

たのではないか、と考えた。お前は現に生きているが、ここから眺めれば、現に死んでもいる、わからないのか、と声が聞こえた。
まるでわからなかったが、一度考えたことはそのうちにまた考えるだろう、と捨てて通り過ぎた。あれから十一年になる。

辛抱強く立っているじゃないか、と机から目をあげて、缶の上の馬に感心していた。別に辛抱しているわけではないが、としばらくして思った。もう春に近い夜のことだ。啓蟄《けいちつ》と暦には見えた。まだいたのか、と言うような訝りは残った。ひさしぶりに馬をつくづくと眺めたことになり、ここ何日も続けて家に居っきりだったのに、もう長いこと年甲斐もなく、ここを留守にしてどこぞをほっつきまわっていたような、間の悪い気持がした。素焼の土に穴を明けただけの眼が、生きた眼よりも、よほど生きて見えた。土産物にせよ埴輪の馬である。主人がとうに蓋の下に入っても、主人の生前とすこしも変らず、つぶらな眼をひらいて控える。暗闇の中でもひとりうなずくように頭の露をふるう。主人は永劫へ還るための宴会の最中である。

昔、焼物を愛でる老人が、まだ若かった私に、ほろ酔い機嫌で話したことがあった。一時はかなり蒐《あつ》めて御執心のこともあったが、年を取るにつれて自分でも思いのほか気前よく、何かの礼に人に贈ったり安く譲ったりして、今残っているのは大した値打の物でもない。あの世まで持って行く了見もさらにないが、なにせ手前の手垢が染みついて、人手に渡すのも気がひける。手放すにも手遅れということはあるものだ。手もとに最後まで置いておくよりほかになくなった。それにしても夜更けに取り出して眺めるありさまは我ながら、起き出して銭を算えなおす守銭奴に似る。執着の影は、当時の執着そのものより、烈しいものらしい。焼物を撫でるのに白髪振り乱すわけでないが、手もとから起こって、鬼気がすうすうと走る、と若い私をおどすほどには、意気はまだ盛んだった。さらに私をからかったか、焼物と押し問答を交わす、と話した。私の覚えているかぎり、おおよそこうである。

――俺が死んでも、お前らは残る。

――それは、わたしらはもともと、死んでますから。

――何を言う。俺よりは生きてるって顔をとうにしてるぞ。そう思ってるんだろう。

――わたしらは物を思いません。

――思おうと思うまいと、何にしても絶対優位にはあるな。しらばっくれるな。

――叩き壊したらどうですか。

――そんなことをしてやったら、よけいに死ななくならあ、お前らは。

――いっそ早く人手に渡したら。わたしらは構いません。

――その、構いませんてのが、気に入らねえ。人に呉れたって、この手が覚えてら。知っているか、人は最後に手だけになって絶えるんだ。

——思わなくなれば済むことです。わたしらみたいに。

——アハハハ、語るに落ちたァ。やっぱり、俺の済むのを待ってやがら。楽しいだろう。

一人で埒もない憎まれ口を叩いて、手前で眺めていたって楽しいぐらいのもんだ、と老人は笑って話を切り上げたが、しばらく両手をひらいて見つめていた。その手が私の眼には妙に大きく、いかつく映った。

——山王の桜に三猿《さえん》三下がり
子供の頃に覚えた歌がふいに浮かんで、あえぬ手と手と手々と手と手、と下の句が狂って走った後に、猿が三匹、縦に繋がって、静かに吊り下がった。それぞれ眼を剝いた猿面に、女人を抱く、抱き極まった男の顔が見えた。

——青い眼薬を塗れ
埴輪の馬が気合いを掛けるわけもないが、馬の背後から風に乗って声が聞こえて一瞬、一瞬だけ、いよいよ出立か出陣かと、身が締まった。革の擦れる、鉄の軋む、熱い臭いが鼻の奥にふくらんだ。息を抜いて、その眼薬がまだ手に入らなくてな、と及び腰に馬に向かって答えていた。物が歪んで映るという気味の良くないこともあって、人にたずねて回っているのだけれど、と言訳めいた。息は抜いたが、喘ぎは気配も起らない。年の衰えは進んでも、身体は病後よりも図太くなっているものと見えた。

あれは何だったのか、とまた馬を眺めた。病後のあの時に、この馬がいたなら、もうすこし取り留めがついていたようにも思われた。

虚無、と言った。滅却、と言った。消滅と、非在と、言った。絶対的な断念に、無可有の境と来た。中心の内だろうと外だろうと、沈もうと浮かぼうと、と畳みかけた。生硬でも、あるいは生硬だけに、あの手の言葉には、病後の心身はまだ感じやすかった。思いのほか吸引力があり、剣呑でもあった。

しかし、万有の一体に融けて、生成を脱せよと、つまりは、おのれは消えろとの、引導みたいなものにしては、外套を纏い、盃を干し、胸を鎧い、頭巾を引き被り、鐙に足を掛けて決然として駒を進めよとは、比喩ながら何と盛んな景気だ。目のあたりに砂埃が巻き揚がり、山も動くほどのものだ。滅却どころではない、と驚いたのが、訝りとなって薄まる閑もなく、呑みこまれてしまったようだ。喘いだのはその始末、不始末だったか。

退院してからだいぶ経っていたので、いまさら意外な反応と怪しんでいたが、病後の生命の細りはあんがい遅れて端境期に、本人も知らずに、一時生じるのかもしれない。その後しばらく、盛んな滅却という、言葉ではなくて光景、光景にもならぬ影が眼の隅に見え隠れに残った。普段は思うこともなかったが、夜の机に向かううちに心身から躁がしさが落ちて急に静まるということがあり、何かの気配が部屋の内へと忍びこみでもしたように、周囲の物たちの、動向らしきものを窺うふうにしている自分に気がつく。動向も何も、変哲のあるはずもない。物は置かれた所にそのままある。自分から居場所を変えるような愛想もない。主人が亡くなっても同じこと、主人の手の最後の跡を互いに脈絡もなく表わすばかりだ。

その片づけ方に主人の名残りを実直にたどろうとする者がもしもいたとしたら、あの男、仕舞いに少々狂っていたのではないか、と疑うかもしれない、と突き放して、怪しげな横目をほどきながら、盛んな滅却とはこれだ、とひとりでに合点が行って、何が、これだ、と呆れた。物はそれぞれ、常に滅却しつつあるので、常に在るのだ、と呆れながらさらに思った。滅却へもどかしくのめるほどに静まり返って在る、あの堅固さはそうでなくては成り立たない、生起は滅却と一緒だ、存在は刻々の交代か更生だ、と言いつのり、自分で辟易させられた。

それでは何か、減価償却みたいなものか、となぶる余裕はあった。それとも負債の償却、自転車操業か、と嵩に掛かろうとしたところで、この揶揄《からかい》には心臓のコトリと応えたのを笑って、病院では物をすら、恨んだことがあったようだな、と振り返った。物の間に寝ていても見えるのは、首が固定されて左右に振れないので、天井と足もとのほうの壁ばかりだった。その距離がどうかすると定まらない。人間でも獣でも起きてこそ物への測定は成るものだ。四六時中仰向けの眼には空間も浮動しやすい。自身は横になっているはずなのに、天井と壁と、水平と垂直とが紛らわしくなる。

枕元に置かせた物を取るにも、天井を眺めて手で探る。そのつど、遠近が異なる。欲しい物に限って探り当てられずにいると、手の先から物が順々に退いて、逃げた分だけ躁がしい生気を帯びる。やがて入用でもない物たちまで躁ぎ出し、床回りは声にならぬ賑わいに満ちる。緩慢かと思えば急になる。まるで莫迦囃子だ、と呻いた。

それは、在るということは盛んなものだ、それだけでも物狂わしいほどのものだ、と寝たきりの恨みを取りなしていた。しかし恨むほうも、恨むからには、刻々と在ったわけで、物の間から零れかけても莫迦囃子の一部ではないか、とたしなめようとして、遠い心地になった。眉がきつくしかめられ、眼が遠くへ惹き込まれていく。正午を回った陽差がもう飽和の域に入った。物見のような高台の端《はな》に立っていた。土で築き固めた城塞の、千年の風化の間を登って来た。見渡すかぎり不可解な土の柱や壁ばかりで、物の形もろくに留めていないのに、狭い所を抜けるたびに、人の居住の跡がくっきり浮かんだ。朝方には木乃伊《みいら》を眺めた。顎を落して永遠の哄笑の表情を見せていた。その赤い肌が炎天の下を登る肌に乗り移り、もう汗も出ないのにじくじくと脂が染み出す。午前の市場の屋台で喰った羊の焙《あぶ》り肉の臭いが胃から昇って土の臭いに混じった。

一頭の馬が草原をまっしぐらに遠ざかって行く。乗っているのは少年と見えた。陽炎の中へ馬の姿の消えないのが不思議だった。しかし眺めるうちに、眩しさにしかめた眉をここに残して、自分のほうが消えて行く。魂がさらわれて行く。魂という言葉をひさしぶりに口にした。還って来るのはいつか、五年先か十年先か、どこで出会うことになるのか、と思った。病気になる七年前のことだ。

思うということほど、そらおそろしい間違いもないのだろうな、と埴輪の馬に向かってたずねていた。六十四歳になった。しかし今ここで自分が思うのはここ限りのことであって、その外の事については何も思っていない。思っていないということを思ったところで、わずかな域も覆えるものでない。どこぞの道端に小さな灯が点って揺れている、というほどの間違いはあっても、それにはとうてい照らされぬ広大無辺の野が現にひろがっているのだから、見る見られるはこの際少々の偶然の立場の違いに過ぎず、お互いにおおよそ、一緒ではないか、と馬に摺り寄った。返事を求めたわけではないが、野の風に感じたなら、その短い前肢をちょっと踏み変えるぐらいのことは、してもよさそうなものなのに、とおかしな不足を覚えた。

夜半に家に戻り、机の上に物を放り出そうとして、馬と眼が合った。土に穴を明けただけの眼は、視線が射さないので、人の眼と合うわけがない。気のせいである。まだその時でもない。

満開の桜並木の下をたどって来た。ことさら花を仰ぐでもなかったが、白髪がよけいに白く照るようだった。ずいぶんの旅をして来た。年の感慨ではない。年のせいには違いないが、近頃、日のあるうちに家を出て夜更けに家の近くまで戻ると、そんなに足を伸ばしたわけでなく、あちこち訪ねたわけでもないのに、出かけた時のことがよくも思い出せないほど遠い。足はまだそれほど弱っていない。酒は以前にくらべるとよほど弱くなっているが、あまり酔わなくもなった。人の間にいたことに、その時にはそれなりに寛いでいても、ひとりになると急に疲れるものらしい。疲れれば道は遠くなる。先の道ばかりでない。背後へも長旅の道がひとりでに延びる。

夜中に家に近づくにつれて、一歩ずつ踏み締める足取りになることは、高年というものに入ってから、よくあるようになった。まるで名残りを惜しむみたいではないか、と自分で眺める。いったん嵌《は》まった足取りは自分で笑っても変えられない。ひとりで悦に入っているようでもあり、よけいなお節介はするなと怒っているようでもある。

ごく若い頃に覚えのないことでもない。山の帰りに、谷の集落に近い所まで来ている。山の中で日は暮れた。残照も消えた。危いようなところは日のあるうちに越したが、杣道《そまみち》へはずれるおそれはあった。日が落ちると道の見え方がまるで違う。間違った道こそ暗がりから、光でも溜めたように、くっきりと浮かぶ。誘いこまれたら、力の余りの少なくなった足は踏み留まることを知らず、どこまでも連れて行かれる。無念無想の中で注意力が一点冴えていた。若いので飛ぶような速さで下った。それがようやく道に人里の匂いのする所まで来ると、迷うおそれはもうないのに、足が一歩ずつ踏み締めるふうになる。

　あれは安堵のせい疲労のせいでもあったが、暗い山道を駆け下る間に三寸ばかり離れかけた魂を、身に付け直しているようなところがあった。それでもまだしっくりと現《うつつ》ならぬ心地がして、里の灯のもうすぐ下にのぞく道の曲がり目まで来て足を停める。煙草を銜えて火をつけると、煙草の先よりも、里を見降ろす眼のほうが赤く光る。

　人は逆に考えるかもしれないが、若いほうが魂は離れやすい。若い魂は身体《からだ》の走るにつれてその先になり後になり飛び回り、身体が立ち停まれば、寄り添ってくる。老いた魂は居眠りひとつでぽっかりと浮きそうに見えるが、宙にはぐれるのをおそれて、離れる力もなくて、身体がそろりそろりと足を運んでいても、そのひと足ごとに縋りつく。

　花の下を年寄りが前後一列につらなって、ひとしく白髪を白く照らされ、同じ足取りを後生大事に踏みながら、互いに没交渉に行く。もはや連続ではなくて、断続の存在なので、どの隙間から失せても不思議はない。前からだか後からだか、それぞれ三歩目にだか、常に失せつつあるので、断続は持っている。長年見馴れた風景も、自然についてくるようではない。破れかけた辻褄として、破れる間際にもう一度鮮明に、そのつどすぐ背後に掛かる。

　そこで先頭が呆気に取られて頤《おとがい》を上げ、列の間隔が順々に詰まって、後のほうまで立ち停まった。変な物を見るが、自分こそ間違いであって、間違いはすぐにも消えなくてはならないか、と一斉に進退に迷う様子になった。大入道が駆けて来た。向側の歩道だが、夜更けには交通も少なくなる二車線道路なので、すぐそこで花明りの中へいきなり浮き上がったように見えた。

　大柄の老人だった。前のめりに駆けていた。眼を尖がらせて、歯を口からほき出しそうに剝いている。荒い息が車道を渡って伝わった。年にしては太い腕を肩から、水でも掻くように、思いきり遠くへ放る。それが奇妙なことに、踏み込む足と、同じ側の腕である。昔の体操の時間の行進に、教師に怒鳴られ勘がいよいよ狂って、同じ側の手足の同時に出るのをどうにも停められなくなった生徒がいたものだが、あれを猛烈に、憤《いきどお》ろしいまでにしたやつだ。腰は屈まっていた。

　人に摑みかかってはわずかずつ逃げられるのにも似ていた。あげくには尖った眼のまま、眼光がどんより濁ってくる。瘤を間に寄せた眉も、拍子をはずしてお道化た風に、心ならずも見えてくる。寝床から跳ね起きて駆け出した寝間着姿の印象を、花の下から現われた時には受けたが、たちまち通り過ぎたのを振り返れば、白いトレーニングウェアーを着込んでジョギングシューズを履き、若々しい袖の青い線がくっきり見えた。走り方もこうして後から見ると案外に左右に振れず、ドタバタもせずに、足腰定まって、断続の感じで遠ざかって行く。古い絵巻物の、炎上や合戦や、街の殷賑《いんしん》や夕立の中を右往左往する、はしゃいだような男たちも、あんな駆け方をしていなかったか、と見送った。

それにしても、今夜の安眠を力ずくでも摑み取ろうとするような気合いだった。それとも家の者と揉めた後の心の始末か。冥《くら》きより冥きへ駆ける、か。泥にでも水にでもまっすぐに飛び込んでやると言わんばかりの、物狂いめいたものに見えて、正直のところ、一瞬怯えさせられたが、しかし何事も見かけにはよらず、まして老年に至れば人の内実はいよいよ知れぬことだから、あれにはあれなりの、すでに自足のあることなのかもしれない、と考え直した。前から見れば凄惨のようでも、後姿はよほどやすらかだった気もしてきた。

今夜も馬は来ているだろうか、と花の下を抜ける時にちらりと思った。

今夜も帰って来ないようだ、と馬が頭《かしら》の花びらを振るい落とした。

石の地蔵さん

——生きるために人はこの街に集って来る。しかし、ここは、死ぬ場所のように思える。

昔、そんなものを読んだな、と苦笑する井斐《いび》の顔が見える。そろそろ退院かという頃合いをはかって、私は日曜の午後から出かけて見舞いに来ていた。日曜の暮れ方へかけて、病人は所在ないものだ。私自身がつい近頃まで、眼の手術のために出たり入ったりを繰り返した、同じその病院だった。

間違いはなかったか、と井斐はたずねた。若い頃に私がすすめて読ませた小説の冒頭だと分かった。私もひさしく読み返していないので、正確なところは心細かったが、ま、そんなもんだと答えた。昨夜ポッカリ浮かびやがった、四十年ぶりか、もっとか、その間本もろくに読まずに来たので、散らず廃《すた》れず保存されたのだろうな、おそろしいものだ、と井斐は一人で感に入っていたが、やがて独り言に近くなった。

る。――ここは死ぬ場所ではない。俺はそう言いたい。この街に人は死なぬ了見でやって来る。いや、そうじゃないな。死ぬ了見にもなれない。

顔を見れば、ほんのりと血の気が差して、眼の光にも弱りはない。手術の首尾はきわめて良好と聞いた。われわれはここの生まれの、ここの育ちの、ほかのどこへも行く了見のない人間じゃないか、と私は言うに留めた。親たちは流入者さ、と井斐は答えた。手前も年々、居ながら流入者になっていく、と言った。その話はそれきりになった。

――ノーエ節な。あれは尻が頭へつながって、いくらでも繰り返せるはずだが、どうつながるのだったかな。

井斐がまたたずねた。二人して病室を出て、つきあたりの窓から西日の入る廊下を並んで歩いていた。妙なことを聞くと私は思ったが、これには答えられそうなことに、なぜだか喜んだ。富士の白雪ァノーエ、と病院のことなので声に出すわけにいかないが唄の頭をおもむろに起こして、繰り返して、富士のサイサイ白雪ァ朝日で融ける、と口の内でつないで、融けて流れてノーエ、融けてサイサイ流れて三島に注ぐ、と長い漢詩でも暗誦するように慎重にたどった。三島女郎衆はノーエ、三島サイサイ女郎衆はお化粧が長い。お化粧長けりゃお客が困る。お客困れば石の地蔵さん。石の地蔵さんは頭がまるい。頭まるけりゃ烏が止まる。烏止まればノーエ、烏サイサイ止まれば、とここまで来て、窓の西日へやっていた眼にとろりと睡気が差したそのとたんに先が詰まり、どこでどう間違えたものやら、知っていたはずのがどうしても浮かばない。尻から頭へつながるところまでもうすこしなのに、せっかくたずねた井斐にたいして残念だと悔むような気持になった。

どうしてノーエ節なんだ、とたずね返していた。勝手に黙り込んでいた声になった。夜中に湧き起こることがあるんだ、何もかもいっそ気楽になってしまう唄だ、と井斐は答えた。その話もそれきりになった。

――俺もこの病気になっては仕事から退くことになるのだろうな。停年後二年、御の字だった。これからはあんたの側《がわ》へ移ることになったか、三十年遅れたな。

一緒に地階まで降りて裏玄関を出たところで別れる際《きわ》に井斐は言った。私はただ笑って歩き出した。三十年遅れたとは、私が三十年前に教職を離れて一人で物を書く暮らしに入ったことを言っていた。これも稼業で忙殺され気味の暮らしであることは井斐もわかっての上のことだが、この三十年、毎度間遠ながら私に会うたびに、毎日、家に居て、どうしている、一体、どんな暮らしなんだ、と無沙汰の挨拶代わりにたずねる。そのつど私は答えように困って、朝の十時過ぎに起きて、午食時《ひるめし》まで近所の乗馬公苑をふらついて、と間の抜けた報告みたいなことを言うと、午前《ひるまえ》の散歩な、と井斐はいかにも時代離れの事を聞いたふうに感心しながら、それを我身のこととして思い浮かべようとして浮かべきれない様子に見えた。ただし一日の仕事の前のことだよ、と私は言い添える。それはつらくもあるな、とこれには井斐はうなずいていた。

しかし、あんたの側へ移ることになったとは、自身もとうとう午前に散歩をする境遇になるかという感慨ではあるのだろうが、いましがたの口調には、向岸に渡されると言わんばかりの、響きがあったように私は聞こえて、この自分のことを井斐は年来遠くから、どう眺めていたのか、いささかこの世の者ではないかのように感じていたのではないか、とそう考える背中がうしろめたいようになり、振り向くのも間が悪く縁起でもないように気が引けて、正面の遠くの拱廊《アーケード》の棟の屋根にちょうど掛かった夕日に眼をやり、この道はさっきの病棟の廊下と同じ方角へ走っている、とどうでもよさそうなことへ頭を逸らした時、

——あれは、情《なさけ》で融ける、だった。融けて流れてノーエで、頭へつながるんだ。

思い出して振り返った。井斐は眼の上へ手を翳して見送っていた。それでもまともに照りつける西日に眼を晦まされているらしく、私が振り返ったのに、かえって角から脇道へ私の姿が消えた、そんな呼吸で手を降ろし横を向いて玄関に入った。

——尻のほうは、帯が解けるの、解けるではなかったか。

一人になって私はまた考えた。長い本棟に沿って、夏を想わせる強い陽差の中に、物を揚げる油の匂いが漂っていた。

駅舎の正面の石段の上で国民服を着た丸眼鏡の中年男が大きな日章旗を振り回して、ノ

ーエ節の音頭を取っていた。岐阜県の大垣の駅頭のことだ。石段の下には人が三、四十人集まって旗の拍子に合わせて唱っていた。出征兵士の見送りである。敗戦の年の六月下旬か、七月初めのことのはずだ。私は数えで八歳、国民学校の二年生になり、五月の末に東京の郊外で焼け出され、六月の中旬から父親の実家のあるこの町へ逃げて来ていた。

ある日、朝方に警報の鳴ったか鳴らぬうちに敵の爆撃機が単機飛来して、市内に一トン爆弾を投下して行ったという惨事のあった、それよりは後のことだ。あの朝、東京でも新学期に入ってからろくに学校へ行かなくなっていた私は、川縁にあった地元の学校に転校の手続も済ませてその日から通うことになっていたが、朝になり熱を出して寝ていたところへ、ちょうど学校の始まる頃になるか、寝床のそばにいた母親がとっさに子供を抱きあげて走ったその跡に、重い箪笥がもろに蒲団の上へ倒れていた。それまでは晴れた夜にしばしば上空を、わざわざ紀伊水道から入って名古屋方面へ、逆に熊野灘から入って関西へ向かう敵機の編隊が通り過ぎたが、まずは平穏な城下町だった。あの爆弾の投下を境に、夜の来襲が以前よりも低空になり、防空壕の底から焼夷弾か爆弾かの落下音に息をこらすようになった。すぐ頭上に切迫しかかった落下の摩擦音が、途中でふっと消える。遠かった、と息をつく。あの静まりは、それはそれでおそろしいものだった。七月の中旬と下旬と、二度にわたる空襲で町は焼き払われた。

それにしても、日章旗を振ってあのような唄の音頭を取るとは、当時、許されたものだろうか。しかし記憶は確かだ。国民服に戦闘帽をかぶっていたか、脚にゲートルを巻いていたか、軍靴を履いていたか、いや、帽子はかぶらず、胡麻塩の坊主頭に、日の丸鉢巻を締めていたように思われる。大柄の男に見えた。両足を踏んばって上体を前へ突き出し、落とした腰を揺すっては竿の先の日章旗を波のように振り回していた。旗振りの男のそばには出征の青年が姿勢を正したきり立って、その脇には青年の父親がなにか手持ち無沙汰の様子で控えていた。

東京でも町の出征兵士を最寄りの駅まで見送ったことはあった。空襲の激しくなる前のことだ。初夏のことだったと思われるが、早目の夕食を済ませた暮れ方に、人がその家の前に集まって来る。大半が子供だった。夜遊びの気持ではしゃいでいた。玄関の脇には藁束に小さな日章旗と軍旗をいっぱいに刺した、縁日の風車売りなどに見られる台が立ち、人はそれぞれそこから小旗を手に取る。家の中は壮行の宴の最中らしい。待つうちに玄関の戸が開いて出征の青年が父親に伴われて現われ、直立不動の姿勢を取って敬礼するのを、一同、万歳を唱えて迎えた。やがて青年と父親を先頭に立てて行列は出発する。道々軍歌を、「我大君に召されたる」や「天に代わりて不義を討つ」を唱う。小旗をむやみに振る。日章旗よりも紙質の悪かった軍旗は途中で破れた。

駅に着くと日はいつのまにか暮れていた。小さな私鉄の駅だった。夜になれば暗い中に駅の灯がぽつんと点る、そんなさびしさの当時は残る新興住宅地だった。ひとりで電車に乗って行くのだ、と子供はそこで初めて哀しみを覚えた。駅まで軍人たちが威儀を正して迎えに出るような想像をしていたらしい。改札口が開放されて子供たちはホームへ駆けあがる。しかし電車はなかなか来ない。間の持てない、苦しいような時間になる。

上りの電車がようやく着いて、青年と父親が客もすくない車内に入り、こちらへ向き直ると、ホームでは待ちかねた万歳の声が挙がる。その前で扉が閉まり、青年は一段と深く敬礼して、父親は恐縮のきわまった様子でしきりに頭をさげる。その不動の姿勢を取って敬礼する青年の顔が子供の眼には、白面という以上に白く映った。扉に隔てられたとたんにホームの万歳の声がぱたりと落ちたように、後に記憶されたが、そんなことはあるはずもない。扉の内の青年の白い顔を見つめる子供の耳が遠くなったものと見える。

一年後の空襲でその界隈はほぼ一面に焼き払われて、それきり私には縁もなくなったので、その青年の安否は知る由もないが、年長者の顔はたいてい自分がその年を超えてもひさしく年長のままに記憶に留まるものなのに、あの閉まった扉の内から敬礼する顔に限っては早くから、私自身が二十代のなかばにかかる頃にはすでに年下の、少年の顔になっていた。

大垣の駅頭のことも、旗を振る男の姿ばかりが見える。母親と一緒に駅前から遠ざかり濠端にかかると、背後でノーエ節を乱調子にがなり立てる男たちの声が閑静な町の底から湧き起こり、破れかぶれに天へ昇っては、この前の爆撃の折りの曇り空に無数に舞った木っ端のように揺らいで降りかかり、いつまでも繰り返された。

あの日、見送り連はもう長い間列車を待たされていたのに違いない。列車の運行のもうあてにならぬ頃のことだ。私が母親と駅まで足を運んだのも、客がなかなか到着しないので、列車の遅れを確めるためのようだった。ほかの用も考えられなかった。鉄道の近辺は敵の小型機に狙われそうなので、なるべく足を向けないようにしていた。

取っ替え引っ替え唱っていた軍歌も尽きて、列車はまだ到着しそうにもない。送られるほうは姿勢が持たない。送るほうも景気が続かない。激励の声をかけるにはとうに間合いがはずれた。つとめて賑やかにしていても沈黙が押し入る。青年のこの先の身上の、想像が忍び寄る。酷《むご》いという心がいまさら動く。しかしこの町にも最近、一郭だが修羅が現われた。われわれも先のことはわかりはしない。そこへ男が日章旗を取って駆けあがる。

酒は入っていたのだろう。浮いてはいなかった。苦しげに見えるほど真剣な形相だった。追いつめられた者の、逆に摑みかかり、さらに嚙みつく気迫だった。しかし旗を思いきり振るたびに、左右に揺する腰にはおのずと物狂いの、おのずと嘲弄的な自己放擲の、お道化の色のあらわれるのを、子供はそんな言葉を持ち合わせなかったが感じた。苦しげに力んだ顔が笑っているようにも見えた。俄に調子が変わって、見送り連一同戸惑いもしただろうが、見棄てておくわけがない。輪をかけて躁いだはずだ。

ノーエ節のことは、子供は何も知らなかった。それまで耳にしたこともなかった。唄の文句もわかりはしない。場違いの調子には驚いたが、それからは、出征兵士の見送りの時にはこれを唄うものだと思うようになった。毎日のように、あちこちの駅頭で唄われているのだ、と考えた。

すぐ前から見渡すかぎり焼野原のひろがる岐阜の駅頭で、男が日章旗を振り回してノーエ節の音頭を取っている。記憶は一時期、おそらくかなり長い年月にわたって、私の内でそうなっていた。いつのまにか場所の混乱が忍び込んだようだ。大垣の町が城ともども最後に焼き払われたのは岐阜に後《おく》れて七月も末のことになり、私たちが奥美濃の母親の実家に身を寄せるために岐阜の駅に着いたのは、八月に入った晴天の日の正午頃だった。炎天の下で焼跡が白く、ゆらゆらとまた燃えあがるようだった。あるいはあの朝の大垣駅頭のことではなかったか、と考えたこともあったが、それなら大垣は焼き払われてまだ数日のことで、物の焦げる臭いが市中に満ちていたはずだ。それにあの光景は、どんよりとした梅雨空の下のことだ。

東京へ私たちが舞い戻ったのは敗戦後の十月に入ってからになる。岐阜の駅の、屋根も吹き飛ばされたホームでいつ来るかもわからぬ列車を待たされ、名古屋の駅でも長時間列について始発の夜行に乗り込んだ。車内は一般の客に加えて、おそろしいほど大きな荷物を背負って手にも提げた復員軍人でぎっしり満員だった。さいわい席が取れて子供は親の膝の上ですぐに眠って、夜が明けて品川近くに来るまで目を覚まさなかったが途中で、よく子供にあるように、半分眠りながら目をひらいたようで、通路に立つ復員軍人の顔が見えた。立ったきり皆眠っている。苦しそうに目をつぶって、垂れた頭を揺すりながら、口々に低い声で間伸びのした、ノーエ節を唱っていた。どこで音頭を取っているのだろう、と子供は思ってまた眠り込んだ。

都下の八王子に身を寄せることになった。家から程遠からぬ所で鉄道の土手がふたすじ、中央線と横浜線が東から来て合流して駅の構内に入る。その合流する手前あたりでしばしば電車や汽車が信号待ちをさせられて、無線連絡も不如意の当時のことで、やけに警笛を鳴らして赤信号の解除を急かす。ある夜、風雨の荒れる中で、掠れた呻きに似た電車の警笛が鳴り放しになった。切れ目もなしに続くうちに、音の出所が知れなくなり、天から降るように聞こえた。父親がやおら緊急事態発生の顔つきで立ち上がった。窓を開けて身を乗り出し、軒から天を睨んで聞き耳を立てた。母親は動かずに苦笑していた。家の危急の時にはきまって家にいなかったくせに、という心と子供には読めた。心配することはない、信号待ちだ、なに怒り狂ってるんだ、運転手は、と父親は窓を離れてその足で手洗いへ出て行った。父親の尻について表をのぞいていた子供はその隙に窓の桟に乗って、伸びあがって見まわすと、警笛の鳴りわたる風雨の中で、あちこちの家の戸窓がかわるがわる開いて、灯の中に男の影がそれぞれしばらく天を窺う恰好で立つ。そのうちに、どこの家からか男たちの、ノーエ節をがなり立てる声が伝わって来た。風にちぎられて、方角ものべつ変わるようだったが、手拍子の音も、ソレと節目で囃す頓狂に高い声も聞こえた。石の地蔵さん、という文句が子供の耳に留まった。風雨と警笛に逆らうように、いつまでも乱痴気に繰り返すのが、窓を閉めた後もかすかに家の内まで入って来た。闇屋の宴会だ、と子供は百鬼夜行の酒盛りのようなものを想った。いまどき大酒を呑んで騒げるのは闇屋ぐらいのものだ、と大人に聞かされていたらしい。やがて警笛がふいに絶えると、唄も止んでいたが、あれは現実の声だった。

それから七年も経って、子供は中学の三年生になり、家は区内に戻っていた。テレビなどが、金のある家に限ってのことだが、出回り始めた頃になる。ある晩家のラジオで、当時もう古参の地位にあった、話術にたけた喜劇役者の、今で言えばトークの番組を聞いていた。役者の話すヒントから、映画の題名を当てさせるという趣向だった。あの夜も風雨が強くて、そのせいか、古ぼけたラジオの音量が再三聞き取れなくなるまでさがる。そのうちに、つい何年か前まではよくあったことですが、電車が信号で停められてむやみに警笛を鳴らす、あれは聞いていて何だか嫌なものでした、さて、映画の題目は、と聞いてちょうど雑音とともにまた細くなりかけたラジオへ耳を澄ました。

やや間があって答えは、よくボウと言うなァ、あの電車、ハイ、「欲望という名の電車」でした、ということだった。

あの時にも遠くから風雨を通してノーエ節を囃す声が伝わるような気がしたものだ。

ノーエ節について井斐と、一緒に唄ったり、その思い出話をしたりした記憶はない。酔って索漠殺風景の極まった時にはあれは格好の唄だ、と人に話したことはあるが、相手は井斐ではなかった。漁港のある街で午後に半端な閑が出来てしまったので、白昼のさびしい海寄りの巷を歩くうちにたまたま目に止まったストリップの小屋に入ってみたら、中は客もちらほら、ほとんどが年寄りで、舞台では年増の踊り子が赤い腰巻ひとつ着けて、ノーエ節に合わせて腰を揺すっている。それがいかにもお義理の踊り方で目はのべつ舞台の袖のほうへ、楽屋でつけ放しのテレビを見ている。赤ん坊でもいそうな乳の張り方だ。興醒めの気持もしなかった。いまさら興をもとめて入ったわけでもない。かえって懐かしいような、ちょうど舞台の裏あたりから磯の香も流れて、思いがけない午睡の時を恵まれた気がした。午睡の心をひさしく忘れていた、とそんな話を中年に深く入った頃に人に聞かされて、楽屋の隅で物の匂いと、テレビとノーエ節の騒がしさを吸って眠る赤ん坊の唇が浮かんだものだが、話したのは井斐ではない。私自身、いつどこで、どんな付合いからあの唄を、ほとんど全部唄えるまでに覚え込んだのか、思い出せない。

井斐にはもう一度だけ会っている。ノーエ節の話は出なかった。私もそのことを忘れていた。退院してからまる一年の頃になる。それまで私は三月に一度ほどの間合いで井斐に電話でその後の様子をたずねていた。仕事からはやはりまもなく引いていた。往き復りが長旅に感じられて、途中で電車を降りてホームのベンチでひと息入れることもあり、これではと諦めたらしい。辞めてから体力もおいおい戻り、外出に苦しむほどではなくなったが、家に居るようにしている。無為の暮らしが自分で物珍らしいようで、さしあたり退屈しない、不思議にいつまでもあきない、と言った。大方は季節の移りや天候の順不順の話になった。これが型通りでも井斐が感慨のようなものをこめて話すので、私もそれに染まって、年寄りの思い出話のように続いた。井斐は天象にたいして心身がひらいているようだった。一日がつくづく長いな、と感歎して、これまで何をして来たんだ、とつぶやいたことがあった。日の暮れには朝のことが昔になっているほどのものだ、と一人で笑った。そのうちに外で昼飯でも喰おうや、と電話を切り上げる前に私が誘う。そのうちにな、楽しみにしておくよ、と井斐は答える。外で昼飯《ひる》か、何だか懐かしいな、涼しい風の通る小座敷でもあればいいんだが、と夏には言った。家に居ることに、せっかく、自足みたいなものが、あるのでな、そのうちにこれにもあきるよ、と秋には言った。ようやく赤ん坊の、首がすわったようなものだ、出かけてみるか、と一年して答えた。

運動不足にならないか、と店で向かい合うなり私がたずねると、井斐は苦笑した。意はすぐに伝わった。三十何年来、私の顔を見るなり井斐のかならず発した問いだった。

変な付合いだったな、と井斐は笑いをおさめた。言われてみれば、若い頃にも格別に親密でもなく、まして中年以降は何年かに一度、時には五年も六年も間があって、いきなり井斐が電話をしてきて一緒に夕飯を喰うことになる、それだけの往来だった。お互いに住む世界が違ってしまったことを心得て近況もろくに報告せず、何年隔っていても、すぐにこの前の続きのようになる。十一年前の私の入院中、雨の日曜日の暮れ方に井斐が病室に現われて笑いかけた時には、私は病人の呆けもあって一瞬、誰とも顔が見分けられず、遠くなった知人が伝え聞いて訪ねて来てくれたとただ思った。井斐はその何年かに一度の、たまたま私のところへ電話して家の者から病気の経緯を知ったらしい。小一時間ほど気楽な話をして別れたが、わざわざ日曜の、終日冷い雨の日の暮れ方に来てくれたことが、忙しいはずの人だけにかえって訝しいように、井斐の帰った後で思われた。ところが、それがすべて夜明け頃の夢の中のことだった。一年前の井斐の入院の時にはたまたま、めずらしく私のほうが井斐の家へ電話して入院のことを知った。病人はベッドに腰かけていて私を見るなり、裏口から来はしなかったかとたずねて、勝手知った所なので私がうなずくと、ついいましがたあそこの裏玄関の前で遠くから病棟にそってゆっくりゆっくり近づく人影のあるのを目にして、似た人が来るなと思って帰って来たところなんだ、まさか御本人とは、と驚いて見せた。

お互いにその時その時の年齢《とし》を確かめに来ていたのではないかしら、と私はつないで、病院から一年ぶりに見る井斐の顔の、入院中にもどこかほんのりしていたが、さらに若返って、目鼻や頤の線も柔らかになったのを眺めながら、じつは私自身、この未明のこと、寝覚めの用足しに立って洗面所を抜ける時に、その鏡の中に一度に老い込んだ悪相を横目に捉えて、同時に足を停めかけた相手の出方を窺うふうに、息をひそめて通り過ぎたことを思った。鏡の内の動作がこちらとわずかに、間合いがずれて消えた。井斐が答えていた。

――そうだったかもしれない。自分の年は、この際になっても、ほんとうのところ自分ではわからない。年も自分のものでなくて、その場その場、人と人との間のことらしい。時価ってやつか。しかしたまに会ったどうしは、その時価もつかない。われわれは、何年ぶりに会っても、なにか、すっと店へ入って来るな。幽霊みたいなことを言うようだけれど。初めのうちこそ話していても、途中からそれぞれ平気で黙り込むじゃないか。人と人の間の、その外のことだったかもしれないよ。

たしかに、井斐がこんなにも話したことはなかった、と私はひそかに、ここまでたいした口数でもないのに怪しんだが、酒食が来るとお互いに、井斐の言ったとおりの、ぽつりぽつりの話し方になった。井斐は私に酒をすすめながら自分も盃を嘗めていた。物の味がしなくなると聞くけれど、俺の場合は、違った、と言った。酒は床に就く前にすこし大き目の盃で二杯だけ呑む。それぞれ七分目ほどしか注がないが二杯のほうが一杯よりも豊かだ。酒がうまい。生涯で最もうまい。有り合わせのものをちょっとつまむ。これがまたうまい。こんなことはなかった。

俺も寝酒をやるほうで、もっぱら納豆を肴にしているよ、と私も自分のことを話した。毎晩毎晩、もう何年も続いているのに、我ながら、あきない。初めのうちはやたらに捏ね回して、糸も引かなくなるまでになると、一段の味と悦に入っていたのが、近頃ではさっと掻き混ぜただけでつまんでいる。不精になったのだろうが、このほうが今ではうまいんだ、と笑うと、納豆な、よく喰った、と井斐は箸の手を止めて何かを思い出す眼になり、いま自分のしていることが、何でもないことが、自分で急に懐かしくなることは、ないか、とたずねた。あるな、と私はそう言われればそんなことがのべつあるような気がしてうなずいてから、今もそれになるかと考えてこだわった。井斐もちらっと首をかしげて黙り込んだ。

まだ暑さに苦しむほどの季節ではなかったが、風の通る小座敷のようなところと去年の夏に井斐の言ったことが私の頭の隅に残って、せいぜい心がけて探していたところが、たまたま人に連れられて入った都心のほうの蕎麦屋の、雰囲気に心あたりでもあるような気がして、病みあがりの友人を昼に招待したいのだがと店の主人に相談すると、一時過ぎから三時頃までなら店もよほど手隙になって、蕎麦のほかに淡白な料理も揃えられると言うので、井斐に電話でたずねると、蕎麦か、いいな、病院で苦しかった時に蕎麦の夢をしきりに見た、喰ってるところじゃないんだ、翳った店の奥に坐り込んでザルの出て来るのを待っていた、ゆっくりでかまわないなどと言っているのでおかしかった、と答えた。

店からあがってすぐの小部屋で襖も閉てず、廊下やら中庭やらを伝って風の通るわけでもなく、ここも殺風景と言えば殺風景だが、店の客足は絶えがちで、二時を回ると、立ち並ぶ建物にどこか隙間があるようで表の戸口の端にわずかに日が差し、すこしずつ斜めに伸びるのが遠いように見えて、奥まって翳った心地はした。

夜は眠れるかい、と私はたずねていた。夜は、眠ってるな、と井斐は素っ気ないように答えた。無用な質問をしたものだ、と私が悔んでいると、今までは明日のために眠ってたんだ、と言った。

家に居るようになって、眠れないのではないが、床に就いて何となく、張り合いがないというより、決まりがつかない、そのうちに気がついた、これまではあれで、気合いをつけて眠っていたんだ、と笑った。病院でもそうだろう、夜眠るのが仕事だな、朝起きると仕事上がりの気分がしたじゃないか、と同意をもとめた。

気合いねえ、烈しいんだ、と私は驚いた。寝顔に和らぐ前の面相が見えて、それをまた傍からのぞきこんで、眠れるか、今夜は眠れるか、と心配する声が聞こえた。それでは寝覚めは、その気合いが掠れたということか、とたずねた。

寝覚めはめっきり気楽になったよ、安楽と言えるほどだ、と井斐はまさに楽しそうに受けた。眠れても眠れなくても、もうかまわないではないか、明日も昨日もないんだ、このまま昔になっていたって驚きもしない、ここで寝ているのがもう俺じゃなくたって騒ぐことはない、自分が鼾まじりの寝息を立てているのを、野郎、寝覚めしたと思いながらたわいもなく眠ってやがると聞いて、夜の白らむこともある、と言った。

人には聞いてみるものだな、あなたもそうなのか、誰だ、気楽な鼾をかいて眠っているのは、などと思っているな、と私は井斐のお蔭で自身も楽になった気がしたが、で、夢は見るかい、とまた無用のことをたずねて、年を取ると夢も淡くて遠いようになるな、と自分で逸らそうとすると、人が集まってくる、と井斐は答えた。黒い、蝶のようなものが私の眼の内で一斉に飛び立った。大勢の人の唄い囃す声が聞こえた。料理が済んで、蕎麦を喰っているところだった。午さがりの蕎麦は、どういうもんだか、うまいものだな、と井斐は話も忘れたようにつくづくと啜っていたが、先を続けた。

俺のための仕度をするらしくてな、黙って部屋を出たり入ったり、忙しそうに歩き回っている、五、六人だ、男もいる女もいる、つぎからつぎへ集まって来る、それなのに、先に来た者から順に消えるのか、いつまでも五、六人だ、狭い家なので理屈は合っている。何処の誰たちなのか、どういう縁なのか、何のつもりか、俺はかまわず自分の寝息を聞いている。寝息はいよいよ佳境だ。お茶ぐらいさしあげろ、と女房を起こして言おうかと思うが面倒臭い。夢まで人まかせになるな。

そのうちに人の動きが止んで、隅のほうへ控えるらしく、どこかで男と女の、抱き合っている、忍ばせた声が洩れる。客たちがそっとそのまわりに寄って見まもるらしい。あわれだな、と俺は耳をやっている。女のことだか、男のことだか、両方一緒にだか、わけがわからない。その間にも絶えず人が到着する。川上から土手道を、てんでに急ぎ足でやって来る。

いや、実際に、野川が家の近所を流れているのだ。日が斜めになると昔の土手の名残りも見える。毎日のようにその頃になると川上へ向かって歩けるだけ歩いて引き返す。だいぶ遠くまで行くよ。帰り道は暮れかけていて、草臥《くたび》れて一人きりなのに、何だか賑やかな気分になるんだな、足は以前よりも丈夫になった、と両膝を叩いてやおら居ずまいを正した。

別れの挨拶を切り出されるのかとはっとすると、じつは人から声を掛けられて、週に三日でいいから出てみないかとすすめられて、どうしたものか、迷っているところなのだ、と打明けた。せっかく家に居られる身体《からだ》になったのに、またの勤めかと思えば腰の引けることだけれど、いまどき、この年に、有難い話だ。それにこの生活がいつまで続けられるものやら。縁には逆らわないほうがよい、とは思うものの、やるとなると半端には出来ないほうでな、と因循するようで背をもうひとつすっきり伸ばし、今日は楽しかった、いい所を考えてくれたよ、そのうちに趣向を改めて返礼する、と笑ってさわやかに立ち上がった。

野川

井斐が死んだ。午後の蕎麦屋で一緒に昼飯を喰ってからまた一年になる。あの後、ひと月半ほどもして、私は井斐と電話で話している。日曜の暮れ方のことだ。井斐はやはりと再度《また》の勤めに出ていた。身体《からだ》に相談して時間は随意にしてよいといたわられているが、朝は十時に出て、六時近くまでは働いている。週に三日の約束のところが先週は自分から言い出して四日になった。今週もたぶんそうなるだろう、と勤勉の習い性を度し難いと笑っていたが、しかし以前とは違うな、と言った。体力や根気のことではない。以前と同じようなことをして、同じような気持でいるつもりでも、節々で、眼に入るものが違って見える、耳に入るものが違って聞こえる、と言う。どう違うのか、曰く言い難しなのだが、ひとりでひそかに驚いている、ああ、そうだったのか、と腑に落ちんばかりなのだ、そのうちにもうすこしはっきりとしてくるだろうから、今度会った時に話すよ、とにかく面白い、と若い声になって切り上げた。

それが最後の会話となった。私としても井斐のその話には自分でも思いあたる節があるようで続きを聞きたくて、今度は井斐のほうが設定するというので電話を待っていたが、音沙汰がなくて夏も過ぎると、井斐はまた外で忙しい人になり自分らの往来も元の間遠さに戻ったと思うようになり、しかし三年五年と間があくとなるとこの年齢ではどういうことになるかと時折呆れるうちに、正月に賀状が届いて、花の頃に格好な店が見つかった、路地の奥の中庭の花見だ、今度は夜がいいだろうと伝えたが、その春も連絡がなくて過ぎ、次に来たのは通夜のもうその午頃の、家族からの報らせだった。若い女性の声が遠慮がちに切り出した。

通夜は私鉄の沿線の寺だった。井斐の住所からすこし見当がはずれるようだが、何か縁があるのだろう、と私は思って出かけて道に迷った。私の住まう沿線から私鉄を乗継いでそう遠い所でもない。その辺の交通図は長年頭に入っている。それなのに馴れた乗換駅を間違えて遠回りになり、次に駆け込んだ急行電車の中では、これもよく知った停車駅の前後が途中から俄に混乱を来たした。焦った覚えはなかったが、ようやく着いた最寄りの駅のホームを歩き出した時、いましがた水呑場に喪服の年寄りがしがみついているのを見た気がした。振り返ると、水呑場はどこにもなかった。昨夜は家でかなり遅くまで一人で呑んでいた。何も知らずに、どこか陰惨な酒だった。

古風な寺だった。前庭に木立があり、一本でも鬱蒼として雨もよいの宵闇をそこに集めていた。葬儀の運びはしかし当世風らしく、私が遅れて着いた時には焼香の列も跡絶えがちで、祭壇に表の風が吹き込んでいた。私も焼香を済ませて、結局は深い縁でもないのでその足で失礼しようとしているところへ、親族側らしい年配の女性が声をかけてきて、庫《く》裏《り》のほうへ案内して座敷の隅に坐らせ、酒と鮨を前に運んで、じきに遺族が御挨拶に参りますのでと言って立ち去った。真に受けていいものか、と半端な気持で待つことになった。

　ここは賑やかだった。高年者ばかりでなく中年の男たちも大勢来ていた。仕事関係らしかった。若い頃の友人はいないかと見渡したが、それらしい顔も見あたらず、かりに一、二人、この中に混っていても、見分けられないだろうとあきらめた。見も知らぬ隣の席の人が注いでくれた酒を、手持無沙汰のまま干すと、宿酔が残っているわけもないのに、昨夜の酒へつながった。

　そのうちに座のさざめきの中から、こんなに早いことになるなら、声をかけなければよかった、と聞こえた。家に居てあれこれ考えるよりは外で働いたほうがよいだろうと思ってすすめたのが、なまじ仇になったか、と悔んだ。それにしても一年足らず、どんな相談も、じつにてきぱきと捌《さば》いてくれた、もともと手際はよかったが一段と迅速で的確だった、俺よりもずっと先を見ていた、あの男が来てくれてなかったら、俺のところ、今頃怪しくなっていたところだった、とつい先日も驚いたばかりだ、ぎりぎりまで冴えていた、と感嘆していた。声のほうを眺めると、中年の男たちに囲まれて井斐や私よりはいくらか年上と見える男が、頑健な体格をさらに旺盛そうな胡坐に据えて首を立て、若々しく涙ぐんでいた。私は井斐の古い友人として、これ以上の讃辞もないと喜んだが、ふっと目を手もとへ伏せて、あの顔つきだ、と不吉なことを思った。これまでに、通夜の席で故人を惜しんでしきりに感慨に耽ける高年者の、その場ではむしろ陽気に見えた顔が、後日にかえってはかないような印象を残してしばらくすると、その人の訃音に接するということが、私には中年から幾度かある。それだけのことだった。いずれごく限られた符合にすぎない。それに、どんな顔つきだと自問したところで、いったん目を逸らすと、もう見えない。話すうちにいきなり周囲から切り離されて遠くからもどかしく声をはげますような、顔つきよりも、その声の居ながらの遠さばかりが耳に尾を引いた。この年齢になって何が不吉だ、と払いのけたが、目が上げられなくなった。

楽しそうでしたよ、と若い声が取りなした。悠々たるところがあったな、と合わせる声があった。変わらない顔で、思わぬ冗談を言ったものだ、まわりは笑うけれど、ほんとうに腹を抱えるのは一人になってからさ、トイレの中で笑い出して、どうかしましたか、と人に扉を叩かれたことがあったよ、これ、どう返事する、と頓狂にあがった声から、その辺の座がまた賑やかになった。井斐さんの冗談で酒の席が一度に陽気に、底が抜けたことがよくあった。色っぽい方面とは限らなかったけれど、際どい冗談だった。会社がなくなって皆でこうして酒を呑んだら、どんな味がするだろうな、などと。男どもが莫迦騒ぎをしている間、女たちはひっそりと、身の振り方を考える、とか。それが幾夜も重なれば、男どもはこれに、かなうか、と来たな。で、騒いでいる最中にふっと見れば御本人は静かに、ただうまそうに呑んでいる。酒を呑む姿の良い人だった。声がややしめやかになり、私は表で雨の降り出したような気持から、さて、そろそろ帰るか、と駅までの夜道を思いながら、昔、どこかの宿で井斐と、階下の座敷から宴の闌《たけなわ》の、ノーエ節を唄う声の際限もなく挙がるのを耳に、黙って侘しい酒を呑んでいたことがあるような、夜も更けかけているのにこれからそれぞれ別の方角へ発たなくてはならぬところであったような、無かったはずの場面の、無かったはずの仔細をたどるうちに、目の前に若い女性が坐って、父が何かとお世話になりました、誘っていただいてあの後からすっかり元気になりました、つぎのお約束を果たせないことになって残念だと申しておりました、と遠くから吹き込まれたような声で挨拶した。

日の暮れに、川の土手道を、散歩されていたそうですね、と私はたずねて、このいきなりな切り出し方は、自分もいよいよ年寄りになったかと思った。川の土手、と女性は目をあげ、野川がまだ御近所に残っているそうですねと私が言い添えて、野川などという言葉こそ残っているものかとまた自分で持て余ましていると、野川、とゆっくり繰り返して、野川という川なら、私たちのところからはずいぶん遠くて、このお寺の近くを流れてますが、と答えてまだ何かを思い出す様子の顔を伏せた。

古い電車の扉が閉まって、硝子《ガラス》の内から、ホームで挙がる万歳の声に向かって敬礼する少年の、白い顔が見えた。

鳥とまればノーエ、鳥サイサイとまれば娘島田、娘島田はノーエ、娘島田は情でとける、とけて流れてノーエ、と井斐には答えられなかった、唄の尻が頭へつながるところが、あっさり出て来た。

六十五になりましたか、とたずねて、ややそむけてうつむいた女性の耳もとの、髪の生え際を眺め放しになっていたのをつくろった。

神のごとき青年が殺されて去ったその跡の、驚愕にこわばった空間から、空虚がやがて振れ動いて、響き出し、音楽の始まりとなったという意の、古い神話を踏まえた詩の末尾があり、病院で井斐が何十年ぶりかで思い出したという詩人の、晩年の作になるが、その井斐の逝った跡から、ようやく首尾がつながって流れ出したのがノーエ節とは、去ったほうも去られたほうも美しくもない年寄りにしても、所詮、殺風景の時代の子のしるしか、と因果でもふくまされた気持になることがあった。

それぞれ、興も根も尽きかけたところを、ああいう拍子に囃されて、揃って乗って、しのいで来た、殺風景のあまりの熱中だよ、あなたもそうではないのか、と井斐の声が聞こえた。病院ではどんな気持で、それを聞いていたのだ、と私はわずかにたずね返した。

じつは井斐の顔に電車の扉の内の出征兵士の顔を見たことがあったのだ。私の側からすれば、井斐との長年の縁の、そもそもの発端とも言える。新制の高校の二年生だから十七になる歳のことだ。学級は違ったので通りがかりにいつか見覚えた顔のひとつだった。それがある日、私が廊下を来ると、脇の教室から現われて、開いた戸口の前にふっと立ち止まった。通り過ぎてから私の背後に、硝子の内から敬礼する少年の顔があった。硝子の外のほうが静まった。教室の戸口では直立不動の姿勢を取ったわけではなかった。誰かに呼ばれたか、何かを思い出したか、そんな立ち止まり方だった。私のほうを見たのでもない。白く見えた顔は、廊下の窓からの、光の加減だったのだろう。しかしそれからしばらく私は井斐の顔を遠くから見分けるようになり、おのずと避けるふうに早くから目を逸してすれ違った。それにつれて、井斐と行き会うことが妙に頻繁になった。三年生になり初めて口をきくようになった時には、そのことを忘れていたようだ。次に思い出したのは、通夜の席になる。

まだ六十五にはなっていませんでした、と井斐の娘は顔をあげて、そうでしたか、野川と言ってましたか、と一人でうなずいていた。去年の春先から、また勤めに出るまでのふた月ばかりの間、井斐は晴れた日の午後からかなり長い散歩に出かけて、もう暮れる頃に家に帰って来る。その日課は娘も知っていた。この界隈を大回りして歩いている、長年暮らしていても、まるで見も知らぬところばかりだ、と父親は言っていたが、娘はもう暗くなりかけた時刻に下りの電車を降りて来て、改札口を出たあたりから、先のほうをゆっくりと歩く父親の姿を見かけたことがある。一度はまだ寒い頃だったのでこんな時刻に人違いかしらと迷ううちに姿を見失って、買い物をしてから家に着くと父親は寛いで夕刊を読んでいた。もう一度は追いついて並びかけると、魚の臭いがして、父親は片手に袋をぶらさげていた。何を買ったのと聞くと、うまそうなメザシが市場にあったのでつい手が出たと答えるので、夕飯の仕度のことなんか、おかまいなしなんだから、と娘は笑って、でも男の人がさげていると、どうしてこんなに臭うのかしら、とからかいながら父親がここまで元気になったことを喜んだ。市場と言えるような店はこの辺にはない。父親は病気をしてから、以前はそんなこともなかったのに、時代離れの言葉を変なところでひょいと口にする。どこの店なの、と娘はたずねなかった。

どちらの時も、ちょうどひと足先に着いた上りの電車から降りて来た間合いだった。ひと仕事済ませて来たという表情の背中が人の間からも目を惹いた。野川という川は、家から歩くには無理な距離だけれど、下りの電車で間《あいだ》一駅行けば、この寺の最寄りの駅から、もうそう遠くないところを流れている。寺は井斐の家と何の縁もなかった。

遺書とは別に、もしもの時に報らせる所を記して置いたのでと二度目の入院の前に教えられていた封書に、その寺の名と、住所と電話番号も書いてあって、通夜と告別式はここで済ますようにとの指図だった。見も知らずのお寺で宗派も違うのに、と考えこんでしまった母親に代わって、娘は自分でも軽はずみをしているようでおそろしかったが、思い切って寺に電話をかけると、寺はすぐに引き受けてくれた。御住職はまるで故人と面識のあるような顔で親しげに迎えた。

書置きには最寄りの駅から寺までの道も添えてあった。筆ペンでさらりと描いた、平たい地図ではなくて、絵図のようなものだった。寺のある所には、ひと筆で描いたような、山門が立っている。そばに大木が繁っている。道順を教えるには用もない野川までが描きこまれていて、ゆるくくねって、岸には土手らしいのが盛り上がって、その上を細い道が続いている。寺を中心にしてかなり広い範囲にわたり、あちこちに木立が、それぞれ少しずつ違った姿で、風に吹かれているように見える。川の両側には、あの辺も電車の窓から見るかぎり家が建てこんでいるのに、畑がひろがって、その間に点々と農家が、どれも林を背負っている。その間にまた、道の続きもなしにいきなり、小さな辻が描きこまれて、角に小屋と店らしい家があって、近くに火見櫓が半鐘を吊りさげて、すこし傾《かし》いでいる。その櫓も農家も、木立も土手も山門も、どれも同じ方向へ、影を流している。

家まですぐに駆けつけてくれた故人の長年の先輩にあたる人にこれを見せたら、八十過ぎのその老人はしげしげと眺めてから、なかなか、遊んでやがる、と笑った。土手道を往く人の姿が見えるようだ、聞こえるな、太鼓や三味の音も、としばらくしてつぶやいた。

何ですか、とたずねると、縁日のようなものさ、と答えて絵を脇へ置いた。

後から思えば井斐の娘は私を相手に野川のことから始まって、縁もない寺に縁の出来た経緯を仔細に話したことになる。周囲の通夜の客が耳を傾けていたかどうか、私には覚えがない。話に聞き入りながら私はもっぱら、またかるくうつむいた娘の綺麗に結い立ての髪に目を遣り、女人の髪の結い立てというものは、いま時の美容院のこしらえでも、おのずとひろげる華やぎと一緒に何やら蒼い、鬼気のようなものを忍ばせるようだ、と妙なことを思って、本堂のほうに置かれた死者の沈黙を感じた。場の吉凶にかかわらぬことかもしれない、とやがて考えた。

娘の立った跡に、眠りのような匂いが残った。女人がいままでそこでとろりとろりと夢語りに話していたようにも思えたが、時ならぬ睡気に掠められたのは私のほうだった。若いと言っても三十前後と見えた。井斐の一人娘のはずだった。家族のことを井斐はほとんど話さなかったが、最初の入院の見舞いの時に、母親と交互に、別のところから病院へ通って来るようなことを話していた。蒼い眉間に深みが見えた。話しながら目がときおり放心して淡く翳った。立った時の物腰から、あるいは妊娠しているのではないか、と私は考えた。父親と面立ちが似ていたかどうか、井斐に死なれるとさしあたり、かえって感じ分けがつかなかった。

山門のところで背後が一段と賑やかになった。振り返れば寺からは物音ひとつ洩れず、葉の白く照る前庭の大木が、雨も降らず風もないのに低く躁いでいた。男は座から立ち上がったとたんに、縁もない席に迷いこんでいたことに気がついて、申し訳にひと節景気をつけ、さいわい一同が乗ってくれたので破れかぶれの音頭をまだ取っている、とそんな可笑しな場面を想って夜道に出れば、通夜から帰る客もひとまず絶えたようで、遅れて駆けつける姿も見えず、人通りもすくなかったが、陰気な賑わいの気分が背について来た。駅前の見えるところまで来て、野川はどちらの方角だ、と行く先のありげに急いでいた足をゆるめた。太鼓や三味の音は空耳にも聞こえなかった。魚をさげて帰る姿が見えた。

身近な人の亡くなった後に、今日もまた変わりもなく過ぎて行くのを日の暮れに眺めて不思議なように感じたことが早く子供の頃からあったが、老年に入りかけてみれば、人に亡くなられるにつけても、日がもうそれほどの勢いでは流れていないことを知らされる。故人についての思いが昨日、今日、そしてせいぜい明日ぐらいの幅の内に集まって、幾日経ってもその域から出ない。

ぽっかりと穴が開いたような、と人がよく言うのを、自身は肉親たちに逝かれた時にさほどにも感じなかったけれど、そうなのだろうな、と長年思って来たが、井斐に去られてみると、壁にぽっかりと穴どころか、とうに八方だいぶ吹き抜けになっていたようなのにいまさら気づかされて、これも故人の目配せかと考えた。

島田に結った若い女の姿が見えるのには往生させられた。夢ではない。夢にはもうだいぶ以前から責任を持たなくなり、それにつれて重苦しいものも現われなくなっている。寝覚めに、最後に会った日の井斐の、夢に人が大勢、家に集まって来ると話したのを、やはり思った。土手道を急いで順々に到着して、順々に消える。主人は人まかせに寝床の中で自分の寝息を聞いている。やがてどこかから、男女の抱き合う、忍ばせた声が伝わって来る。何かの仕度に家の内をしきりに動き回っていた客たちは、静まっている。隅のほうへ控えたようで、と井斐は言った。光景が眼に見えている顔つきだった。寝床の中から哀れと聞いていたと言う。しかし、好色の集まりの雰囲気ではなさそうで、女たちもいるはずなのに、ふたりの男女の交わりへ、一同控えて耳を遣っているとは、とまた怪しむうちに、客たちは順々に腰をあげて、忍び足で交わりの床に寄り、床を囲んで膝をついてさらに一心に、力を貸すように見まもる、その眼に哀れみの光が差して、嗚咽を堪《こら》えて姿が掻き消され、跡に島田の女人の頭《かしら》が暗がりにぽっかりと浮かぶ。

寝乱れの髪ではない。綺麗に結い立てで、それが髪のあまりの濃さとともに痛々しく感じられた。鬢の油らしいのが重たるく匂う。目の前に坐った井斐の娘に姿は似ているようだが、さすがに夢ではないので、親の通夜の女性の頭《かしら》に島田のようなものを被せるほどの、大胆さも妄《みだ》りさも持ち合わせなかった。島田の女人の顔はよくも見えない。よほど若くて、まだ少女の境を出たばかりのようだった。しかしこの年頃の顔はかえって、将来《のち》のさまざまな年頃の面相をふくむものだ。浮かんだ時には真っ白に感じられた首が、眺めるうちに浅黒いようになった。やつれていた。遠い道を来たらしい。とうに亡くなった知人に、昔の街道の宿場の跡になる常宿で、幾度か芸者たちの影にうなされた人があった。お客困れば石の地蔵さん、石の地蔵さんは頭がまるい、頭まるけりゃ烏がとまる、烏とまれば、なぜ、娘島田なのか、いつだかどこかで人から聞いたような気がするけれど、と考えた。島田は物を言いかけるでもなく、しかしなかなか立たない。

これは、どういうことだ、と井斐に向かって苦情を言いかけていた。返事はあるわけもなく、太鼓も三味線も、どこからも鳴りはしない。結い立てながらやつれた娘島田ばかりが浮かんで、寒々しさも極まったのに、ノーエ節も湧き起らない。

そんなに騒いで生きて来たのだろうか、われわれは、空騒ぎから空騒ぎへつないで、とたずねていた。お主も一緒だよ、とうなずき返すようだった。お主という言葉を井斐は中年の一時期よく使っていた。騒ぎはしたけれど、俺の場合は、生涯併わせても賑やかというわけにいかないな、ひとりで黙っていた時間のほうがはるかに長かったので、と私は言訳に回った。しかし、明日のために、毎夜、気合いをつけて眠る、と井斐は言ったものだが、私もしばしば、眠りに逃げられた夜に、苛立たしさも尽きて、明日の引力のすっかり絶えたのも当然と感じて、寝床の中で、唄い出すことはあった。声に出すわけでない。手を拍つでもなく、足を跳ねるでもなく、眠れぬ恨みにいっそ静まり返った寝相から、無言で囃し立て、楽しいようなことは、浮き立つようなことは何ひとつない、と白みながらひとりでやみくもに騒ぎまくる心になり、呆れはてて眠ってしまう。眠りこむ際《きわ》に、人がようやく集まっている。酔いつぶれた男を脇に転がして、静かに宴会を続ける。

朝は陽も高くなった頃に、長いこと呼ばれていたように、跳ね起きこそしないが、そそくさと寝床から抜け出して、今日は何事か、大事のありげな様子に見える。それをまた寝床の中から睡い目で眺めやって、何をそんなに張り切ってやがる、どこぞの祭りの仕度か、今日も明日も、何もありやしないぞ、と水を差す。いつになったら飽きるのだ、飽きた日にはもう起き上がれないか、と眉をひそめる。それをまた枕もとから半端に振り返って、飽きるも飽きぬもないものだ、寝たかったら勝手に寝ていろ、虫にでも何でもなればいい、俺は、構まってられるか、とにかく忙しいんだ、とせいぜい言い返して、煩い口から逃げるように着替えを急ぐ。

この愚直で可憐なほどの、日々の改まりというものが、井斐にはもうないのだ、死者には無用なのだ、と驚いた。十一年前の大病の後から私は時折、人はなぜたいてい飽きもせず絶望もせず日々を迎えられるのか、と前後もない訝りに寄り付かれ、同様に飽きず絶望せずの我身に照らして、眠る間には、疲労が取れるだけでなく、人の心身の、時間もわずかながら改まるのではないかと考えて、ずいぶん怪しげな推論だが、しかしそのようなことでもなければ、日々は索漠荒涼たる反復を露呈して、三日も続けば、朝方が危い、と思った。しかしまた、この日々の改まりを愚直で可憐だと感じて、かすかな感動のようなものさえ覚える折には、自分は一体何者だ、呑気に暮らしながら、じつは死者の領域にいささか足が入っているのではないか、と疑った。

最後に会った日に井斐の話した夢はあきらかに本人の葬儀《のち》の事であり、野川も現にあった。その仕度の最中に男女が交わり、客が手を止めて控えるとは不可解だが、井斐は哀れと聞いていたというから、往く者の惜別の心と取れる。しかし私はその場ではおよそ正反対の、死を覗いた人間の改まりの話のように聞いて相槌も打っていた。思い返せば恥しい鈍さだが、私自身それまでに再三、陽が高くなる頃に眠りから覚めて、遠くの宴会から戻って来た心地のすることがあり、井斐の話を聞きながら、あれは死者たちの宴会だった、と一瞬腑に落ちかけた。さらに男女の交わる話に及んでは、死者たちの集まりにそれぞれ迷いこんで来た、お互いに見も知らずの男女が、無縁さのあまり抱き合ったのを、死者たちに哀れまれ、見まもられて若返り、抱くも抱かれるもひとしく、ひとつの受胎にまでなり、死者たちの立ち去った後で年齢の失せた顔を見合わせて起き上がり、それぞれ帰りの道すがらだんだんにまた年を拾って、迷い出たことも忘れて寝床に戻り、目が覚めて心身のわずかながら改まっているのも知らない、とそんな想像をひとりでたどっていたものだ。

われわれのまわりにも、女と抱き合う時には、死者たちは寄って来ていたのだろうか、とまたたずねていた。長年持ち越した問のようにそっと押し出しておきながら、いや、それはないな、あるはずもない、と自分で先回りして塞いだ。そんなものの寄りそうにもない、時と所を盗んで、締め出した安心の上のことではなかったか、さらに寄せつけまいとする熱心ではないか。血のつながりは死のつながりだ。その双《ふた》つのつながりから逃れて、相手をもそこから引き離した。無縁となってようやく湧く欲情だった。誘うとはまず人を無縁へ、無縁の恣意へ攫《さら》うことだった。無慚とも感じていなかった。墓地を見おろす部屋の窓に遠い灯《ひ》が赤く差す。沼地を埋めた跡にひしめく家をつつんで、雨もよいの夜にはそのあたりだけ蒼いような靄が立ちこめる。部屋の内にもその感触が、隙を見て、肩口まで忍び寄る。無数の骨を踏む鉄筋コンクリートの箱の内の、どの隅が共鳴するのか、窓を通すともなく、谷地の名残りが風に聞こえる。厚い扉一枚隔てれば、死者にも縁者にも、どこからも見られていないと思う。それが淫心の内実だったか。肌も締まるような、恐怖ならぬ、安堵であったか。それでもなお妄りに、いっそうの無縁の、死角を求めて回る。

しかし焼跡の、わずかな崩れ残りを目隠しに、まだ人通りもある宵の口から、日の暮れきるのも待ちかねて交わる男女がいた。昼日中の、草に埋もれた防空壕の跡から、押し殺されて呻きのようになった息が、草の穂の波に送られて来た。朝の小学校の教室の、教壇の前の床に、夜の交わりの白い残骸が落ちていた。人気《ひとけ》もなく庭木も繁り放題の屋敷の、あちこち破れた生垣に沿った細長い日陰の中から、前後して歩いていた男女が一緒に消えた。物陰から出て来た若い男が通りかかった子供たちと鉢合わせになり、思わず戦闘帽の庇に手をかけて目深に被りなおし、姿勢を正して、女を背後に庇いながら、軍靴の踵まで合わせた。餓鬼どもを前に、何事かを報告するような、生真面目な顔だった。目が潤んでいた。後年思い出すと、これも遠くから戻って来たような、感慨の色が見えた。感謝のようにも思われた。

あれは何だったのか。戦時中に若い兵隊が閑散とした道で日傘を差した年配の女性に出会って、知り合いらしく、だいぶ手前から立ち停まり、直立不動の姿勢を取ったのを見たことがあるが、あの時の目の色にも似ていた。井斐もそんなものを見たことはないか、とたずねると、笑いかけた井斐の顔がやがて、閉じた電車の扉の、硝子の内から敬礼する白面へ変わった。電車が走り出した。記憶の中でようやく硝子が動き出した。昔の車輛の音が聞えた。いつもと何も変わりのない電車だった、と子供は遠ざかるのを見送った。目に見える距離にある隣の駅に後部の灯が停まってすぐにまた小さくなった。井斐と顔を合わせたのは、三十代以降、幾度になるか。今から想い起こして数えられるものなら、最後に六十代のなかばにかかって午下がりの蕎麦屋で一緒に酒を呑むまで、おそらく、指を折って済むぐらいのものだ。そう考えると、往った井斐よりも、残った自分の生涯のほうが、あっさりと括られて数えあげられた気がする。それにしても、毎度何年かぶりに会う旧友同士の、あの口数の寡なさは何だったのか。井斐は相手に気を遣う男だ。私も相手構わず黙りこむほうではない。どちらも陰気な性《たち》でもない。若い頃に心を許し合ったあまり年が行ってから口を利くのに距離の取りように困る、というような仲ではさらにない。

一人が何事か余人には話せない、あるいは話しても甲斐のない、あるいは構えて話すにはあまりにも些細な、長年の一身の内密をここで打明ける気になり、相手もその気配を察しながら、お互いに切り出すか誘い出すか、その間合いを量りかねている。あるいは一人がその一端を洩らした後、相手は聞き役であるのに、聞いた話が一度に深く内へ入って、こちらからたずねて先を促すこともできずに、お互いに続けるか逸らすか、成行きを待っている。そんなことは井斐と私との間に一度もなかったはずだが、それと似たような沈黙が間にわだかまり、しかも時間は不思議になだらかに流れる。二人ともどこかそうも遠くないところへ、そこからいまにも一斉の声でも挙がりそうに、耳を遣る目つきになった。やがてどちらからともなくぽつりぽつりと零れる声には、すでに囃しまくる躁ぎの間から話す遠さがあった。もう思い出せそうもないが、あるいは実際に、早い時期に、話の滞ったところへ近所の宴会から唄が巻き起こって、二人して顔を見合わせたことがあり、それが習い性となって遣ったのか。

土手の話を井斐がしたのは、お互いに子供が生まれたばかりの頃だった。荒川の土手のことだ。千住辺よりもだいぶ上流《かみ》になり、もう県境に遠くない所だという。私にはまるで知らぬ土地なので、ただ蜿々《えんえん》と続く土手と草の繁る河原ばかりを思い浮かべて聞いていた。

　まだ朝の内に母親に手を引かれて歩いていた、川を下るにつれて道端に、遺体が増えていった、と話した。それほどの話なので、私は忘れていたわけでない。野川の話につけても、その記憶は頭の隅にあった。しかし今になって声となり聞こえた。

　井斐は黙った。それ以上は続けられる話でもなかった。しばらくして、あれで本所から疎開したつもりだったのだ、女ひとり子ひとりだったもので、お蔭で命は助った、と言った。身上話の口調になり、そちらへ行くのかと思ったら、土手のすぐ近くに住まう心持のことを話し始めた。昼間は子供のことなので良い所に来たとぐらいに思っているのだが、夜が更けかかると、路地奥の家なのに、土手を風の走るのが、耳に聞こえるより以上に、目に見える。まるで土手そのものが走っている。黒い生き物だ。その力を受けて家も軒並みに、すこしずつ傾《かし》いで、やっと踏み留まっている。そのまま町全体がもう地所ごとずるずると押し流される。しかしもっと恐ろしかったのは、風と風の間の静まりだった。

　枕もとのほうの茶の間で、あれは灯火管制と言ったか、笠から黒い布をまわりに垂らした電灯の下で、母親が子供は眠ったと思って啜り泣いていた夜もあった。

　幾体も見たわけでない、ただ道の先に数の増えて行くのはわかった、しかし一体でも見てしまえば、もう生涯物だ、と元の話に戻った。母親は子供の頭に手をかけて顔を腰に押しつけた。そんな窮屈な恰好でほんのしばらく二人して進むうちに、今度は母親が立ち停まってしまった。子供を前に引き寄せて、無理やりお辞儀でもさせるようにして、子供の眼を腹で覆った。

臭いはとうに鼻に入っていたはずだ。記憶に残らなくて幸いだった。

背中から

引き返すことになり、母親にまた手を取られて、土手道を歩き出した。しばらく行くと川上《かみ》の風景は何事もないようになった。

三月十日の朝のことになる。その未明、夜半を過ぎたばかりと後に聞いたが、妙に静かに揺すり起こされた時には、雨戸の隙間から差す赤い光に、母親の顔も染まっていた。家を走り出て土手下の道まで来ると、近隣の人間たちが川上へ向かって駆けていた。町の背後に炎が立って、振り返るたびに近くなり追って来るように見えた。人がばらばらっと土手を登り出した。そっちに行っては駄目だ、土手にあがるな、河原に近づくな、火が走って、皆、焼き殺されるぞ、と年寄りの声が叫んだ。絶叫になった。しかしそう言う本人、声も掠れると、人の後を追ってあたふたと土手を這いあがった。

土手の上は強い風が渡って、初めは息もつけぬほどだったが、向風《むかいかぜ》だった。後も見ずに走った。走っては歩き、歩いては走りして、あれでもう県境の手前まで来たのではないか。人がだんだんに足を停めて、来たほうを振り返った。川下の空は一面に炎で、白いようになり、全体がゆらゆらと揺れていた。

土手を河原のほうへすこし降りた、わずかな風蔭の中で、子供は母親の膝にもたれてだいぶの間眠ったらしい。もう済んだの、と声をかけられて目をひらくと、どこから集まったのかと怪しまれるほどの大勢の人間が土手の上を歩いている。行く手には炎が衰えるところか今を盛りにあがっているのに、黙々と引き返していく。

帰りは遠い道だった。母親が何やら哀しい唄を小声で口ずさんでいるのを耳に、半分眠って手を引かれて歩くうちに、それでもよほど来たようで、人の足取りが重苦しいようになり、また空襲かと見まわすと、土手の左側に、赤い光を浴びて、町が立ち静まっている。人気《ひとけ》もない路を犬が一匹行く、その影がくっきり地面に落ちていた。無事の光景があのように禍々《まがまが》しく映ったことは後にもない。土手の道端のところどころに腑抜けの姿で立って町を眺めていた人影が、急に弾かれて駆け降りる。自分らの界隈が見えて来た時には母親こそ呆然と、とうに焼き払われたと思っていたのに、と恨むようにつぶやいた。

走り出た時とすこしも変わらぬ、まだ雨戸の隙間から赤い光の差す部屋の蒲団へ着のままもぐりこんですぐまた眠りこむと、朝になり、本所まで行こう、伯母さんのところへ、ミッちゃんのところへ、様子を見に行こう、と母親に起こされ、また手を引かれて外へ出た。朝になりと言ったが、あの日のことは夜も朝もあまり区別がつかない。夜には空がほぼ一面に赤く焼けて、暗がりもなかった。朝には黄色いような靄が空に立ちこめて、まだ早い時刻だったようで、大きな真っ赤な太陽が冬場の日没のように掛かっていた。どうしてあの辺の土手に人が倒れていたのか。行くにつれて左手には煙とも陽炎ともつかぬものを立てる焼野原がひろがりはじめていたが、人がたちまち逃げ場を失うような所ではまだなかった。土手に熱風の走ったような形跡も見えない。もっと下流の市街から重い火傷を負いながらここまで落ちのびて来て、力尽きたのだろうか。

母親は子供の眼を腰で塞ぎながら、自分で遺体を見つめてしまったらしい。さらに腹へ顔を押しつけられて子供は母親が息を詰めているのをじかに感じた。その息がすこしずつ戻ってくる。まるでひとつながりに、自分も凝視しているような苦しさだった。しかし、母親が安否をたずねようと朝から出かけた、その伯母は本所のまさに町なかに住んでいた。ここも夫に死に別れて、女ひとり子ひとりの暮らしだったが、「疎開」をすすめられても、在所に行くのは嫌だと言って町に留まった。子供は小学校に上がったばかりの女の子で足がすこし不自由で、伯母も丈夫ではなくて、わたしらは逃げ足が遅くて、やられる時にはまっさきにやられる口だから、どうせなら馴れた所がいい、と人の忠告に耳を貸さなかった。後に二人とも行方不明から死亡を認定された。

土手の上で立ち停まった母親は姉のことを、本所の母子のことを思ったかどうか。本所までの道は遠い。市街部では朝まで火災がおさまりきらなかったとも後に聞いた。そのことを知らなくても、川上からあの炎上を見ては、朝になり子を連れて本所まで行きつけるものか、母親はろくに考えもせずにただ不安に駆られ、子を起こして家を出たのだろうが、本所の母子が逃げるとしたら、こちらの方角よりほかに便りはない。二人のことを母親は思ったに違いない。しかし二人の身の上をそこに見たかどうか、母親は六十手前で亡くなるまであの朝の土手のことに限って一切口にしなかったので、息子も聞かずじまいになった。

しかし、見たのだろう。母親は走りかけた息をまた詰めて、子供の顔を腹に押しつけたままゆっくり向きを変え、子供を離すとその手を取って歩き出した。家に帰って寝よう、足が重たくてもう先へ行けないと言ったきり、あの時からもう、いましがた見たことはおろか、本所の母子の心配のことも、自分たちが何のために家を出て来たか、それさえ口にしなかった。川上の空はいつのまにか靄が晴れて、風は強くて冷たかったが、くすんだ火の球のようだった日が照り出して好い天気になった。すべてが無事で長閑《のどか》に見えた。寝ようと母親に言われて、子供はまたうつらうつら歩きになった。母親もまた哀しいような唄を口ずさんでいた。夜と同じ唄だった。菫の花咲く頃、としばらくして子供の耳に聞こえた。

あの歩き方だ、と井斐は言った。あの朝の子供の足取りがここまで残った、振り払うことはもう諦めた、と言った。お互いにやはり三十代の頃のことか、それとも中年へもっと深く入って、その話題が年を経て飛び火した折りのことだったか。話の間の無言が今に伝わって来る。

ひと足ごとに膝を放るようにして、ポクリポクリと歩いていた。引き返す前も後も、まだ夜のうちに県境の手前から家へ戻る間も、土手道をひとつながりの足取りだった。半分、覚めていなかった。腹も減っていたはずだ。避難中にどこかで乾麵麭《かんぱん》をそそくさと齧っただけだった。それに氷砂糖だ。町側から火の手に迫られたように先を争って土手を駆けあがる群れに、母子が置かれかけた時、母親の掌が子供の口を塞ぐようにしたかと思うと、名を呼ばれて、唇から甘いものが押しこまれた。走りながら眼がどんよりして来ていたようだ。県境に近い土手の腹でも、朝の家の寝床でも、揺り起こされて目をひらくと、氷砂糖を口に銜まされた。

繰り返し起こされては甘いものを銜まされて、目覚めから目覚めへ、土手の一本道をうつらうつらと、どこまでもたどっているような心地だった。

人よりは姿勢に気をつけている、と俺は自分で思っているよ、と井斐は言った。二十代から、いまどき、母親にたいして保護者の気持があったものだ、とその理由ともなく洩らした。しかし殊に戒めて、せめて歩き方はしっかりしなくてはならない、内はどうでも姿勢だけは保ちたいという時に、あの朝の子供の足取りが、寄り添ってくる。すると何処にいようと、足の踏むかぎり、土手の一本道になる。

背中から凄惨なようになる、とつぶやいた。

あの男はたしかに姿勢が良かった、寛いでいても背に切り詰めた筋が通っていた、と時折、道を歩きながら自分の背と較べて感歎させられ、それもやがて間遠になり、井斐の死も背後へ退いて行くようだった。

背すじに気をつけることでは、私自身、人に劣らぬつもりだ。これは十一年前に四肢不随意になりかけた故障に由来する。腰の中心、要《かなめ》と感じられる辺から背骨を真っ直に立てなくてはまともに歩けない時期があった。腰から下は、なまじの注意を凝らさず、歩行の流れにまかせる。足腰の筋肉もぎりぎりまで衰えていたので、そうして重心を平らかに浮かせて運んでいると、姿勢の端正な幽霊でも見た気がしたものだ。退院してまもなく立居は自由になったが後遺症が残って、背を伸ばす必要は続き、年を重ねるにつれて、背中から足腰まで筋肉の付き方が変わって来たようで、なるほど人の筋肉は首から足の先まで背面で繫がっているものなのかと感心させられた。それがしかし健やかな体感かと言えば、そうには違いなく、それに感謝もしているが、やはり必要から出たことであり、必要ということの、乏しさには悲哀がないでもない。それにしても、同じように背を伸ばしていても井斐のとはどうも違う。どこかもうひとつ筋が通っていない。死者には日々にその姿が佳《よ》くなるという利があることか、と思っていたところが或る日、道を歩くうちに、何気なく腹筋を締めると、胸郭が押し出されて背筋が今の今まで弛んでいたように、その張りが脹脛《ふくらはぎ》まで伝わって、地を踏む足の先からさわさわと血の気がひろがり、そしてわずかの間だが、背中から井斐の姿勢が乗り移ってきた。

しかしこの姿勢、全身に張りの渡ったこの歩き方に、どうすれば、膝を放ってポクリポクリと歩む、半分覚めていない子供の足取りが、寄り添ってくるものか、と歩きながら自身の体感から推し測ろうとした。数歩の間は操《あやつり》人形の釣合いが取れたが、じきに背筋がくずれる。子供の柔らかな背ではない。井斐の言ったのは、子供と背が重なるのではなくて、おそらく足もとに、すこし遅れて、子供の足取りがついてくるのだろう。しかし何が、子供の足を呼び寄せるのか。もしも、腹を締めるのがその合図で、締めた腹の感覚から子供が近づくのだとしたら、まだ幼児の体型を残すはずの七つ八つの子供が、ひとりでに腹を締めて歩いているとは、どういうことなのか、とたずねると、その問いを戒める井斐の背が見えた。あくまでも真っ直に立てて、戒めながら遠ざかる。日の暮れの野川の土手道を行く。子供の手を引いていた。

この子を静かに、死なせてやらなくては、と声が聞こえた。

お前には後姿というものがないな、と夜更けに埴輪の馬をからかった。机の隅の円い空缶の上に客となってからもう半年に近くなる。梅雨時に入り、窓の外では昼から続いて降っていた。無理もない、土を節約して、鞍の背の後からいきなり、後肢《とも》をまっすぐ切り落としているからな、尻尾もつけなかった、しかし後姿など本人の知ったことか、と取りなした。それにしても、馬にとっては、後姿とは背ではなくて尻になるわけだが、お前のように振り向けないとなると、どんな生き心地になる、背後は無しか、とたずねて一人で噴き出した。もっぱら前を向いて立つそのすぐ鼻先から天地がひろがり、永遠の相をあらわし、振り返りもせぬ背後も前方とひとつに合わさり、ここに立つ今が消えかかり、わずかに露を払う頭の動きとなって思い出される。そんな境に羨望を覚えた。

人は背中から老けるものだとは中年に入る頃からよく聞かされて、年長者たちの背つきの急な変わりように驚かされることもしばしばだったが、自身がその年頃にかかると、背後の人目にたいしてまさに後めたさを覚えることはあっても、それが俺に何の関わりがあるとうそぶかんばかりに、押し返す乱暴さはまだ持ち合わせた。背中の老いは斉《ひと》しい割当てのようなものであり、人と人との間のことであり、それさえ弁えていれば自分がどうこう責任を持つことでもない、と思い切ることができた。背中の老いを本人は見ることもならない、と若い頃には他人事に哀れに思われたのが、いざ自身が哀れまれる立場になると、自分では見えないことがなかなかの恵みであるように、感心させられた。老いを背後へ振り捨てるほどには、脚もまだしなやかだったのだろう。

十一年前の頸椎の手術の後の、寝たきり十四日目の朝のこと、もう一週間寝たきりを申し渡されていたところが、医者がやって来て、起き上がってベッドの端に腰をかけるように言われた。これは難なく出来て、首の据ったばかりの赤ん坊のような気持ではあったが、医者がまた来て、もう横になってもよいと言われるまで、十五分ほども揺るがずに坐っていた。同じように坐っていると、立ち上がって、といきなり言われたのはその暮れ方のことになる。十五の歳に、ひと月寝たきりの後、立ち上がってと医者に言われて、無造作に立つと、腰がすとんとベッドに落ちたということがあったので、用心して腰をあげると、これも何の事もなく、立てた。その立った様子を医者はしげしげと眺めていたがふっと部屋から消えて、まもなく廊下から車輪の音が近づいて車椅子かと思ったら、立ちかけの赤ん坊の使うようなものを大人の背丈に伸ばした歩行器を押して来た。これにつかまれと言う。手は添える程度にと言う。そして姿勢の定まったところで、歩いて、と声がかかった。

そのまま廊下へ出た。歩くというよりも、棹で岸を突いて舟を出した心地がしたものだ。初めは歩行器を押していたのが、やがて手をかるく掛けるだけになった。そう、それでいい、上々、上々、と後から医者の声がした。廊下のはずれまで来るとその声が絶えたので、足を停めてそろそろと振り返ると、姿も見えなかった。それから半時間ほどだったか、広くもない病棟の内のことなので歩いていたばかりでなく、談話室の窓辺に立って表を眺めたりして、ベッドに戻るといまさら息があがった。疲れのあまり夕飯は半分も喰えなかった。

その夜半の寝覚めに、廊下を行く背が見えた。夢ではなかったが、夢よりも夢に感じられた。これまであんなにも、かるがると歩いたことはあるだろうかと怪しんで、あれはようやく自分の内から抜け出した影ではないのか、と寝惚けた頭で考えたものだ。あれが死後だとすれば、ここで寝ているのは生前になるが、生前の自分とは、自分はどこから眺めているのか、と莫迦正直のような混乱を来たしかけた。いささかの新生ではあったのだ。

人の歩行の正常異常を量るには背後から見るのがよいと後日聞かされた。後から見ていて、たしかに、歩き方が変だった、と知人には退院後に言われた。入院よりふた月も前の印象になる。その日、私は暮れた頃に家を出て、表通りへ抜ける暗い裏路で、車道と歩道の境の白線を頼って歩く自分の足を自分で不思議のように眺めていた。身体の異常にはまだ気がつかず、むしろ普段よりも旺盛に仕事をこなしていた時期にあたる。背筋が莫迦に改まっているのが、まず目を惹いた、と知人は言った。足の運びもまことに正しいのだが、それが時々、バタバタと小足を踏んで、よろけたかと思うと前へひょいと跳ねて、いよいよ謹厳なような足取りになる、と言った。

頸がこわれたら泡もはじけた。自分の病気と世の過剰景気の破綻と、それぞれ露呈が半年ほどの差で重なったので、後にそんな冗談で自分をからかったものだが、その数年前から私は街に出るたびに、人の姿からめっきり精気の失せているようなのを感じて、伝え聞く好況と裏腹なのに首をかしげていた。人の歩く姿の、背に張りがなく、膝が伸びきらず、足取りも弱い。速足には変わりがないが、足がよく上がらず引き摺っている。車内の席に坐る様子を見れば、揃って腰を浅く掛けて、まるめた背でもたれこみ、脚を投げ出し気味にして、物の弾みでそのまま前へずり落ちはしないかと思われた。話す声は喉に掛かって高く、それでいて抑揚にとぼしく、言葉も締まりがなくて、話しつのるほどに自分で自分の声が聞えないように目がもどかしげなままに、とろんと据わって来る。近頃、人の立ち姿というものを見たことがない、とある日は思った。見まわせば、あちこちに人は立っている。しかし立ち姿を見たという気はやはりしなかった。

小さいながら事業をしている知人にその訝りを洩らすと、知人は私の顔を見て、この景気も不況の形のひとつでね、と言った。もとより好況にも無縁の私には、何を言われたか、見当もつかなかった。人手不足の、人手余りでもあるし、と知人はさらにつぶやいていた。

そのうちに私自身が、歩いていて足の先から腰へ背へ弾力が伝わらず、全身を屈め気味にしていることに気がついて、すべては自分の体感の投影であったか、と憮然とさせられた。それにつけても五十代にかかって年の戒めの声を聞かされることになったが、後から思えば、すでに頸椎の狭窄から運動神経の不全が、本人は知らず、兆していたのかもしれない。周囲の動きの旺盛さから零《こぼ》れかけると、雑踏の中を歩いていても、人がおのずと、忌《い》むように、道をよけてくれるようだ、と一転してそんな妄想めいた引け目を覚えはじめたのは、頽齢にいよいよ感じたせいばかりとも思えない。

老いが背にあらわれるとは、過去が背中に取り憑いているのを、本人は知らずに前を見ているということになりそうだが、じつはその逆で、人は過去を思うにも前を見ているものだが、その間に未来が背にあらわれている、背がひとりで予言しているのではないか、と別の後めたさを覚えるようになったのは、病後一年あまりして、この度の大患はどうにかしのいだか、と安堵した頃になる。馴れた夜道を家までもうひと歩きのところまで戻って来て、これも年来馴れた角へかかる。角を折れる時に、足のよろけていないのを見て、病気のあらわれる直前には、ここで足がひとりでに外へ振られて、妙な弧を踏んだものだ、と思い出しながら曲がりきると、まだ角のところでばたばたと小足を送っている、自分の影が残る。これは過ぎた危機を背後に思う類いのはずであるのに、それと同時に、前を行く安泰な背が見える。安泰だと眺めながら、際限もない危惧の念を寄せて、角に立ちつくして見送っている。奇妙な分裂、奇妙な混交だった。

病院で頸椎の手術を申し渡されて、しかしその手術が私の場合、可能かどうか、さらに検討しなくてはならないと留保された時の、危惧と同じ質だった。あの時、危機に陥ったと知った人間には一種の自己剝離が起こるものなのか、我身に関する不安や恐怖はさしあたり覚えず、身内の者の先行きを心配するような気持になったものだ。季節には早くすっかり春めいた一日の暮れかかる時刻のことだった。手術は不可能とこの病院で判定されてほかの病院をあちこちたずねてまわる自分を思った。すでに杖に頼っていて、断わられるたびに姿が零落していく。しかしさらに徒労を重ねるにつれてその背がいかにも日の永いように、楽天的なようになり、ただ病院までの道を踏むことに熱心で、ほかに物を思う様子も見えない。待合室のベンチにちんまりと坐りこんで、一向に先を急がない。はてしもなく従順な、治療のことさえ遠くへ行ってしまって現在の境遇とそれなりに折り合っている、まるで自足しているような姿の浮かんだ時には、怯えが初めて、ゆっくりと手足にまでひろがった。

手術と決まった後は、いくら医者が保証してくれても間違いひとつで手足の自由を失う危険は紛れもなかったが、あまりにも明白な可能性なので危惧のしようもなく、確率を考えることもこの際無意味に近くて、その日を待つばかりになった。声をかけられて全身麻酔から覚めた時、脱皮したての蟬となって、細く撓《しな》う小枝の先のほうにつかまって下がっていた。その縋りつく体感から、手足の利いているのを確めて安堵したようだった。それから半月近く首を固定されて仰臥を強いられたが、寝たきり手足を動かすことは医者からすすめられて、その動きにも感覚から遠いところはなかった。それで危惧は済んだ。しかし、危惧は夢の中へ潜りこんだようだった。自分の背中が見える。ひきつづき巡り歩いている。とうに嘆願の旅となった。知らぬ街まで来る。たずねる先は病院のようでもあり、役所か相談所のようでもある。どこへ行っても、首尾まで至らず、つぎの手続を指示されて出る。それでいて絶望感はない。

歩く姿はまた一段と端正で、切り詰めたあまり綱渡りにも似て、膝に揺らぎはふくむがよろけそうでよろけず、一歩ごとに没頭して、言われればどこまででもそのまま淡々と踏んで行きそうな足取りだった。道はほの白い。両側の家の暗いのは日の暮れか、それとも夜明けのせいらしいが、しかし道の白いのは、これはやましさが路上に降りたものだ、白い罪というものもある、と感じていた。何の罪があるのだと問うと、罪があるから出頭しているのではないか、と自明のことに答える。病むのは土台、罪悪だ、病苦はどうしても罪悪の臭いがする、とつぶやき捨てて背は足取りを変えず、前方へ伸びる道はむしろ自足感のような白さを増す。その一歩ごとの釣合いが、首枷を付けられて転がされた身体にはそのつど、有り得ぬことのようにつらくこたえて、息が走りそうになる。

自分の背を自分で見ることが夢の中でもなくなったのは、病後三年ほど経った頃からのことになるか。自分の背にようやく追いついて、背と背が重なってまた何も見えなくなるのが、恢復というものか、とまたいくらか憮然として思った覚えがある。それにしてもあの背はどこまで行くつもりだったか、どこへ先導しようとしていたのか、といまさらの危惧が、他人事のつぶやきとなって、しばらくはわずかに残った。

ある日、奇妙な足取りを見た。暮れ方の散歩の帰りに並木路の南のはずれを横切る時のことだ。北のはずれのほうに近いあたりを人の影が、私とは逆の方向へ渡って行く。夏至の過ぎたばかりの頃だが、梅雨空の暮れ時のことで欅の枝に両側から覆われた並木路は暗くて、姿はすぐに木陰の濃い中へ紛れた。遅れて私も並木路のはずれを渡りきり、生垣に沿った道々、不思議な歩き方だけれどどこかで見覚えがあるぞ、と思い出そうとするうちに、その足取りをひとりでになぞっていたらしく、いきなり膝が落ちかけた。

膝を前へ出す。それから伸ばして地を踏むのが、歩幅は老若さまざまでも、普通の歩き方になるはずなのに、いましがたの男は、膝が折れたまま地を踏んでいた。よく見受けられるだらしのないひきずり歩きの、半端な膝の折れ方ではない。類人猿なら背をまるめて両腕を前に垂らすところで、そんな歩き方も時折目にされるが、折れた膝をほとんどまっすぐに降ろして踏みこむので、腰が沈んで、背がやや反り、もう片足が後へ置き残される。そこだけ見れば大股の歩みに似ているが、歩幅は出ていなかった。しかも身体《からだ》が上下に揺れず、なにかなしくずしに進んでいく。これを真似て、後に置かれた足を送ろうとすると、その足がすぐには地面から抜けなくて、踏みこんだ膝ががくんとのめりそうになる。

泥濘《ぬかるみ》を踏む足取りに似ていた。しかし粘る泥の上を渡るのに背をあのように立てて重心を後に残すものではない。固い路面ではそんな歩き方は無用なばかりか膝につらいはずだ。幼児も膝が折れぎみに見えるが膝小僧の動きを足がすぐに追いかける。西洋の古い絵画に見える農民たちの歩行の姿も浮かんだ。あるいは、並木路を横切る男の姿を目にした時にもそれが頭の隅に湧いて見覚えの感じになったのかもしれない。しかしあれは木靴をはいて、たいてい荷物を担いでいる。踏む足もとも、私が旅行の体験から推し測るかぎりだが、おそらく重い粘性をふくんだ土壌かと思われる。大きく踏みこんだ膝と、背後へ伸びきって地面に泥《なず》むようなもう片足は、土に拘束され土に密着した暮らしを強調する画法とも考えられる。いずれ歩行の一齣を切り取って固定したものになるが、そんなふうに際立たされると、日常の労働の、忍耐の姿ながら、見る者にたいして、そのまま諧謔味をふくんで、今にもすべて放り出して哄笑しそうに見える。祭りの絵の、もはや無礼講の境に入って、手当り次第に嘲笑してお道化まくる踊りの、その足の踏み方にどこか通じる。辻のようなところをそそくさと通り過ぎる旅人の絵があり、似たような足取りから周囲の眼を恐れる様子がありながら、どこか笑いを銜《ふく》んでいるように見えて、どこの悪党だと画題を見れば、神のお告げにより迫害を避けて旅立った聖者とあり、その歩き方をあらためて眺めたこともあったが、いましがたの男の歩き方をなぞって五歩十歩、ようやくその足取りが定まって来た時、折れて地面を踏む膝から上がって来たものは、逃亡の愉楽でもなく、嘲笑でも諧謔でもなく、不逞らしきものは一切なく、ひたすら脱力感だった。

この歩みを踏んでいると、膝から始まって、気力も体力もおのずと抜けて行く。あるいはその逆で、体力気力が掠れていなくては、このような歩き方は続けられない。背をまるめて前屈みに歩くのさえ、これにくらべれば、膝はよほど前へ出る、足も重く踏む。衰弱した病人や老人がたとえば手洗へ通う様子は、膝が利かずに、棒のようになった足の先で床をわなわなと摺って行くものだが、それでも前へ進もうとする意志は執念めいた緊張となって全身に表われる。それにひきかえこの足の踏み出し方は、人が歩くのはいずれどこかへ行こうとしていることには違いないが、この体感からすれば、どう言ったものか、とその後が継げずまたしばらくその足取りをたどるうちに、一歩ごとに何処でもない、何時でもない、と思った。時も場所も拡散してしまっている、と数歩行ってまた思った。もしも期待や願望によって区切られることがなくなると、時も場所も、意識には常と変わりなく映っていても、足取りのうちで、漠とひろがってしまうのではないか、と想像して足が停まった。あの時にも、今まで傍に添っていた影がついと離れて、その背が見えた。本人は知らずに背中から、じつは連続が失われて、断続だけになるということも、あるのかもしれない、と考えた。

今から四年前の梅雨時のことになる。

その前年の十月の末に私は群馬県の高崎まで競馬場の取材に日帰りで出かけている。競馬場内は閑散として馬の走るのばかりが華やかだった。案内してくれた職員たちも口々に不況のことをこぼしていた。事務室のテレビからは、ちょうど火曜日のことで、週明けのニューヨーク市場の株の急落の模様がしきりに伝えられた。つれて東京でも株価が、たしか一万五千円を割りこんで、今なら人は驚きもしないだろうが、経済界には衝撃を来たしているようだった。その帰り、高崎の駅の構内に入るとキオスクには株価急落の大見出しをこちらへ向けて夕刊の並ぶその前を、五時過ぎのことで、一日出張の帰りと見える背広の男たちが目も呉れずに速足で通り過ぎる。東京の引け時でも見馴れた光景なので訝りもしなかったが、新幹線が走り出してしばらくして、席から立って通路を抜けながら見渡すと、車内ほぼ満席の、その大半を占めるビジネスマンたちの、誰一人として、新聞をひろげていない。一日、出先でも急落の話で持ちきりで、お宅は大丈夫かと言外に探られて、もう辟易しているのだろう。暗い話題も続けば飽きる。明日出社すればまた、業界と社への波及のことがささやかれる。都内に着けば、いずれ安泰そうな連中のかえって深刻らしくこれを論じるのが、電車の中で聞こえるかもしれない。せめて新幹線に乗っている間は免れていたい。おそらくそんな心なのだろう、と推察してトイレから戻ると、通路側の席に一人、新聞を熱心に読んでいる男がいて、そうは言っても気にかかるのだろうなと通り過ぎかけにのぞきこめば、これが朝刊だった。およそそのひと月後に、大手の証券会社が倒産している。

あの車内の男の内、どれだけが勤めを離れる身になったことか、と後に思った。私自身もあの日、あと半月あまりで満六十歳、会社勤めなら停年の年限にかかるところで、まもなく大銀行が幾行も破綻に瀕したとの噂の立った頃には、世の停年の齢になったら国の経済の行詰りが露呈するとは、頸がこわれたら泡もはじけたのに劣らず、おかしな符合だと自分を笑っていたが、それからまたまもなく、新世紀を迎えるだのミレニアムだの、世の騒ぐ頃に、二年にわたって眼の故障で五回も手術をすることになり、今度は仰向けの代わりに俯《うつむ》けを半月も強いられるとは、ある日、眼に映る物に歪みが来るまで、やはり夢にも思っていなかった。

白昼から閑を持て余した様子の高年の男たちにしきりに目が行くようになったのは、自身が六十の坂にかかったせいだったか、いや、そうとばかりでもなさそうだ。その頃までに三十年も私は乗馬の公苑の近所に住みついていて、毎日正午前に一時間あまり、これも三十年来、坐業の心身をいくらかでもほぐすために、公苑の中を歩きまわり、無聊をあらためて身に染ませて、昼食の後から一日の苦行にかかることを日課にして来たが、六十になる二年ほど前から、正午前の散歩の途中で、同年配の男たちに出会うことが、たしかに以前よりも繁くなった。停年退職者たちだとまず思った。再就職の道が狭くなったとは聞いていた。そのうちにしかし、大雑把には同年配に括れても、私よりはたしかに若い、四つ五つは年下と見られる男たちも混じっているのに気がついた。仕事に向かうのと変らぬ足で歩いているのがいる。寛いだつもりがかえってこわばっているのがいる。ベンチに茫然と坐っているのがいるかと思うと、遅々として進まぬ時間の重さにじわじわと消耗されながら堪えている風なのもいる。いずれも所在なげで、走る時間の中でばかり物を見て来た習い性か、物がしっくりと映っていないような眼をして、そして背中から、歳月に侵蝕されている。しかしその前を通り過ぎる、あるいは来たのとすれ違う時、私自身、いかにも消耗性の歳月を後にして来たように、背から力の吸い取られるのを感じた。暑い季節になると正午前から並木路のベンチに寝そべる高年の男たちが目につくようになった。眠っているようではなかった。時間を持ちきれなくなったらしい。背中が自分でもさびしいのだ、と思った。

例の奇妙な足取りの男は、その後歩くところを見かけなかったが、もう半月あまりも前から並木路のベンチのひとつに居ついた男だとやがて見分けられた。正午前にも居る。暮れ方にも居る。夜にも、居るようだった。たいていは寝そべって、これはどうやら眠っていた。時折、ベンチに起き直って、脚も組まず行儀よく腰かけている。何を見ているようでもない。所在なげでもなければ、自分の存在を主張する風でもない。眠りと眠りの間の、休憩のように見えた。白毛混じりの髭が口もとを覆って、顔は赤黒く脂が浮き、着る物は薄汚れて来ているが、しかし荷物らしきものを持たない。傘もない。それに思い出してみれば、つい半月あまり前には同じ身なりも小ざっぱりとして、並木路のはずれの円筒形のコンクリートの車止めの上に半端に腰を降ろし、腕組みをして忿懣やる方なさそうに深い息をついている姿は、職から離れてようやく閑に行き詰まる時期を思わせた。家族と悶着を起こして家を飛び出して来たところのようにも見えた。そばに自転車があった。それがいつかなくなっている。

あの年は梅雨入りから何日か降ったが、その後は雨もすくなくて蒸暑い曇天の日が続くうちに、七月になり台風が接近した。その正午前、時折雨の走る中を、傘を差して日課の散歩に出ると、男はベンチに横向きにまるまって寝ていた。頭から腰まで白いビニールをかぶっていたが、ズボンはもうぐっしょりと濡れていた。公苑をひと回りして来ると、ベンチに腰かけて、合羽を着こんでうつむいていた。ストアかコンビニで買った携帯用の合羽らしく真新しく見えた。午後の三時過ぎに雨が強く降り出した。その頃になり私は近所の病院から受ける日用の薬の切れていることに気がついて、本格の吹き降りにならぬうちにと家を走り出ると、とうに滴を溜めなくなった並木の下で、白い合羽姿が一段と深くうつむきこんで、叩きつける雨に身じろぎもせずにいた。ただ一刻一刻を送っているだけで、思案をしているような様子にも見えなかった。

取りあえず雨を避ける場所は近くに幾つかあるはずだった。

忘れ水

――梅干すや撫子弱る日の盛

正岡子規の句である。亡くなる五年前の、すでに病中句らしい。伝えられるところに照らすと、その春と初夏に腰の手術を受けたが経過が思わしくなくて一時重態に入ったその後の小康の頃、いよいよ立居の不随意になるその直前にあたるようだ。病人の身になれば、「その後」も「直前」も、他人の物差にすぎないのだが。

病いがさらに重《おも》ってもぎりぎりまで常人離れのした健啖さを保った人のようだが、病人にとって食欲は倦食と紙一重の、あやうさがあるのだろう。梅を干すと聞けば、私などは炎天に炙られる梅のにおいに感じて、梅干に頼ってようやく喰った夏の飯の味が思い出される。たいてい子供の頃だ。病気の時とは限らない。飽食のせいではない。栄養不良の身体こそ、夏場には食が細る。飯のにおいにも負ける。それに昼の冷飯はどうしても多少、饐《す》えていた。梅干のにおいも、酸味で締められているが一種の饐えのにおいである。饐えと饐えとを合わせて喰う。丈夫ならば清涼の味とするところだが、弱った子供は、喰った後で、また弱りを覚えた。

撫子弱るとは、これも写生の内なのだろう。写生ということを人はやすらかなものに取りがちだ。しかし重い病人にとっては、どんなものか。即吟だろうと、やや間がかかろうと、いずれ不断の病苦の中の吟である。句が成った時、炎天下の庭に、詠まれた句が肉体苦を占めて立ち、肉体苦と張り合って句を案じていた人のほうが、その苦を引き取られて、心臓の鼓動も遠いようになり、いまにも消えかかりそうな気持になりはしないか。しかし瞬時の怖れはあっても、これこそ病閑というものか。

四年前の夏の並木路の男はその後、私の記憶にはあまり留まっていない。秋の風の立つ頃まではベンチに居た。夜半の帰りに並木路を通るとベンチに寝ているのが見うけられたが、汚れがある程度以上ひどくならないところでは宿無しではなくて、雨の日などには家に帰っているようだった。身の回りの物も一向に増えない。それに、ある時から、腕時計をしていた。それにしても、半月もひと月も同じベンチに同じ恰好で坐りこんで、ほとんど動かずにいて、退屈がきわまらないとは、そこまで気力は掠れるものなのか。六十代か、時には五十代のなかばにも見えて、どういう家の事情があるか知らないが、男というものはいったん踏み留まれなくなるとどこまでも逃げて、自足のような状態に入るものか、と思いやられたが、動かずにいるものは、やがて眼につかなくなる。私が今より四年若くて元気であったということか。じつはその春先から眼を病んでいた。

あの三月と五月にそれぞれ半月入院して右眼の手術を受けている。網膜の、剝離ではなくて、その中心の辺に微小な、微小に決まっているが、孔のあくという故障だった。スクリーンの要所に瑕《きず》があるので、両眼で見ている限りは物の輪郭の端々がやや掠れる程度でも、悪いほうの眼だけで見れば物の線が、とくに直線だと、吐気を誘うほどに歪んで映る。どうかするとギザギザになる。医者の説明では孔の周囲の粘膜が盛りあがって、クレーターのようになっているという。二度目の手術で孔はどうにか塞がったが、この年で眼球の内部をいじれば早晩白内障が出て来るので三度目の手術は避けられないと申し渡された。これは大した手術でもないらしいので、ならばいっそ早くと待つうちに、夏にかけてそれらしい兆候の出て来たところだった。

物の見え方というよりも、端的な意味で物を見る、その見方が眼の故障の前と違っていた。人と相対している時は視覚の不全の意識もなかった。必要な物を見る時にも少々の苦労が伴うだけだった。網膜に孔のあいたままの頃の、ある距離に入った人の姿の、首から上が急に掠れて、ほんのわずかの間だが、見えなくなるとか、一本路をまっすぐに近づいて来ていたはずの人の姿が、途中からいきなり現われるとか、そのような気味の良くないことはもう起こらなくなっていたが、しかし何を見るともなく視野をひろげていると、どこかしらに盲点らしい感じが、錯覚のようではなくて、たしかにある。その死角を見ようとして視野の中心へたぐり寄せようとすれば、視野のはずれへ逃げる。当然のことであり、盲点を見るとはそれ自体が矛盾だと知らされ、浮遊するものを追うのはやめにして、死角はあるということだけを心に留めて後は放っておくようにしたが、それにつれて、必要なもののほかはまともに見なくなった。視野を絞らなくなった。

白内障の前触れであり網膜の故障の名残りでもあった。そうやって視野をひろげ放しにして歩いていると姿勢があらためて良くなるようなのには、老朽の皮肉を覚えた。アイロニーとは本来、無知の顔をして相手の無知を悟らせる方便のことだ、といつだか人に教わったことが思い合わされて、自分が自分に対してとなると、なるほど、これは一段と皮肉なことだと感心もした。例の男の奇妙な歩き方は、こちらが見るよりも先にあちらから飛びこんで来たのであり、気がついたら自分でその足取りをなぞっていたので、初めから眼の事柄とも言えない。まして白内障の兆候が進めば、よけいなものは視野のはずれへ打ち棄てられる。見た覚えも点々となり前後のつながりが失せる。あるいは病人こそあんがい、治療の前途を完全に塞がれぬ限り、「前向き」なのかもしれない。前向きは脇へ眼を振らない。

男のことを忘れてその夏も過ぎ、白内障の手術は医者から見れば急ぐ必要もなかった事のようで十一月になった。それも難なく済んで、これで平常に復したか、しかし平常とはいまさら何だ、と思ううちに年が明けて二月に入り、ある日、前年と同じ症状が左の眼のほうに出た。右眼が働けるようになったので今度はこちらが休ませてもらおうかと言わんばかりの露骨さだった。私も今度は対処が速くて、憮然としている閑も自分に与えず、馴れた書類の更新のようにてきぱきと手続を踏んで半月後には手術となり、そっくり同じことの反復を苦にせず、医者も心得て網膜の孔は一度の手術で塞がって十日後に退院になり、続いて五月の連休明けに早手回しに白内障のほうも片づけて、五度の入院で左右両眼、辻褄も合って、これで済んだ。

五度にわたる入院の間、心身の弱りはそれほど覚えたわけでもないのに、病院暮らしの早起きの得で、蒼味のかかった空の、薄紙を剝ぐように明け放たれて行くのを眺めながら、また一夜明けた安堵の内からしばしば、朝方に自ら命を断つ人間たちのあることを思った。この上はいくらでも堪える覚悟でいたところが、夜の内にすこしも改まらず反復の荒涼を露呈させた朝に絶望して、ただこの一日を拒んだものか、無限のようにまでなった忍耐がいきなり拒絶の意志へ振れる境はあるらしい、と考えた。企業や事業の破綻に追い詰められた自殺者の相継いで伝えられた時期でもあった。

正午前の並木路のベンチのあちこちに高年者たちの寝そべっているのに驚いたのは、夏になり左右の視力の定まった頃になる。一年前のあの男は、どこへ行ったのか、といまさら頭へ手をやった。

――勤勉とはけだるい。

人のつぶやくのを耳にした。まだ若い、三十手前の頃のことだ。相手は働き盛りという年配だった。旺盛な人と評判を取っていた。世の中も、今から思えば、働き盛りだった。意外な人が意外なことを言う、と訝って耳に留まったが、当時の私にはどのような意味で言われたものやら判じがつかなかった。相手も後を継がなかった。暑い盛りのことだったので、夏負け気味の体感が、そのまま得心となったらしい。この暑さに、常と変わらず働くとは、狂ってますね、とそんな相槌を打ったようだ。

そのつどその人のその言葉が思い出されたかどうか、覚えはないが、勤勉はかならず懈《け》怠《だい》を後に引くものだ、とあれこれ自他の例によって知らされたのは迂闊にももっと遅くて、四十代に入ってからだった。商売を興こすまではくるくると働くが、いったん軌道に乗るとタガのはずれる人間がいて、生涯その繰り返しで終る、と昔年寄りに聞かされた話に思い当たり、しかしもっぱら一身の欲望に掛かって押し上げて来た者にとっては、一応の充足を見た後で持ち崩すのは、これも欲望の命ずるところで、それに従うよりほかにないのではないか、と成り代って弁護を試みかけたが、また考えてみれば、いまどき、その類《て》の人間はおそらく存在しにくい。飽きるというところまで十年二十年、あるいは三十年しても、行き着くことは難い。それに、生涯繰り返そうにも、一度しくじったらたいていそれでお仕舞の時代ではないか。懈怠はどこへ始末される、どこへ留保される、と考えた。諸々の制度は人の懈怠の貯蔵所として機能しているのではないか、と戯れに思った。

勤勉と懈怠は所詮一対、一対不可分のものだ、とそのうちに取るようになった。子供の頃に眺めた、戸外や店先で働く人間たちの、マメとダラケの一緒になった、ちょっとした動作や仕種《しぐさ》が、机に向かっていて見えた。箸よりも軽いと言われる筆の労働でも、底無しの徒労感からわずかに気を取り直す時、投げ出す風な手つきで道具を取る、捨て置くような目を呉れながら荷を持ち上げにかかる、浮かしかけた鍬の柄にまた倚《よ》って畑の広さを見渡す、作業の切れ目の男たちの表情が乗り移って来る。あの男たちのあらかたが今頃はおそらくこの世にいないだろう、と年を数えると、この勤勉のけだるさだけが人から人へ送られて、この辛気臭い坐業の机もたちまち置き残して、永遠に続くように思われた。世を捨てるには銭が要るという古い説話を読んだことがある。銭がまだ物ほどに生臭くはなかった時代のことなのだろう。

過労がある境を超えると爽快感に似たものに変わる。私などは過労がさらに過ぎるほどに仕事の捗ることもなく、忙殺の高揚を互いに煽り立てる職場もない境遇だが、多少は身に覚えがある。膝がだるくて心臓が重く感じられる、そんな状態も過ぎた後のことだ。全身がどこかふわふわして、意識が澄明なようになる。主観のことかと本人も疑って、用心は怠らないが、やることに一々、間違いをやったかと寒さが走る。しばしば恣意の感じにつきまとわれ、持ち切れなくて投げ出す自分をもう思いながら、結局はまず穏当に始末している。誤差のひそむのばかりが見えて、それにかえって誘われて紙一重でやり損うようで、さしあたり失錯は露われない。これがいつまで続く、と溜息をついて次の片づけにかかる。ビルの建築現場に関係した人の話したところでは、転落事故は午前中に起こりやすいものだが、朝方の集まりの時に、顔に憔悴や激昂の跡のあらわな者もさることながら、眼が妙に澄んで左右に振れない者のほうが要注意だという。そういう者が、しっかりと量った動作から、ちょっと首をかしげて、足場を踏みはずすことがある。故意とは取れないが、まるで逆らわずに墜ちて行く。世の経済のまだ上昇期の話だ。

郊外私鉄の終電に近い時刻にターミナルの地下道で同じ職場の先輩と、明朝の段取りの確認を手短かに交わして左右に別れ、十歩も行ってから間違いに気がついて、我ながら、ぞっとした、とある男は私に話した。その男も私も四十手前の頃だった。間違いとは仕事の打合わせのことでなく、自分の足がひとりでに、もう四年も前に越した家のほうへ道を取っていたという。先輩とはもうすこし先まで一緒に行って左手に私鉄の改札口が見えるところで自分は右手の連絡口のほうへ別れる。今までにも幾度かそこで別れている。連日の疲れと寝不足の上に、少々の酒も入ったので、先輩は半端なところで別れの挨拶をされたのに不審も覚えなかった。それはまだしも、自分のほうは、人の非難の表に立たされるという苦境には違いないが、この程度のことで退行を来たして、妻子があり、引っ越しの苦労も知り、子供は年々育っているというのに、四年という月日があっさり飛んで、まだ乳児の匂いのする家へ帰ろうとしていたか、と怖気をふるって自分を突き放したが、踵《きびす》を返して、まずロスを取り返そうとする習い性からむやみに足を急がせるうちにその足もとから、気を確かにしないとどこまでも記憶が失われていきそうな、そらおそろしさが湧く。先輩の背が見えて、後を追う形になった。人数のもう一度増えるあの時刻の地下道で離れたところからああもくっきり見えたのが、後からは不思議におもわれた。波の上を踏んで進むような歩き方だった。あの足取りだ、と眺めた。あの足取りでどこへでも面倒がらずに行く。どこまでも急がず乱れず行く。背だけ立て全身から力を抜いて歩く姿が目についてからでも、もうひと月あまりにはなる。もはや惰性みたいなものですか、と多少は苦労を共にした遠慮のなさからたずねたら、ま、そんなものだ、しかしこの惰性も堂に入ったものだろう、と笑ってから、思案はすぐに尽きる、尽きたらとにかく足を運ぶことだ、あちこちうろつくうちに、どうにかなる、と答えた。自分が無くなりそうなところまで行くと、不思議に事態のほうが変わるものだ、と言った。事態のほうが変わる、とその言葉を今になり背中にたずねる気持で近づいて、声をかければ振り向いてくれそうなところまで来て、いましがたの錯覚を話して笑ってもらうか、それともよけいな心配をかけることになるので黙ってやり過ごすか、と迷ううちに、変わらず波を踏む足取りが改札口のだいぶ手前で停まって、何事か思い出したふうに内懐へ手をやったかと思うと、あたりを不可解そうに見渡して前へ崩れ落ちた。

救急車に同乗して見も知らぬ病院で人の最期を看取ることになり、その前後のあちこちへの連絡は、そのような危急の対処にまったく途方に暮れるような年齢でもないが、人のための手続を踏んでいるのに、間違いを犯さぬことがひとえに、自分は何者であるか、その確かさにかかっているように、今ここに在る自身を記憶のように摑みなおし摑みなおし、綱を渡る慎重さで事を運んでいた。

役目もあらかたなくなった頃には夜がすっかり明けていて、ようやく病棟のはずれから自宅に電話を入れると、まだ片言の残る下の娘がもう起きていて電話に出た。甲高く叫ぶような声が一瞬、夜の内の遺族たちの泣き声と重なった。お母さんを出してと言って、ウンと返事を聞いて、膝がへたりこみそうになった。家の者に昨夜来の経緯を知らせようとすると、それまではあちこちへ事態を簡潔にしっかりと伝えていたのに、話が前後して元へ戻るのを、どうにもならない。

午後からゆっくり出て来るように言われて、病院から例のターミナルに戻り、昨夜の現場を掠めて、下りの電車に乗りこんで席に腰をかけ、睡気がうつらとも差して来ないのに、眼を大きく見ひらいていた。途中、停車駅を数えるようにしていたのに、最寄りの駅で降りたら、背後ですぐに扉が閉まった。乗り過ごしはかろうじて免れたのに、車窓の外をゆっくり滑り退いていく駅名が、目に見える気がした。

人ひとりが死んで、それとこれとは何の関係もないのに、万事が一変して順調に運ぶ、という体験をさせられた。帰宅もよほど早くなり、あの夜と時刻柄雰囲気の違うターミナルの地下道だが、同じ方向へたどっているとさすがに、あの時自分が錯覚を起していなかったらあの人は無事だったかもしれないのに、と悔まれた。左右に別れて、何となく振返ったら、倒れるところだった、と人には話していた。不審を抱かれもしなかったが、嘘は嘘であり、偽証の後暗さは残った。それにしても、自分をふくめていま同じ方向へ歩いている無数の人間たちの内で常に何人かずつが、そのままの足取りで境を踏み越して消えるので、この流れは凝滞もせずに持っているのではないか、という胡乱《うろん》な幻想をしばらくは払いのけきれずにいた。

何駅まで来たら、声をかけてくれませんか、と朝の地下鉄の中で隣に坐り合わせた男にいきなり頼まれたのは、それから一年も経った頃になる。わかりました、ととっさに答えたのは、いましがた吊り皮につかまってその前に立ったら席を詰めてくれたせいだった。あらためて横目で眺めると、夜はろくに眠っていないらしい憔悴した顔つきをしていたが、端然と腰を掛けて、眼は大きく見ひらいていた。赤い眼ではなくて、蒼く澄んだ眼だった。四十代のなかばと見うけられ、スーツにネクタイの、身なりにもすこしの乱れもない。アタッシュケースを膝の上に置いている。さきほどの懇願はこちらの空耳であったかとまで思われたが、それがいきなり、しっかりひらいた眼のまま、頭が前へのめりかけ、憤然とした様子でいよいよ硬い姿勢を取り直した。深く染みつきながら頭の芯だけは休ませない慢性の睡気のにおいが、何かの香料に混じって伝わった。数分置きに頭の落ちかかるのが、眼をやらなくても、寄せた膝の、膝頭が跳ねるのからわかった。瞼がひとりでに降りるような、油断の気配が先に立つのでもない。限界に来ているようだった。それを感じたからこそ隣に不躾《ぶしつけ》な頼みをしたのだろうが、それでもこの場は、おそらく先のことを考えて、自力でしのごうとしている。到着の遅れの許されぬ仕事を控えているらしい。

駅ごとに残りを数えて絶望させられそうになったのは、隣のほうだった。頭の落ちかかる間合いを量って咳払いするなり、物をがさつかせるなり、肘で小突くなりすれば他生の縁の義理も果たせそうなものを、その直前の相手の緊張に感じると呪縛を掛けられて、ただ待つだけになる。睡気の圧倒にこちらも、昨夜はよく眠ったはずなのに、感染されていた。それと同時に心中ひそかに呼びかけて、ここまで来たら逆らうのはもう罪だ、ここはしくじっておいたほうが身のため、人のためではないか、と自分の睡気を添えて相手の眠りをうながしてもいた。

しかし車内のアナウンスがあって電車がその駅のホームに入ると、男は声をかけられる前に、まるで目の前に立った屈強な男たちに力ずくで引き起こされるのに怯えたように、身をすくませて腰を一段と深く入れたかと思うと、あっさりと立ち上がり、背を神妙に伸ばし、初めの頼みも忘れて前を黙って通り過ぎるかに見えて、助かりました、と礼を述べて降りて行った。やはり波の上を踏むような足取りだった。

夜の九時過ぎから、何事にも手がつかなくなった。机の上に読むつもりで置いた本を手もとに引き寄せるだけの力も出ない。机の隅の空缶の上にのせた埴輪の馬がたまたま脇を向いているので、その頭をせめてこちらへ直らせようと手をやりかけて、肘が先へ伸びない。使い物にならぬ夜だとあきらめて立ち上がろうにもけだるい。夜更けにかかると人工の排熱で蒸し返してくるのはもう十何年来の夏場の常のことで、私は夜昼冷房なしの暮しに身体が馴れている。冷房はもっぱら来客用である。それなのに、連夜の暑さと比べても格別とは思われぬのに、額に汗のくりかえしねっとりと滲むのはともかく、息が刻々と、苦しい。部屋の内の空気が煮凝って、満足に吸い取れない。窓は開け放っていても、戸外も部屋の内とひと続きに凝っているようで、夜気はそよりとも入らない。先のなくなった病人は、たとえ空調の中にいても、これの甚しいのに苦しむ。そこまで行かなくても、為ることがまったく絶えて、時間の進みも滞ると、つれて空間も狭まって、人の息は細くなりはしないか。息が細くなれば、同じ所に終日でもじっとしていられる。同じ物を目にしていても退屈に苦しめられない。脈搏も落ちる。あの並木路のベンチの男は何処へ行った、何時どんな風に気力の掠れが底をついて立ち去ったのか、と四年前の夏のことを記憶にさぐるうちに、その記憶の内のことのように、大粒の雨が窓の外の樹を叩き出し、雷鳴がして、天を傾けた降りとなった。この夏初めての夕立らしい夕立だった。

男たちが一斉に働き出した。

ヘルメットは被っているが、厚い刺子《さしこ》のものらしい揃いの印絆纏を着て、足もとは地下足袋だ。掘り立ての広い隧道の中で、手に手に鶴嘴やシャベルをふるって、隧道中の道路の鋪装か、その下均らしにかかっている。足腰の使い方が今の人間とは違う。掘鑿《くっさく》の済んだところからいち早く、トラックの通る路を開こうとしているらしい。寸刻を争う働きぶりだ。どこかで音頭でも取っているように見える。昨年のことになるはずだが、中堅どころの総合建設会社、ゼネコンがまた一社破綻した。この四、五年、株価が額面前後の停滞を続けていたが、妙に跳ねあがることもあり、もっとも危惧される口とも見えなかったのに、どうして立ち行かなくなったのか、その事情は私などにわかるわけもないが、夜のテレビのニュースでその破綻の報道されるのをたまたま見ていると、本拠は北陸で江戸時代の創業だそうで、その歴史と業績が映像でざっとたどられるうちに、その隧道内の工事の光景が現われて、なにかひさしぶりに人の景気を見せられたように、目を瞠った。

クロヨンという。黒部のダムのことなら私も知らぬではない。その隧道も、完成によほど遅れて七十年代の中頃だったか、観光客としてバスで通っている。巨大ダムの眺めは、私《わたし》には殺風景で、残酷な感じさえして、拒絶反応を起こさせた。それよりもさらに二十年も前の、まだ学生の頃のこと、後立山の針ノ木峠を越えて黒部の谷に降り、後に水の底に沈んだはずだが、平《だい》ノ渡《ら》と呼ばれた所で急流に掛けられた細い吊橋を渡りかけると、足もとをのぞけば橋全体が上流へ向かって走る。すくみそうになったところへ、頭上から爆音が降りかぶさり、不自由な恰好で見あげると、雨雲の中を低空でヘリコプターの影が行く。やがて谷の上のほうから、ハッパの合図らしい、サイレンの音が聞こえた。斧も入らぬ深山のところどころに櫓の立っているのを道々怪しんで来たが、あれは夜間、ヘリコプターに進入路を示す標識照明のようだった。

　都市に大量の電力を供給したそのダムも完成までには九十人ほどの事故死者を出したと後に知らされた。ほかの巨大工事の犠牲者も軒並みに数十人に及んだという。その数を併わせて、これもまたひとつの、私などはろくに触れられずに通り過ぎて来たが、大動員の時代だったではないか、と思った。しかしその建設会社の破綻は、近年の公共事業の縮小による本業の行詰りでもあるが、さらに溯れば、泡と呼ばれることになった過剰流通景気の時期に投機的な事業へ手をひろげた、その損失の始末のつけられなかったことが命取りになったと伝えられた。投機こそ人をいよいよ狂おしく奔走させるものに違いないが、その熱心勤勉にはすでに、必然を踏まえきれない、けだるさがつきまとうのではないか。まして先送りと呼ばれる処理の遅滞は、往年の勤勉の抜け殻のような、けだるさそのものなのではないか。

　しかしまたわれわれの勤勉はもともと、けだるさから発した、けだるい活力であって、勤勉はけだるいとは端的にその意味で言われたのではないか、と例の先輩のつぶやきにここでまた出会った。あの人もとうに亡くなっている。大道を驀進する占領軍の、あれは今の四輪駆動にあたるのか、頑強なトラックの列を唖然と眺めて、これでは勝てないわけだ、とまるで安堵のような息をついた、敗戦の民の心身はけだるい。無念さの残りも抜き取られた。自国の天の、天罰の声も聞かれない。そのけだるさは所在のなさに似て、絶望の立ち所も奪われ、奔走のほうへ振れるよりほかにない。衣食の用に追われてとは言うものの、つねに「景気」が追い立てた。「景気」の追い立てなしには生きられないような心性がついた。しかし上昇の節々に、欲求の水準は時代によりさまざまだが、飽和の境はある。その境で幾人もが道を逸れかける。逸れる道が見あたらなくても、昨日までの自分をいきなり背後に置き残して平然と去る。辛抱辛抱と他人事のように戒めながら見返りもしない。その自分の背をまた自分で見送る。

池の端のベンチに寝そべるうちにいつか眠ったその顔に大粒の雨が落ちて目を覚ますと、何もかも終っていた。十万からいたはずの観客の姿もない。雷が鳴って、掃除の人たちがばらばらっと近くの売店の軒下に駆けこんで、たちまち大雨となった。その中でしばらくベンチに坐りこんでいた。当時、三十過ぎの男性の話である。

平成に改まった年の五月の末の、東京競馬場のダービーの日曜日のことだ。ほぼ同じ時刻に私は降られぬうちに府中の街の酒場に着いて、入口に近い席から表の扉を細目に開け、狭い路をはさんだ向かい家の、太い樋が降り出すとまもなく雨水をどくどくと路上に吐くのを眺めていた。いつか、際限もない嘔吐の、吐くにつれて記憶も失せていく快感を思っていた。死ぬということは、こんな雷雨も知らなくなることでもあるか、と考えた。雷鳴と雷鳴との間に、救急車らしく、サイレンの音がした。そのつど一台ずつ新しいのが行くように、方角が違って聞こえた。

その日は朝から晴れあがった空が、初夏の陽に炙られて午後には白く濁り、三時頃に雷鳴を聞いた。その二十二年前のダービーのこと、スタートの直前に烈しい雷雨が降り出して、観客席からは雨脚に視界を閉ざされてレースの動向もまるでわからずにいるうちに、四コーナーを回り一塊りになって直線を駆け上がって来る泥まみれの馬群の中からゴール前で抜け出したのが、アサデンコウという名の馬だった。人気の馬たちを押さえて勝ったはいいが、ゴールを駆け抜けた後で左前肢の骨折が判明し、人はこれをゴール前の競り合い中に発生した故障と取って、三本脚のゴールインと持て囃したものだ。そんな昔話に古参の客たちは耽って自分らの年を笑っていたが、濁った空からは相変らず強い陽差が馬場に降りて、蒸暑さはきわまったが雷鳴は遠くなり、ダービーは大喚声の中で無事に済んで、もうひとつ残ったレースも降られずに終り、私が競馬場を離れ神社の境内を抜けて酒場に近づいた頃に、ようやくぽつりぽつりと大粒の雨が落ち出した。

その三十代の男性は早くから下見場《パドック》に来てダービーの出場馬の入って来るのを待っていた。私はダービーの前のまた前のレースが終ってから下見場の人込みの中に分け入っておよそ半時間待つのを例としているが、それと同じような間合いだったのだろう。にわかファンではない。十年ほどの競馬歴があったらしい。初夏の陽差の中で待つのはなかなかの苦行である。前のレースが始まってダービーの馬たちが下見場から現われると石段から立ち上がって、目の前を通る馬たちの、馬体の検討にかかる。的を絞りこむうちに、眼つきが真剣になる。見誤りを自身に許さないという気持にまでなる。ところがその途中でその男性は人込みを分けて下見場を離れた。

池の端まで降りて、人が下見場に集まったので閑散となったベンチに、横になった。馬を選びかねたのではなく、今年のダービーは馬券を買うに足りないと見切りをつけたわけでもなく、ただ何となく、気力が一度に抜けたのだという。それでもおそらく、何日も前から思案してきた馬券をあきらめたのではなくて、窓口の締切りまでにはまだだいぶ間があるので、気力のやがて戻るのを待っていたのだろう。

そのまま祭りを寝過ごした。幾度にも起こるスタンドの大喚声が池の端まで伝わらぬわけがない。その程度の距離があってこそ鯨波《げいは》となってうねり寄せる。池の端にもスタンドの混雑を避けた客たちのために場内テレビがあちこちに据えられて、その前にベンチが何列にも並び、レースが勝負の分かれ目にかかると、絶叫に近い声がてんでにあがる。画面の中の馬たちがゴールを目指すその方向へしきりに身を捩る客もあれば、それとは逆の方向へ、流れを押し留めようとするように、斜めに背を反らす客もいる。レースの終った後では人は饒舌になる。その頃にはまた、早目にひきあげる客が流れ出し、東西の門へ続く場内の路という路は雑踏して、ベンチのすぐそばを大勢の足音がひきもきらずざわめいたはずだ。もうひとつ残された下級のレースは本番に負けた連中がよけいに熱くなる。それも終ると本格の帰りの混雑となる。人の足はおしなべて速い。雷鳴がまた近くなり、空は暗くなった。これらすべてを知らなかった。

雨に叩かれるままに坐りこんでいたベンチからやがて立ち上がり、夕立の中を帰ったという。あとのことは知らない。その春に職場の異動があり、公私にわたって端境《はざかい》にはあったらしい。ちょうど泡の景気の闌《たけなわ》にあたり、若手から中堅にかけても何かとヒズミが掛かったようで、嫌々をしながら追い立てられて働きまくっているのもすくなくない、と別の口から聞いた。祭りを寝過ごしたという話に私は後に妙な共感を覚えて、あの日の、夕立の来る前の飽和しきった空気の感触から、昨年までと一変した観客席の景気にたいする怪しみまで思い出して、ふっと背を向けたくなる衝動を我身のことと感じたが、よく思い返してみれば、夕立のあったのはその年のダービーだが、場内の雰囲気のまるで違って騒がしくなったのはその翌年のことだった。平成元年のあの日のダービーは例年よりもむしろ地味な顔触れの、地味なレースだった。場内の雰囲気も格別には盛んではなかった。その中でレースに背を向けたとは、すでに何かの予兆を感じ取って反応したのか。

翌平成二年のダービーでは、馬たちの入場の時にもレース中も、超満員のスタンドからのべつ幕なしの、見境もない喚声があがるようになり、レースの後ではスタンド前へひきあげてくる勝ち馬の騎手にたいして、まるでどこかで音頭でも取ったように、甲高く喉に掛かる稚いような声を揃えて拍子を合わせて、その名を連呼するという、長年競馬場に通った人間にはそれこそ異様な光景が見られた。熱狂しているようにも、平板で無機質のようにも聞こえた。世の中ではその年明けから泡の景気に下降の兆候があらわれて、「軟着陸」は可能かというような議論が交わされていた頃だったので、おくれて競馬のほうにブームの来たことが不可解に思われたが、こちらの景気は世の泡のはじけた後も続いて、世の中が泡の始末の遅れからさらに下降していく間も一向に衰えず、ダービーを初めとする大レースの際の、いよいよマスゲームめいた、ほとんどオートマティックな「盛りあがり」は恒例となり、そうして七、八年も経って、世の景気が一段と行き詰まり、競馬の売上げのほうもようやく、祭りの日の相も変らぬ騒ぎにもかかわらず、場内の一斉の喚声や手拍子も別のこととして、下降に入った頃、平成二年の盛況の中でダービー馬の馬主として表彰台に立った中小企業の経営者が会社の破綻に瀕して、一緒に負債を抱えこんだ経営者仲間二人と、同じホテルの別々の部屋で、三人同時らしく、自殺したという事件が伝えられた。

祭りに背を向けた男は、濡れネズミになって電車に乗り、どこに住んでいたかは知らないが、家に着く頃には夕立もあがって、遠い稲妻が間遠に光るばかりになり、今日の脱落は、あれはどうしたことか、と首をちょっとかしげただけで、後は何事もなかったのかもしれない。ちょっと首をかしげて背後に置き残す。さまざま機を置き残して背が年を取っていく。しかし置かれた時が、いま在る時よりも、くっきりとした現在となって、一瞬照らされる境はある。まだベンチに坐りこんでいる。立ち上がったら、どこへ行くか知れない。記憶も無事に前後つながるかどうか、あぶない。まだ居たのか、狂いの来ないうちにまっすぐ帰ったらどうだ、とその姿に呼びかけたつもりが、主客逆転して、いま在る自分のほうにたいして、そんなに背がやつれてしまって、と無惨な抜け殻でも見たような、訝りが走る。

――稲妻や盥の底の忘れ水　子規

睡蓮

埴輪の馬が机の置時計の前にこちらへ斜めに向いて立っていた。いつ空缶の上から降りたのだ、と眺めるうちに、ちょこちょこと歩き出した。何歩か行ってから立ち停まって腰を左右に揺すり、馬と言うよりは眠っていた仔犬がむっくり起きあがったのに似て、伸びでもするかと思ったら、すぐにまた小足に前へ、首もつかわず気持良さそうに進む。去年の暮れにこの家に来てからもう八ヵ月にもなる。お互いに夜中の深くまで眼をひらいていたな、ようやく秋風も立ったようだ、と感慨めいたものが起こりかけた。

都心のほうからひさしぶりに酔って戻って来た。仕事部屋の机に向かって出仕度を解く間に、何かの邪魔になったか、缶の上から馬を降ろしたようだ。日が高くなって馬は机の上の同じ所に、すこし前へ動いたようにも思えたが、見るからに無造作に置かれたなりに立っていた。外で酒を呑んで深夜に家に戻ると、以前はよほどずぼらであったのに、まるで出かけた痕跡を一切残すまいとするように、着た物から持ち物まで、すぐにすっかり片づけるというおかしな癖がついた。それでも馬を下に降ろしたきり忘れた。この程度の抜かりはのべつあり、たいてい気にも留めないが、そんな風に露われるささやかな狂いが時には、何かの予兆のように眺められることもある。片づけを済ませて床に就く前に、机の上にぽつんと立つ馬へもう一度眼が行ったはずだ。馬を元へ戻すだけの根《こん》もなくてそのまま置いて眠ったらしい。半端の気持が後に残って馬を夢に見返したのだろう。

おい、いつから歩けるようになった、もう生涯物かと思っていたよ、と馬へ声をかけていた。よくなったからと言ってそんなに急ぐこともないだろう、飯でも喰って行けよ、まだ電車もないぞ、と追って呼びかけ、笑い出した時には覚めていた。狭い机の上のことなので端までいくらもありはしない。地平線のようなものは、夢の中でも、ひろがりようがない。しかし覚めてもう一度、そうか、もうそんなに、すっかりよくなったか、とうなずいた。すっかりよくなりましたね、とは病院の廊下などでよく耳にした。同じ病棟の患者どうしでもたまたま何日も続けて顔を合わせないことがある。晴れやかにあがる声だが、なにがなし哀しみをふくむ。声をかけられたほうもお蔭さまでとか答えながら、なんだかね、とはかばかしくないようなことを言う。退院の日に、また来るよと言って長逗留の病室をあっさり出て行った男もあった。その足音が廊下を折れるぐらいの間合いで、あの男、あれですっかりよくなったものだ、と残された同室者たちが噂をしあう。わからないもんだな、とつぶやきが洩れる。

井斐の顔がひさしぶりに浮かんだ。元気かい、とその顔に向かってたずねていた。どうだ、死んだ心地は、もうすっかり馴れたか、とおかしなことを口走った。たずねられた顔に苦笑らしい影がひろがり、私を指差して、それ、そこにいるのと一緒だよ、と答えたように聞こえてまた目が覚めた。俺が死んでいるのと一緒に、そちらも、この俺を、死んでいるのだ、と故人の声をまだ半分睡りながら繋いで、そう言われてみれば静まり方がまるで違うな、と耳を澄ました。この格別に暑かった一夏、日夜、騒音に苦しめられていた。部屋の窓の外、車線もない狭い裏通りを隔てた向かいに大き目な焼肉屋があり、そこの空調の大型の室外機の四基あるうちのひとつが、年限が来ているようで、電気ドリルの音を尖鋭にしたような、ビィーンと甲高い回転音を立てる。

昼間はまだしも、すぐ先の表通りの車の音に紛れて、窓を細目に開けてもいられる。蟬が近くで鳴きしきると、それに掻き消されて耳につかなくなるのには、虫の声の強さに感心させられた。蟬が鳴き止むとたちまちビィーンと割り込んでくる。人の話し声が止むとあたりの草むらから一斉にガチャガチャと虫が騒ぎ出す、とそんな古い句がたしかあって、夜道で話し込んでいた男女が黙ったところかどうか知らないけれど、とにかくあの句とさかさまだ、と笑わされた。しかし夜の更けるにつれてそのひたすらの回転音がきわだつ。夜半には、表通りにさほどの交通もないので、その音だけになる。とうに店が閉まって、午前の一時を過ぎても止まない。二時頃になりようやく音が絶えて、残った店員たちが車でひきあげて行き、ほっと息を吐きながらいまさら耳を聾されたような麻痺感にとらわれるが、半時間もしてあらためて眠りかけると、向かいの外階段をあがる足音がして、裏口から人が店の中へ入ったようで、まもなくまたビィーンと、室外機が律儀に唸り出す。冷房を全開にしているようで、窓を開けてのぞくと、館内あかあかと、灯がともっている。それが朝まで続く。毎日のことだ。光熱費のかさむことを考えると、どうも店の管理の外の事らしい。

二棟の集合住宅の、店に遠いほうの棟からも苦情が出たようで、管理人が店へ掛け合いに行くと、これっぽっちの音にメクジラを立てるなと店長は高飛車に出る。怒って押し返せば、古くなった機械をいずれ撤去するので時間を呉れと引く。それきり半月になり、ひと月になっても、応急の修理をする様子もない。管理会社も乗り出したが、相手側の管理の筋がはっきりしないようで、埒が明かない。騒音の測定に来た警察は、小型の計器の針がたちまち最高値まで振れたので、計測不能と苦笑して帰ったという。人の迷惑を迷惑とも思わないしぶとさも手ごわいが、管理や責任の系統のゆるんだ締まりのなさは、近頃、もっと手ごわい。

それにしてもこの音は未明にどこまで、どの範囲まで届くのだろう、と寝床の中から考えた。六、七十米は離れた棟からも苦情が出ていると聞いた時には驚いたものだが、棟と棟との間の、空間が音に共鳴して、一段と甲高い響きを立てるのかもしれない。さらに遠くまで音は伝わって、あちこち風陰のようなところに、吹き溜まるということも考えられる。住人のひとりがそれに感じて窓から頭を出すが、音の出所の見当も距離もつかめない。窓を閉めても、もしも住まいの内部がその音の、たまたま共鳴函になっているとすれば、響きは気配ほどになっても絶えない。家中の、冷蔵庫やら配水管やら換気扇やら、壁のあちこちにまで耳を近づけるが、どこにも発生源らしいものはない。耳鳴りか、ひょっとして幻聴の類かと疑って自分の耳を塞げば音は止む。こんなことでも人は追い詰められる。

距離を渡る間に騒音の不逞さを漉し取られて、ただ細くて高く、よるべなげに顫える幽鬼の嗚咽《おえつ》のような声に、そんなものは聞いたこともないけれど、変わっているとする。しかし音にしても声にしても、かりにも耳に聞こえていると感じられる間はまだしも、神経には障っても、無害と思うべきだ。音が耳には不可聴の域に入ってさらに侵蝕力を持つとなると、これにはもとより防ぐすべがない。例えば長いこと引きずった難儀に一応の始末を見て夜の更けかかる頃に家に戻る。夜の残りをひさしぶりに寛いだつもりで過ごしながら、ときおり耳を澄ますと、習い性のようにかすかなこわばりが来る。まだ暑さの残る頃のことで、さしあたりなやむこともなくなったが寝つかれず、夜半をだいぶ回った頃に寝苦しさにも飽いて眠りこむ。やがて深い眠りとなった。眠っている本人がその眠りの深さを知る。矛盾のようだが、ほんとうに深い眠りとは、自身が大抵にして往生しているのを、自分がまたどこかから、すっかりよくなりやがった、と眺めているようなところがある。安堵の念のあまりだんだんに寝覚めする。眺めるほうの心だか眺められるほうの心だか、気持が良い。これをまた眠ってしまうのも惜しいようで手洗いに立ち、寝静まった居間のソファーにもたれて、あらためて息を吐く。

静かだ、じつに静かだ、と一人で繰り返している。喜ぶようなことは何ひとつないが、心に掛かることもない。求めるところも待つところもない。ここにこうしている今のほかに、ありたい時も考えられない。これが自足というものか。こんなにすうすうと寒いものとは知らなかった。そもそも自足などということを我身に寄せて考えたこともない。もしも自分自身の葬式を済ませて帰って来たとしたら、こうも静かになるか。遠くから風が渡って、吹き抜けて、自分はいない。手にしていた茶碗一杯の白湯が跡に遺され、済んだ生涯を集めて冷めていく。ようやく眠ったか、とどこかで声がして、四方の静まりをまた深くする。しかしその漠としたひろがりの、中心はないようなものの中心と感じられるあたりに、たった一本、得体の知れぬ杭が唐突に立って、無言ながらその存在そのものが狂った叫びに感じられる。同じ風に吹かれているのにいつまでも解《ほど》けぬばかりか、刻々と輪郭が鋭くなり、遠隔からじかに突き刺してくる。自足がそのうちに、静かなばかりにどこにも身の置き所もないような、理由《わけ》のわからぬ苦痛に変わる。

静かさに欺かれるな。耳を澄ませて解体の音を聴き取れ。急いで寝床に戻れ。窓の錠を下まで降ろしてカーテンもしっかり引け。布はよほど響きを吸収する。耳栓は甲斐もない。あれだけの距離を渡ったものが、どうして耳栓などで遮断されるものか。眠り薬は耳を無防備にする。とにかく頭を立てているな。頭が高くて、地上何階の住まいか知らないがこれも地面の延長のはずの床から離れていると、アンテナではないが、よけいに感受しやすい。そのまま起きていて知らずに侵蝕を許しているうちに、夜が白んだら、ロクなことにならない。朝の光はもっとおそろしい。

どこぞの迂闊者をいつか大まじめに戒めるうちに、夜が惚《とぼ》けて白んできた。机の上の馬が堪《こら》えきれず笑っている、と聞いていたのは半分また眠っていたしるしだ。窓のすぐ外では例の回転音が今を佳境に唸っていた。梅雨明けの前からもうひと月半近く、連日連夜、続いている。夏の終りから秋にかけて人はよけいに暑気に苦しんで冷房を強くするようなので、おそらく彼岸過ぎまで音は止まないだろう。物事の始末も季節柄時節柄、人の心身がけだるくて、ずるずると先へ延ばされる。これを他人の難儀として話に聞けば、なりかわって絶望するところだ。渦中の本人は、猛暑なので元気とは言えないが、身体に一向、狂いらしきものも来ない。心のほうは、この劣悪な環境ではなるべく勤勉にしているよりほかにない、とあっさり覚悟した。奇っ怪な倒錯のようだが、長年にわたる、自分一個を超えた、世の習いを踏んでいるまでだと受け取った。未明の寝覚めも、枕もとのほうからビィーンとあらためて唄い出したような声を耳にして、ああ、覚めたかと気がつくだけで、寝苦しんだ跡もない。閉めきった室内の三十度を下らぬ熱れの中で、汗まみれにもなっていない。これこそ狂っているのではないか、と呆れて、やがて少々疑った。この夏、深夜に無用の雑念がむやみに活発で、どうかすると、家の中を見知らぬ童たちが嬉々と跳ね回っているような騒々しさになる。そうかと思えば、書類を書きこんでいて、自分の何十年来の、所番地に詰まる。

それがつい二、三日前のことになる。音ともいよいよ長期戦になるつもりでいたところが、ここらでもう一度暑気払いに暮れ方から街へ出る気になったその正午前、例の散歩に店の脇を通ると、室外機のそばに白いワゴン車が停まって空調の会社の名が見え、ハンマーで叩く音もする。今頃になって応急の修理か、とむしろ鼻白んで過ぎて、ひとまわりして家に戻ると、午後から回転音の唸りは止んでいた。幾度となく、うむと首をかしげては窓のほうへ耳をやった。

未明に戻って部屋に入った時には、窓の外で例の音の止んでいることを忘れていたようだった。それに気がついて、耳を取られている間に、外出の始末の手順が狂って、用もないのに缶の上から馬を降ろすという動作が紛れこんだ。寝床に入って、やれ、静かになった、と息を吐いて手足を伸ばすと、圧力を抜かれた血液がふつふつと泡立ってその泡が毛細管を塞ぐさまを思ったが、脳細胞だって気化するほどのものだ、と気楽なことを言って眠ってしまった。半端な所に置き去りにされて眠りこまれた馬こそいい迷惑だ。主人がそれでは、待つのも莫迦らしくなって、ひとりで先に往きたくもなるだろう。おい、歩き出したぞ、放っておいていいのか、と故人は見かねてわざわざ現われたか。それにたいして、元気か、すっかり馴れたか、もないものだ。

勘八雲を見たか、と人に聞かれて、それは何だ、と聞き返したのはもう何年も前のことになる。あの近所に住んでいるんだろうと呆れ顔をされて、環八、環状八号線のことだとわかった。都内きっての交通量と評判を取るその環状道路に沿ってその上空に、車の排熱が上昇気流を起こして、長い雲がひとすじに掛かるという。飛行機雲のようなものをその時には思い浮かべた。天を翔ける龍の形に似たという地震雲のことなどを人が噂していた頃だったので、そのうちに確めてみようと思いながら、近間のことなのでかえって忘れた。

あれは何だ、と暮れ方の散歩の途中で西の空を見上げて眼を剝いたのはつい昨年の夏のことになる。飛行機雲のような淡いものではなかった。入道雲の、積乱雲のつらなりだ。しかも地平から湧くのではなく、雲の根がなくて、宙空からいきなり立つ。それがまさに環状道路に沿って一列に、うねりを打とうとして押し留められ、てんでに憤っている。折から沈みかけた日に背後から照り返されて、峯々が紫金に染まり、襞の線が灼熱して光った。初めてその名を聞いて勘八雲と取り違え、昔この在所に勘八とか、非業の死を遂げた男にまつわる因縁の雲か、とあらぬ方角へ想像が走ったのも、見たかとたずねた相手の声がすでに、怪談でも切り出すような口調を銜んでいたせいだった、と思い出した。車を運転するうちに気がつくと、雲がどこまでも追って来る、いや、先回りして立っているようで、このまま行けばよくないことが待っているようで、逃げ道を探していた、と最後には声をひそめていた。そこからだいぶ北のほうになる病院に老父を入れていたという。

この夏は猛暑が続いて、八月の中旬に入ると毎日のように積乱雲がしきりに湧いた。早朝に寝覚めしたついでに表をのぞくと、朝日もまだ差していないのに東南の空に入道雲が立っている。正午前には八方から競って上空へ押し出して、この分では午後から夕立かと待つと、いったんは暗くなりかけるが、まもなく相も変らぬ炎天となる。暮れ方に外へ出ると、あらためて盛んに入道雲が起こっている。その沸き返っては崩れる雲の峯の動きが面白くて、眼鏡の上に庇の式に取りつけたプラスティックのサングラスの、その庇を上げたり下げたり、上げれば明界の、下げれば幽界の光景に見える。その眼の遣《つか》い、睫の辺のちらちらと顫えるのに、老年を感じさせられた。年寄りが道端から日没の空へ腰を伸ばして、眼よりも額を差し出して立っている姿は、子供の頃からよく見かけた。井斐も夏の日のほとんど暮れた時刻に電話をかけて来て、夕立になりそうでならずに暮れた半日の雲の動きを仔細に話したものだ。

残照も薄れて雲の塊が紫掛かった色調を内に包んで黒くなる頃にもう一度、峯の先端だけが金色にきわだつ。鬼の櫓、という言葉をどこかで聞いたことがある。しかし眺めるうちにも色が褪せて、櫓の跡形もなく、あたりを見まわせば黄昏になっている。井斐も残照の消えるのを見送った後で電話をかける気になったのか。

環八雲と言ってもかならず環状道路の真上に掛かるのではない。その日の風によって、道路に沿ってはいるが、東か西へ押される。夏場にはこの辺では東寄りの風の吹く日が多くて、雲はたいてい環状線よりは西に見える。西から吹けば私の住まいの上空まで来るはずだが、西風の日は雲はあまり立たないようだ。時には北東へ大きく逸れて天を斜めに、だいぶ痩せて、白昼のくすんだ銀河の形《なり》に流れることもある。地震雲の龍とやらの勢もなく、間延びのした感じになる。しかし風もなく照りつける、昔の人の言った油照りの日には、雲は環状道路の上にうずくまる。前へ押し寄せられず、道路をもどかしく腹に抱えこんでいる。この雲のことを私に教えたあの男は、内山は、車を運転しながら雲の動きをどんな角度から見ていたのか。脇から見れば根っ子もなく宙に湧く雲だが、走る車の中からは前方につぎつぎに立ちはだかってのしかかって来るように見えたと言った。つれて路面ばかりが妙に白くなる。病人たちは夜の天気の変化に、風が変わったり低気圧の近づいたりするのに寝ながら反応して、とかく息苦しさを訴えるので、廊下をのべつぱたぱたと走る看護婦の足音からも表の天気の崩れは知れる、ということは私も入院の体験から知っていたが、昼間の反応のことはついぞ思わなかった。白昼の積乱雲の力が、病人の胸に掛からぬわけがない。上空で雲が沸き返れば、それに呼応して人体の細胞の中でも沸き返るものがあるだろう。弱った身体には危い時間だ。病院が環八雲の影響の圏内にあるとすれば、この雲は根無しでも通常の積乱雲よりもよほど低いところに立つ。老父の息の苦しさを、高年に入った息子はハンドルを握りながら、雲の動きに感じて、自身も息苦しくなる。病院の内も走る車の内も同じこと、逃れ難いところだ。

話を聞いたその年の暮れに内山から喪中の挨拶の葉書が届いた。病人の亡くなったのは九月の、彼岸前だった。それだけのことを私は文中から確めている。一年置いて賀状が来るようになった。やがて停年退職の通知も来た。無事に勤め了りましてほっとしております、と四角四面の文中にそんな言葉が挟まっていた。その後も年々賀状は欠かさず届いて、型通りの文面の印刷で書きこみもなくて、働いているのかいないのか近況も分からないが、お蔭さまで変らず元気に暮らしております、とかならずあり、これも印刷した決まり文句の内なので、まるで几帳面に元気を相勤めているようでおかしかったが、私のほうからの音信も似たようなものだ。そのうちにお互いに、賀状を見たその後から、あの男はまだ生きていたかどうか、はっきりしないということになる。

ある日、それこそ油照りの午後から刻々と蒸して、八方に積乱雲が立つがどれも上空へ押し出す力もなくて日の暮れかかる頃、北西と南東の方角から雲がもう一度盛り返し、高く昇るばかりで崩れもせず、上空はどんよりと白く、見るからに熱そうな靄にこめられて、夕立にまた見放された夜の息苦しさが思いやられるうちに、ふいに冷い風に撫でられて見あげると、わずか十分足らずの差で空は一面に黒雲に覆われていた。一天俄に掻き曇りとは、暗雲がたちまち押し寄せるとは限らず、ひとりでに飽和して鬱屈した空が、冷い風が吹きこんだのを境に、一度に結露だか結氷だかして、上空遍く風雲の相に変わり、八方の積乱雲を呼びこむ。そんなことも日常、あるのだ、と天を仰いでいると、いつだか、どこかですでに、同じことを人の口から聞いた覚えがして、むっくりと古畳の上から起き直り、夕立が来るぞ、と汗も拭わずに告げた声も聞こえた。睡蓮の花がつぼんで、まもなく大粒の雨が土の匂いを昇らせ、近くで雷鳴がした。

睡蓮の花が咲いていた。白いのとほんのりと黄のと、花弁の先がつんと尖って、いつでも半開きに見えた。黒い水鉢の表面は茶緑の小さな円い葉に覆われ、その間をときおりメダカの泳ぐのが見えて、花も水面すれすれに出ていた。ひろくもない庭の隅のほうに鉢は置かれていた。まわりの家に建てこまれて庭には午さがりになると陽もろくに差さなかったが、いままで歩いて来た表通りの炎天の光をおさめているような花の色だった。内山はそこに来ると鉢の上へ屈みこんで、花を貪るように眺めているが、やがて忿懣やるかたなさそうな顔をあげる。花に恨みはないが、この場違いな清涼さをどうしてくれよう、というほどの気持は私にも伝わった。

大通りのふたつ裏の路をしばらく行ったところにある簡素な門を入ると玄関の前から庭へ回る。裏手に急に造りつけたような戸口から洗面所の脇へあがり、軋む廊下を抜けて玄関口へ戻り、階段をあがって西の隅に内山の部屋はあった。下宿人に内廊下を勝手に歩かせるところでは、相応の構えでも家はさびしくなっているようで、暮らしの気配も薄くて、庭の手入れも行き届かなくなっていたが、隅のほうで水鉢に睡蓮を丹精する人はいるようだった。東京で五輪《オリンピック》の開催されることの決まった年の、八月のことになる。五輪の済んだ後にたまたまこの界隈を通ると、道はひろがって周辺はすっかり区劃整理され、その家はもとの地所のありかすらわからなくなっていた。

ある日、夏休み中にも開く大学の図書館からの帰りに炎天下を駅へ向かって、バス代を惜んで歩く途中で、内山にぱったり出会った。内山はウムとうなずいて立ち停まりもせずに通り過ぎ、その程度の付合いだったのでそれに不思議はなかったが、まもなく引き返して来たようで黙って並びかけ、しばらく行ってから、おい、昼飯まだなんだろう、おごるから一緒に来いよ、と言った。似たようなむさ苦しい恰好のくせに、まるで欠食児童に話しかける調子だったが、まずは図星だった。その夏、私は七月に山に登って、後の時代に較べれば米を担いでの貧乏登山だったが、アルバイトで貯めた金を使いはたし、金もなければ為ることもなく、親の家にくすんでいるのも気鬱なので、朝飯の後から大学の図書館へ出かけて、定期券も切れていたので三日に一度になるが、自分の語学力では手に余るはずの厚い本を毎度借り出しては二頁も読めば前途遼遠さにけだるくなる。

その三日後に、ひろげた本の前でまた呆然とするうちに正午も回った頃、肩を叩かれて眼をあげると、早くから来ていたのか内山が、そろそろ飯にしようかと誘った。

お互いに四年生の夏になっても就職の当てが一向にない。世間に受けのよい学部の学生たちの中には夏前にもう就職の内定したのもいて、どこぞの企業の内定者たちの懇親会などと、信じられない貼り紙が構内に見えた。七月に入ればこの暑さに学生服を着こんだのが電車に乗っていて、会社回りと言うがすでに決まった顔をしている。それにひきかえわれわれの学部には求人もろくになく、会社の説明会もいくつかあるにはあったが、新種の企業は若手の社員を寄越して熱心に誘ってくれたが、いくら説明されても、どんな職種なのか呑みこめない。古手の書店などは、いまどきこんなところに来ても、これこのとおり、しょっぱいばかりだというような口調だ。そのまま夏に入り、形の上での求人は秋からだと言うが、自身、このまま行ったら喰えないはずなのに、職に就く気があるんだかないんだか、親の言いぐさではないが、はっきりしなくなった。

近くすんだ店で安い物を喰いながらそんな不景気な話をしていた。今から思い出せば、近年並木路のベンチに閑になってしまった高年の男どうしが白昼坐りこんで、自転車に乗って家をふいと飛び出して来た中学生のような様子で話しこんでいるのが見受けられるが、それと雰囲気が何十年も隔てて、似ていないでもない。しかし若い者は先が塞っているようでも所詮、底も天辺も抜けているものだ。その日も内山は私に金を払わせなかった。七月中には朝から晩まで、いや、夜半近くまで、狂ったように稼ぎまくったので金はある、生涯で今が一番、懐は暖いことになるのかもしれない、と言った。ついでに俺の下宿に来ないか、トリスがまる一本あるぞ、暑苦しい部屋だけどその暑い盛りにストレートでひっかけるのもいいもんだ、と表に出てから誘った。それに二つ返事でついて行ったのは、ウイスキーの引力もさることながら、来てほしそうな顔が相手に見えたので、やはり一飯二飯の恩義に感じてのことだった。

俺は、じつは狂いかけている、とその内山が下宿の部屋で切り出した。俺は狂いかけているって、誰が、とおかしな聞き返し方をして相手の顔を見れば、狂うも振れるもない。むしろ一変して思慮深そうな眼つきをしている。この春先に新しい百円銀貨と五十円玉と十円玉が出ただろう、あれを初めて手に取って眺めるうちに、なんだか芯から、けだるいようになった、とまた唐突なことを言い出して、いや、それにはそれの事情があるのでまた別の事だとすぐに引っこめた。それから話がおいおい仔細になった。

まず六月の梅雨の閑の頃に、夜が更ければ部屋にいるのが苦しくなり、下宿を出たり入ったり、空が白む頃まで幾度となく繰り返した。そう言えば心に悩みがあるか神経繊細そうでしおらしくも聞こえるだろうが、足音を忍ばせて階段を降りて廊下を抜け、裏口の鍵を開けて庭から門へ回るその間、なるほど、泥坊は脱出の時にこそ慎重になるものだ、とはるか他人事《ひとごと》に毎度感心するほどに、カランとした心持だった。門を離れて角を折れて表通りに出た後も、あの道の君子は往来に出たからと言って速足になって人目を惹くようなヘマはするまいな、とまた余計なことを考えながら、いつのまにか大股の歩みになり、どこぞへひたむき急ぐようになり、子供の頃に郷里《くに》のほうで話に聞かされた、夜道怪《やどかい》というものを思った。しかし交差点、三丁目のだ、あそこに近づくと、足がぱったり停まって動かなくなる。交差点を突っ切るか折れるかする自分が、すぐ先のことなのに、どうしても浮かばない。浮かばないので先へ行くのをやめることもないだろう、と自分で憮然とした が、この制止は呪縛掛かってちょっと恐かった。頼みにもしていたわけだ。うんざりともせずに寝床へ引き返す。倦きもせずにまたむっくりと起き上がる。

この辺は、俺が東京へ出て来た頃からでも、ずいぶん変わったな、とある夜、これがその夜三度目の飛び出しだったか、感慨深そうにつぶやく、その顔が魂胆ありげだった。そんなことを言いながらあたりを見渡すでもない。俺にとっては三年いても四年いても変わらず見知らぬ土地ではないか、と白けるうち足がふらりと角を折れて、路地のようなところへ入った。すぐにまた折れて、来たこともない路だったが一方へ抜けると、交差点をすこし東へはずれたところに出た。交差点に背を向けて消防署の前をすたすたと行く。荷物を置いて来たような足の軽さだ。警察を過ぎた角で足を停めて、まっすぐに行けばと思案するようにしてあっさり左へ折れた。すこし行ってまた裏路に入っていた。長い塀に沿ってジグザグに、下り道のようで飛ぶように行くうちに、いきなり、坂の上に出た。そこまでも坂だったが、これはくっきりとした坂だった。生涯通い馴れた坂に見えた。まるで年寄りだ。無縁坂ではないか、と我に返った。返るには返ったが、宙に迷ううちに着地がずれたみたいに、違った我に感じられた。水と土の匂いをふくんだ風を顔に受けた。つい正体をあらわしてしまった化け物のように笑っていた。

あの坂をまっすぐに下れば池に出る。水辺には浮浪者たちやこの未明に男女もいて、そちらが主《ぬし》みたいなものなので遠慮して、路端のベンチに腰をおろすと、いつもここでこうして夜を過ごしているように、ベンチのほうが尻に馴染んだ。そういう尻になっていたかと得心した。時間の経つのも造作ない。うつらともしたが、まもなく池の蓮の葉が一枚一枚見えて、雨もよいの空が白んで来た。それからは夜中に下宿を出たり入ったり煩いこともなくなったかわりに、夜半が過ぎると夜勤に立つみたいに起きあがり、池のベンチに来て朝まで居る。ベンチに就く物腰からして、すぐに習慣と化した。こんなところで何をしているのかと驚くこともない。生立ちも境遇も明日になれば忘れそうだった。雨のぱらつく夜もあったが、畳めばポケットに入る携帯の合羽でしのげた。不思議に蚊に喰われなかった。銭湯にも行かなくなったがあちこち痒くもならない。八日で終ることになったが、まだ続くつもりでいた。梅雨の戻って来ることも考えなかった。ただ居所を得て安心していた。あれは狂ったうちに入らない。

あれは狂ったうちに入らないぞ、と内山は自身にたいして決めつける口調で繰り返した。すべて一時《いっとき》に内山から打明けられた話ではなかった。三日に一度、私は午後から図書館の帰りに、何かしら内山の身が案じられて、下宿に寄るようになった。西向きの部屋は日が傾くにつれて熱気がこもり、開け放した窓から風もろくに入らない。ときおり気付けにウイスキーを引っかけては古薬缶からなまぬるくなった水を茶碗に注いで喉を鎮める。茹るにつれて二人ともシャツとパンツだけになり、それぞれ風のすこしは通る所を選んで、岸に揚がった魚のように転っている。風の加減でお互いに頭を明後日《あさって》の方へ向ける位置も定まって、寝そべって話しこむ形にはない。蟬の声ばかりが部屋に満ちる。あの夏も午後からかならず雲が押し出して、三時過ぎには部屋の内ばかりか表まで熱《いき》れが飽和の限界に来て息も苦しくなり、空が暗くなりかかる。内山が何かを、しかも刻々と堪えているようなのが、私の身体に伝わってくる。つられて私も、何ともわからず、ただ夕立の来るのをひたすら待った。しかし小一時間もして、夕立の前触れの風も吹かぬうちに雲は散ってしまうようで、もとの日照りに、もとの蟬時雨に戻る。その頃になり、声の絶えた後の静まりから遅れてその声のなごりが耳についてくるように、階下のほうから、その間、細い女の喘ぎが聞こえていた気がしてくる。

何でもありやしない、あんなものは、と内山は呻いて起き直った。額の汗を手の甲で拭って、女がベンチの前を通った、と言った。夜の白む頃だ。空に電車の音が聞こえていた。年の頃は三十前後に見えた。まず通りかかってこちらへふっと眼をやり、あらためてしげしげと顔を眺めた。眼を逸らして前を過ぎてからもう一度、はっきりと振り返った。それきり池に沿って遠ざかる背を見送りながら、ベンチにいた男のことを、俺のことを考えているな、と内山は思った。色気を出したわけでない。初めに女に見られた時、美人と言える顔立ちなのに、ここにいるかぎり異性にまるで感じなくなっている自分に気がついて舌を巻いたほどだ。女のほうも姿からして聡明そうで人のつけこむ隙もない、ということもあったがそれよりも、人をしげしげと眺めながら相手には眺め返されない、そんな立場に慣れている眼だった。大学病院の裏門がすぐ近くにある。それにしても、眺められるほうも、ただ眺められるままの存在になったばかりか、自身の姿が相手の眼になって見えてくるような気さえしたものだ、と池の中道に遠くなった姿へまだ目をやっていると、その姿がふいに見えなくなり、池の蓮の葉が一斉に白く光って騒ぎ出した。空は明けるにつれてむしろどんよりと暗くなった。風は吹かない。雨が降り出したのでもない。立ち上がって、強気にぐいと睨み返して、池に背を向けた。

　坂を上りながら、あれは罰の前触れのようなものだ、分不相応に一人で静かになろうとすれば周囲の活動が狂騒となって雪崩れこんで来るに決まっている、その警告だ、と神妙な心でもなかったが考えた。七月に入って、人の伝《つて》を求めて回り、半端な仕事を掻き集めて連日朝から夜遅くまで閑なしに働きまくるようになると、これこそ狂っていると思う時もあったが、周囲も安定して感じられた。あるいは貧乏根性に過ぎないのかもしれない。

ところが八月に入って仕事が順々に期限切れになり、すっかり閑になった頃、あまり気は向かないけれど郷里に帰ってみるかと思案するうちに、十日過ぎの格別に暑い午後のこと、夕立の気配で空が暗くなり、風もまだ通らないのに窓の外で蟬の声が止んで木の葉が低く騒ぎ出したかと思うと、この夏はしるしがあるまでじっと辛抱しなさい、騒ぐと一生のことになるので、と軒のあたりからはっきりと声がした。夏はまだ長い、と思わず言い返すと、この昼間をまず無事に過ごすことです、とたしなめたきり黙りこんだ。

庭の隅の睡蓮が浮かんだ。あの花は夕立が近づくとつぼむのだ、と遠いことを考えた。

彼岸

四十三年も前の夏のことになるか、と数えた時、むやみに年を数え返すものではない、と昔の年寄りに言われたことを思い出した。死んだ子の年を数えるの類いへの戒めと取っていたが、この年になって四十何年という歳月をたどり返せば、往事渺茫ならまだしも、いま現在のほうが怪しくなりかかる。呼ばれて過去が振り返り、まだ生きていたのか、ほんとうに生きているのか、と不審の顔をする。つられて、生きながら生前を思っているような、所在の不明の心地になる。死期を尚早に悟らされることになりかねないので、やめておけ、という意に取り直した。

死期を思う人間にとっては過去を振り返るよりも、天象の日一日の、一日の内の、推移のほうがはるかに切実な関心事だと知らされた、と病後の夏の井斐は思いのほかの発見を私に暮れ方の電話で伝えようとしたのかもしれない。その井斐にしても、一年置いて最後の夏には、家に居る人ではなかった。新しい勤めに出て、仕事を手際よく捌《さば》いて、有能であったらしい。元気でした、楽しんでました、と家族は言う。身辺の人間としてはそうとでも後に語るよりほかにないような、そんな姿はあるのだろう。

ぼんやりと曇った空はすこしの風もない、と正岡子規の九月十四日、最期の五日前の朝の、病床から口述によった小文の一節が聞こえたのはまだ八月の内の、猛暑のぶりかえした頃だった。庭の糸瓜《へちま》棚が、女郎花《おみなえし》に鶏頭が見えた。向かいの家で子供が読本のおさらいをしている。納豆売りが袋小路に入って来る。家々から人が出て買いもとめている。一夏の猛暑のここに極まったかの午後の炎天下の街頭に、照り返しに苦んで、いまにも眼の内で明暗が反転を来たしそうで足をゆるゆると運びながら、逃げ水でも追うように、おのれの落とした露に揺れる糸瓜の葉を思った。しかし九月に入ってまもなく気温がさがった。猛暑に苦しんでいた身体は衰弱を覚える。急な涼しさをつらいように感じるうちにその肌に汗がじわりと滲む。膝頭から力が抜けて、内臓が暗い。秋になってから病院へ足を運んで悪い物を見つけられた知人を、私はこれまでに三人見ている。三人ともに、それから半年ほどで亡くなったが、夏の間に検診を怠ったことを悔んではいなかった。夏は夏だ、と一人は淡白な顔で言った。夏は夏なら、秋は秋か、と今になり不可解なままに真実味があるように思われて、人の生死も季節の内ということかと考えていると、翌日にはもう秋雨らしいものが朝から降りしきり、正午過ぎに近間から、長女に男の子が産まれたと電話で知らされた。

夏の末から彼岸にかけて、四十三年昔の天候がどんなであったか、秋雨は早く来たのか、今から思い出す便りはない。門の前から生垣に沿って二階の内山の窓の下あたりで口笛を低く吹くと、長くは呼ばせず顔がのぞいてうなずく。ある日、その顔が現われなかった。あれはまだ暑い頃だった。いつもより細目だが窓は開いていた。控え目に鳴らす口笛の相間に蟬の声が下腹にまで響くようで、これではまるで男女の媾曳《あいびき》ではないか、窓が開いているようなら心配はあるまい、もともと心配するほどのこともないのだ、と引き返すことにした。生垣のはずれの破れ目からのぞいた庭のむこう隅の睡蓮の水鉢へ、耳を澄ますようにして通り過ぎた。

その水鉢の前に内山が、門から庭を回って裏口へ案内するかと思ったらしゃがみこんで、つぼんだ花を見つめたきり動かなくなったのは、若い者には傘の用もなかったが細い雨の降り出した、半袖の腕が頼りないような午後のことだった。内山に坐りこまれて私も花を眺めた。先日の無駄足を運んだ後で内山から葉書が届いて、留守をしていて済まなかったとあるのを、居なくてどうして、来たとわかるのか、と引っかかったが、階下の人が口笛を聞きつけて、その場はやり過ごしたが、後で内山に伝えたのだろうと取るうちに、何日かして気温がさがった。夏も済んだようなので、自分の役目も、そんなものはあったかどうか知らないけれど、とにかく終ったと考えて、学校にまだ姿を現わさない内山の、様子をもう一度確めに寄ったところだった。

今日は帰ってもらいたいのだろう、とまず察した。これからすぐに行かなくてはならないところがあるので、とこちらから助けを出す用意もあった。しかし、部屋へ上げるわけには行かないが、すぐに帰ってほしくはないという様子も見える。水鉢にまるでしがみついているようにまで見えてきて、掛ける言葉もなくなった。言葉もなく思案も回らず、邪魔になっているかどうかもわからず、間の悪さに堪えて黙っていた。子供が子供に、怪我をした友達のそばにただ居る、芯はまだそんな年齢だった。

女のことだ、と遅蒔《おそまき》に悟ったのもあれこれ思い合わせて繋いだ末ではなかった。水鉢から匂いが立ち昇る。花や水の匂いばかりではなくて、鉢を包んで、しゃがむ内山を包んで昇る。初めてこの家に来た時から同じ匂いがしていた。内廊下で濃くなる。内山の部屋にもかすかに漂っていた。自分らよりよほど年上の女と嗅ぎ分けた。家の中では人の姿の、背さえ目にしたことはなかった。いよいよ思案に窮したあげくに、聞きただす順次も飛ばして口から出たのは、越したほうがいいのではないか、という言葉だった。内山は花に向かってうなずいた。そうするよ、としばらくして言った。もう帰ってもいいか、と私はたずねた。冷淡な声にはなっていなかった。ありがとう、呼んだらまた来てくれ、と内山は答えて、また刻々と時をしのぐような背から右手を肩の上へゆっくりあげて、ちょっとおどけて送る仕種《しぐさ》をした。

ひと月は消息がなかった。その間、私はわずかながら残された就職の機会を無為にやり過ごしていた。この投げやりの惰性は、いつどこで身についたのか、と怖くなることもあった。女とやりたいばっかりに働くのだ、誰でも、といつだか、多少の汚さは避けられないアルバイトのことでうそぶいた男がいて、言われた途端に街頭の人のうごめきが殺風景ながらなまめいてくるような、たわいもない反応を誘われたものだが、働く気のすっかり失せている自分は、一時のことだろうが、どうなっているのだろう、と考えさせられた。同じ憮然とした気持から内山のことを、あの男は女を恐れて、夜中に池の畔に逃げ出して宿無しを決めこんだり、それも危いと知れば朝から晩まで働きまくったり、せっかく躁いだ末に、なぜわざわざ、あの夏の盛りに、無為の中に身を置いたのか、と首をひねったが、女との経緯に見当をつけようとすると、庭の隅の水鉢の、開いているようなつぼんでいるような花が見えて想像を塞いだ。

内山から引っ越しを知らせる葉書の届いたのはもう十月に入って朝晩は肌寒くなる頃だった。私はいきなりな高熱を出して三日ばかり寝こんだ。熱は繰り返し日が暮れるとはねあがり、夜半にはうなされて人の声や叫びを聞くこともあったが、そのつど大量の汗を掻いて目を覚ますとすがすがしく、夏から続いた妙な状態を切り上げるにはよい折りだとも思われた。ようやくまる一日発熱のなかったその晩に、寝こむ間に着いたようで机の上に置かれていた葉書を、粥をたっぷり食べた後で読んだ。

人に言われなくては駄目だ、あの後すぐに越した、われながらテキパキとしたものだった、とあった。その反動で半月ほどは気がふさいだが、今はだいぶ楽になっている、もうしばらくは外へ出ないようにしているので、急がせはしないが一度寄って見てくれ、とアパートらしいところまでの道を書き添えてあった。大学から歩けば歩ける距離で、住所からどの界隈と私にもおおよそ見当がついたので、一日置いて午後から、わざわざ訪ねるのも煩いようで、授業を一限だけ受けたついでに寄ることにした。

季節にはすこし早い木枯のような風の吹く曇った午後だった。家を出て風に吹かれた時には病み上がりの寒さも覚えなかったが、電車に乗って人中に入ると、膝頭がなにやらふわふわして、足がしっかりと地面につかない。そんな大病をしたつもりはないぞと心外に思ううちに、歩行不如意の感覚から眼をあげて見渡せば、あたりの人の姿や物の形がいつもよりくっきり映る。くっきりと見えて、相変らず何も読み取れない。いよいよ以って読めない。読もうなどという了見はとうに投げているのに、何をいまさら、この明視の錯覚か、と眉をひそめながら、よろけをふくむ足に徐々に馴染むにつれて、寒い自足のようなものが湧いて来て、これが自分に相応の状態らしいな、一生これで行くことになるか、と得心に近くなった。急ごうにも急げない自分の足に、急がせはしないが、と内山の葉書の妙な遠慮のしかたが思い合わされて苦笑させられた。

午後の階段教室にいる間、ここの椅子はこんなにも固くて分厚くて、残酷なように頑丈だったか、と怪しんだのは高熱の後の身体のせいと受け取れたが、いつもより階段が急で教壇が低く見えて、眩暈《めまい》を誘った。そして教壇の声が、階段を昇ってくるのではなくて高い天井から降りかかり、一語ずつ張って聞こえる。それでいて何ひとつ頭に入らない。たとえば法廷に被告として立って、自分にたいする重大な宣告が、聞こえていてすこしも頭に入らない、ということもあるかと方角違いのことを考えながら、一心に傾聴する自分の顔が自分で見えた。教壇の上は無声に見えた。聞くとは、聞こえないと聞くことであり、聞こえるうちは聞くことにならない、と教室を出た時にはそんな、聞いた覚えもないことを復誦するようにしていた。

雨の来そうな暗さの中で狂ったように紅葉した低い木が路の先に見えた。近寄ると櫨《はぜ》の木らしく紅葉はとうに盛りを回って枯れかけている。角のところからはああも鮮やかに燃えて見えたのが不思議だった。内山の住みかはそこからもう遠くないところにあった。

空襲に焼け残った界隈だった。柄の割りにはぬっと莫迦でかく見える建物の羽目板は雨風に晒しぬかれているが洋式の扉の煤けた飾り窓の硝子には彩色の跡も見えて、戦前からのアパートらしいが、扉を開けてのぞくと玄関らしいものもなくていきなり三和土《たたき》がひろがり、暗い階下は人の住まうようでもなくて、物置きの臭いがした。片側にわずかに階段がのぞいて、切り詰まった上がり口があった。下駄箱のようなものも見あたらない。脱いだ靴はどうしたものか、いまどき靴を盗まれる時世でもなし、盗まれるような靴でもなし、と迷った末に、ほかに脱ぎ棄てられた履物もないので、手に提げて階段を上がった。

二階はささくれ立っているが意外にみしつかない廊下の片側に狭そうな部屋が五、六室並んで、もう片側の窓には透硝子に磨硝子が間に合い次第に混ざり、どれもずいぶん古そうで、代わりのいくらでも利く時代になったので破れるのはやめたという顔をしていた。窓の間に洗面の流しがあり、それと並んでちょっとした煮炊きの便の跡らしい台が見えたが、こちらには荷物が載せられて埃をかぶっていた。部屋の鍵穴はどれも旧式の丸い穴で、それがずらりと並んでいるとやすらかに感じられた。だいぶん先を走る大通りの車の音が活力を抜かれてこもっていた。

内山は留守だった。ほっともさせられて、書置きを扉の隙間にさしこむほどのこともないのですぐに引き返そうとしたが、帰路を思うと足がにわかには動かない。体力の弱りを思い知らされて、内山の帰りを待つともなく息を入れているうちに睡気に捉えられたようで、誰もいない廊下に靴を提げて立っている自分の姿が見えた。何をしているんだ、何処に来たつもりだ、まるで嘆願者みたいではないか、と自分で訝っていた。そこへ足音が近づいて、来てたのか、と内山が声をかけた。近間から戻った様子だった。靴はどこに置くんだ、と私はたずねた。下駄箱は上がり口のすこし先だよ、壁に沿ってボール箱をつぶしたのが敷いてあっただろう、と内山は答えて扉を開け、私を先に入れようとした。

正面に胡坐をかいて紅炎でも背負ったみたいに赤く火照った内山の顔が見えた。

覚めながらの一瞬の譫妄《せんもう》、高熱の名残りだった。赤ん坊の泣き声が聞こえていた。そう言えば一昨昨日の夜にも同じような声が寝床から聞こえていたなと思って我に返った。内は蒼然とした四畳半一間の、その真ん中に汚れた坐蒲団が一枚、いかにも戸口に向かって構えるかたちで置かれているのに、暗示をかけられたものと見える。

その坐蒲団をすすめられて尻にあて、よく片づいているじゃないか、と部屋を見回した。ああ、片づけまくった、これ以上やれば自分をまるごと始末するよりほかにない、と内山も狭い部屋の中を見渡した。まる五日、断食したよ、と言った。締まって面相の浮いた顔つきをしていたが血色は悪くなかった。六日目の午に近所の飯屋まで行ったところが腹が減りすぎてまともな物は喰えそうにもないので、粥を炊いてくれないかと頼んだら、炊いてくれた。ときどき粥の注文があるんだそうだ。喰って帰って来たら腹が盛んに下って、それでさっぱりした、と話した。

忠告してくれて助かったよ、としばらくして言ったのは女のことのようだった。忠告どころか、何もわかっていないのだ、と私は答えた。日の暮れの発熱のまた始まるようなだるさを手足に覚えて、一昨日まで風邪で寝ていたので、と坐蒲団の上に肘をついて横にならせてもらった。ここは湿っぽいんだ、このあたり一帯は地卑《ぢびく》で昔は沼地だったと年寄りが話していた、と内山も畳の上に横になり、これもだいぶ古手の磨硝子のはまった窓の暮れかかる光を、すぐ外は涯にでもなっているかのように見あげた。目を合わせずに済む楽な姿勢から、階下《した》には三時頃になると男が来ていたようだけど、と私はたずねた。

あの家はけっして安普請ではないのだが、と内山は家の老朽を気づかう年寄りの口調になった。ある種の、細い声が階下から二階へ伝わる。かるい咳払いや溜息の類いだ。階段から昇るのでもない。天井裏だか押入れだか、離れた空間が微妙なあんばいに共鳴しあうらしい。窓の外から聞こえるようで、押入れの上の戸袋あたりから降りてくる。一人暮らしの女は、これまで家であれこれ経緯があったようで、声の通りをよく知っている。八月の初めについ抱き寄せてしまったので、と打明けた。ずるずるになったわけではないんだ、と言った。その後で一度、夜中に階下の手洗いから戻る足がつい表廊下のほうへ回りこんだことはあった。途端に障子が開いて、血相の変わった顔が立ちふさがった。蒼く光るんだ。鬼気が迫った。物を言いかける隙《すき》もない。ところが翌日の暮れに飯を喰いに出かけて、夏のことなのでまだ光の残る頃に門から庭に入って来ると、睡蓮の鉢の前に浴衣姿でしゃがみこんでいて、今日も無事に済みました、よかった、と言う。

よかったも何も、男が来ているじゃないか、と私は理不尽さを代って訴えた。それはそうなんだ、と内山は煮え切らぬ返事をした。しかし、男の来ている気配を感じたことはついぞないんだ、声の伝わるのは、あなたの来ている午後に限る、と言った。

それでは二階を、取り殺すようなものだ、狂っているよ、と私はやっと受け止めた。狂っていたのは俺のほうが、先だったんだ、と内山は答えた。誤解があるようだ、それは誤解するだろう、と一人でうなずいていた。

梅雨時の夜中に家を出たり入ったり落着きのなかったのは、女から逃げようとしては引き戻されていたように思うだろうが、じつはあの間、人の眠りを妨げてはいけないという遠慮はあったが、人と言っても家には女一人しかいないということも知っていたけれど、女のことは念頭になかった、と言う。自分がここにいて変に静かになっている、それだけでどこかへ、この性悪な重みがここから抜けてのしかかって、たぶん郷里《くに》の方で誰かしらの身によくないことが起こるような、莫迦げた妄想がどうにも払いのけられずにいるうちに、部屋にいたたまれなくなる。表をほっつき歩いても自分がなくなるわけでないが動いていれば紛れる。そうなると今度は立ち停まるのが、わずかな間でも、石のように重くなりそうで恐い。ようやく池の畔のベンチに居場所を見つけた。あそこでは静かにしていられた。それで安心していたら、夜明けに通りがかった女に眺められただけで、池の蓮が騒いだ。静かにするのは禁物、と朝から晩まで外で働きまくった。夜遅く帰って来てたちまち眠ってしまう。そう思っていたところが、未明に幾度か呻いて起き上がろうとしては倒れこむ、と後で女に知らされた。

俺が夜中に騒ぐのは階下《した》の存在に苦しんでのことではないとは、女も早くから聞き分けていた、耳のさとい人だ、これも間違えないでくれ、とまたことわった。自分のほうへ来る足音だか、別のことを考えているのか、聞いていてわかります、と女は言った。ある日、女は内山の部屋に上がって来て、聞こえていないふりをしているのもおそろしいようなのでと言って、内山が夜中家を出たり入ったりするのも呻いては起き上がろうとするのも、階下から仔細に耳にしていたと話した。顔もまともに向けられずにただ詫びる内山に、咎め立てをするでもなく説教をするでもなく、この家にもこれまでいろいろな事がありまして、夜中にいきなり起き上がって家の中をひっそり歩きまわる人間の、狂いかけた足音をもう何人も、十年も二十年も、息をひそめて聞いて来ました、いえわたしでなくてこの家が、建具や天井が人の心の乱れに敏感になっているのです、家を出たり入ったり夜明けまで落着かず歩き回りながら結局は誰一人として叫ぶどころか廊下に足音を荒げるまでにもなりませんでした、今から思えばあわれなものです、とおっとりとした声で話すその姿が、三十代のなかばと内山はこれまで見ていたが、肌まで白く褪せた年寄りにも、二十歳までも届かぬうちに年を失ったようにも見えて、どちらにしてもこの家の女主人、この部屋もまたこの人の長年の耳の覆うところだと思うと、今の今まで自分が何も知らずにここで気ままにしていたことが、これこそおそろしいように感じられた。

その女が変らず過去を思う顔つきで、内山を見つめもせず、内山を抜けてさらに遠くを眺めて、人を殺している、あの足音は、と言った。声があどけないようになった。言うことについて行けなくて内山が啞然としていると、あなたは人を殺してなどいませんよ、と取りなした。自分が殺したように自分で思っている相手があるでしょう、としかし記憶を促す眼を内山へ向けた。自分が殺したように思っている人間を、幾度でも殺しに行くものです、つぐないみたいに、と訳のわからぬことを言って部屋を立つ様子を見せた。

その日のことか、と私はたずねた。その時のことだ、と内山は答えた。坂道を行くような豆腐屋の喇叭が聞こえて表では風が強くなっているようだった。通りのほうで車がむやみに警笛を鳴らしていた。電気をつけろよ、と言って私は起き直った。内山は立ち上がって、乳色の硝子の小さな笠の掛かった裸同然の電球のスイッチをひねって、胡坐をかいてその明かりをつくづくと見ていた。

狂ってるよ、と私は繰り返した。内山はそれには答えず、不思議だな、身にまるで覚えのないことを単刀に言われた時こそ、まともに衝かれた気持になるとは初めて知った、と膝を抱えこんだ。部屋から立とうとして女はちょっと間を置いた。よけいに端正な坐り方になった。その姿が内山には近くにありながら遠く、千里も遠く、昔のように遠く見えた。手に取るように近くと言うが、手に取るように遠くということはあるものだ。莫迦げた言訳をするわけじゃない。あなたとは、これで何度目になりますか、と女は目をつぶる前にたずねた。

狂っていると言うけれど、俺のほうがその前から狂いを来たしていたので、量りようもない、と内山は遅れて答えた。それきり女は内山のことを、長い経緯のあった眼で見る。

また同じことになりますので、と言われたことがあった。戻ってくるからいけないのです、と鬱陶しそうにされた時には内山も長年女を徒らに苦しめてきたようなうしろめたさを覚えた。それでいて女は、馴れさせない。まして触れさせない。内山のほうも言い寄れば拒む女から別の男の名で呼ばれそうで、呼ばれればその男になって口説きつのることになりそうで、正直のところ、恐かった。

来るなら昼間にしてください、と申し渡されたのはまもなくのことだ。まさに申し渡す口調だった。夜は嫌です、幽霊になるので、と言った。女が幽霊になるようにとっさに聞こえたが、考えてみれば、夜中に歩き回ったり呻いたりする自分こそ、以前この家で狂いかけて堪えた人間たちにくらべれば、所を得てないばかりに、階下からは影ほどの存在にしか聞こえない。それに、こういうことになってからは女に気味悪がられまいとして、夜にも寝床に背中からはりつくようにして眠っている。目を覚ますと身じろぎもしなかった硬さが残る。いましめているつもりが、情ないかすれ声の洩れているおそれもある。あるいは、女を抱きにまた戻って来る男はもうこの世の者ではないのではないか、という疑いも頭を掠めたが、夜は嫌です、と繰り返した女の声が沈んでいた。受け容れる女の哀しみ、と男は取る。

行くつもりだった。正午の過ぎるのを待った。午後に入っても耳を澄まして時を測るようにしていた。階下からは物音ひとつ立たない。これは日盛りにはいつものことなので聞き耳を立てる甲斐もないようなものだった。吉《よ》くない刻限、と子供の頃に聞いた言葉が浮かんだ。大抵は日の暮れ方か夜の更けかかる頃だが昼日中にもある。何かの汐時の変り目か、その境にわずかに開く空隙のような時らしく、そこへ魔が差す。しかし自分にはいまさら、魔が差すも何もないものだ、と払った時、あの時に初めて、そういうことではないの、と窓の外の軒のあたりで声が答えた。階下の女の声と聞いた。それではこういうことか、と落着きはらって起き上がり階段を踏み締めて降りて行く自分の影が見えた。やっぱりまた来たか、と酷い眼を光らせて迎える女の、首に手をかける。

夕立の近づいた気配で内も外も暗くなっていたが夢ではなかった。人が部屋を抜けて降りて行った跡の、空虚の雰囲気があった。自分で自分のありかを探す心細い身体になっていた。承知でも何でも人の行為にはすべて魔が差すんです、と言われた気がした。でも、死ぬのには、男はいりません、と笑っているようだった。幻覚を振り払うために起きあがろうにも、ひろがりきってしまった身体の、中心がつかめない。しばらく動けずにいるうちに窓の外で木の葉がざわめき出したその中から、また女の声と思われたが、今ではこちらの身を案ずる口調で、この夏は、しるしがあるまで、じっと辛抱しなさい、と聞こえた。

翌日、廊下で出会うと、女は顔も見ずに黙ってすれ違ってから、来ないに越したことはありません、と明るい声で言って振り向きもせず表廊下のほうへ折れた。また一日置いて、夕飯に出る内山が水鉢の前にしゃがみこむ女のそばを通りかかり、あまり静かに花に見入っている女に声をかけられずに過ぎると、庭を門のほうへ向かうその背後から、長い因縁を断つために死ぬ人がいるけれど、同じ断つでもいっそ子を産んだほうが、と細く澄んだひとり言が洩れて、日の暮れにつぼんだ白い花がその声に見えて、振り返ることも出来なかった。それからは、「しるし」と聞いた言葉がむずかしくなった。まる一週間、午過ぎから日が暮れかけて階下に足音の立つようになるまで、窓の軒に聞いた戒めの幻聴に呪縛されて、まさに一日しのぎの辛抱だった。先が見えない。夜はいったん眠りこむと寝覚めもせず夢らしい夢も見なかったが、狭い穴倉に閉じこめられて暗闇の中で虫や鼠が這いまわるので自分のありかがようやくわかるというような体感の眠りだった。虫たちが身体の中を縦横に通り抜けるようになると、誰かがひと言声をかけてくれれば、それが一点の光となって、内と外とがはっきり分かれるのに、と息が走りかけては大きな闇に口を塞がれる。

大学の近くの裏通りで私に出会った時、内山はむこうから陽を避けずにまっすぐに来る姿を、まっすぐに歩くというだけで不思議なもののように、あまりまっすぐなので今にも光の中へ蒸発してしまいそうに眺めるうちに、眺める自分のほうが影のように感じられて、顔を見分けられるどころか姿も見えないのではないか、とおそるおそるうなずくと、うなずき返された。すれ違って、通じたことに舌を巻きながらしばらく行ってから、「し

る し」 と思って足が停まった。何のつもりとも自分で知れなかったが、急いで引き返した。

往来で易者に顔を見られてハタと考えるというやつか、しかしその易者を家まで連れて来るとはおかしいね、と内山は初めて笑った。電球を見あげてしばらく笑っていた。安堵のように見えた。

来てくれている日は、午後がしのげる。そうでない日も、部屋に人がいてくれた、その手前という心が残って、よほどしのぎやすくなった。場所を知られているというのも、見られているようで、抑制にはなる。女のほうも態度が変わった。会えばにこやかに会釈する。朝曇りの日は暑くなって、などと天気のことも口にする。以前よりも内山の眼に、買い物に出かけたり庭の掃除をしたり、日常の姿を見せるようになった。それにつれて内山も自分が自分の内へおさまっていく気がしていた。階段を踏んであがる足の一歩ごとに秋の涼しさを感じて、夏前からひさしぶりに我に返ったようで驚いたこともあった。

午後の三時を回って空が暗くなると階下から声の伝わって来るのは、二階に客の来ている日に限るのは不可解だったが、男が来ているものと内山は思っていた。心は穏やかではなかった。しかしその自分は何者だ、女とただ一度だけそそくさと、誰が誰とも分からぬようなふうに交わっただけではないかと突き放すと、今まで考えたこともなかったが、女が男に抱かれることの、たとえ肌をすっかり許した相手でも、そのたびの無惨さが思われた。一人でいたら別のことを思っていただろう。

郷里の母親から届いた手紙を持って女が二階へ上がって来た時には、そんな行き来にもこだわりが薄くなっていた。それまでは、考えてみればもう梅雨時から、郵便物は階段のいちばん下の段に端を揃えて片寄せて置かれるようになっていて、内山はそこに潔癖な手つきを見るたびに、自分のことは棚にあげて、狂ったものの跡でも目にしたようで眉をひそめたものだ。女は手紙を渡した後で窓を眺めて、これではここは涼しくならないの、と風の通し方を教えた。暑い日には遠慮はいらないので、と自分で二階のほかの二間の窓も障子もすっかり開けて来て、ここの部屋は窓をいっぱい開けると内も外も暑さが一緒になって御利益もなくなるので、と細目に引くと風がすっきりと通った。地獄に一抹の涼風でしょう、と女は壁ぎわの風の路に坐りこんで、そちらのほうがもっと気持が好いわ、と向かいの壁際を指で差した。涼しさを試して、もうひと月近く前になる間違いの、そのあたりの畳を挟んで向かいあうかたちになった。ここから上野の山の鐘や汽車の音が聞こえたものです、と女は寛いで話した。池の蓮の音も聞こえると言ったら、白いような眼で見られました、風が渡って池一面に蓮の葉がさあっと鳴る音のことを言ったのに、蓮の蕾がひらく音と取られたようで、でも、ここを通る風ばかりは昔と変わらない、と窓へ眼をやった。そこへ口笛が鳴った。

蟬の声が甲高いようになった。つぎの口笛の鳴るのを待って二人とも動けなくなった。

口もきけず、遅れて驚いた顔もほぐせない。口笛が重なるにつれて窓の軒で細い声がふくらんだ。女の魂が離れてその脱け殻がここに来ているのか、自分のほうこそ耳から魂が離れかけているのか、とこの時には怯えた。

口笛が止んだ時、女は蒼い顔でなぜだか一礼して部屋をさがり、階段を静かに降りて行った。内山は跳ね起きて、机の抽斗から財布を摑んでズボンのポケットにねじこんだ。家から走り出て後を追うつもりだった。追いついて一緒に呑んで、あらためて助けを求めるつもりだった。しかし部屋を出ると女はまだ階段の途中にいて、髪を耳もとまで撫であげたその指先の、爪が立って、こちらを振り返り、お互いを憐れむような眼を向けた。

旅のうち

肩口に寒さを覚えて、ここはどこだ、どこで寝ているのかとしばらく迷ってから、蒲団を重ねに起きたそのついでに表をのぞくと雪になっていた。降りつもる雪の匂いが胸まで染みて、長い夢から覚めた心地がした。夜明けにはまだよほど間があった。いましがた教会らしい建物の前へ来かかると、扉は締まっているのに内から蒼い光がほのかに差して、その中を抜ける時、沈黙は不在のしるしか、むしろ存在のきざしではないのか、と埒もないことを考えて自身も蒼く透けるように感じられた。あれは誰だったのか、と通り過ぎて振り返り、堂の内で光のもとにうずくまる影を見たようでもあり、外へ差す光に一瞬透けて背後に置き残された者をたずねたようでもあり、分裂に苦しんで眠りが継げなくなった。

正午前、雪のまだ舞う中で、枯木の林の雪明りに濡れて照る楓を、また夢から覚めた心地で眺めた。一週間ほど前にひと月ぶりに家に戻ったその翌日に林に来た時には紅葉は見えなかった。十一月中は天候が不順で寒い日が続いたと聞いた。旅に出かける前も彼岸過ぎから十月を通して秋晴れというほどの日はすくなかったので、今年の紅葉は冴えぬうちに済んだものと、ここ数日、林を抜けるたびに思っていたところが、雪の白さに映えて、いま燃えそめたような艶《あで》やかさだった。雪が降りつもると、もう長いこと逢うに逢えずにいる女の、肌の匂いが漂ってくるので、つらくてしかたがない、と雪道で嘆いた男のことが思い出された。死んでいたら楽だ、と若い声まで耳もとに聞こえた。あの男もとうに死んだ、二十何年も前に死んでいると驚くと、周囲の雪の静まりが、地を覆う沈黙の中の一点の目覚めか、それとも逆に、また夢のように感じられた。危うい声で鵯《ひよどり》が鳴いていた。

天空の音楽を聞きたいものと長年求めていた男がある夜、ついに耳に届いたと呻いて、それきり気が振れた。凄まじい調べを聞いたかと人がたずねると、沈黙が聞こえた、とただ答えた。そんな話を思ったのは旅先の宿の、寝覚めの境だった。そのつい数日前に、レストランで一緒になった邦人の作曲家と交した話が尾を引いていた。耳が聞こえなくなって、どうして作曲ができるのか、と私はたずねた。長年抱えこんでいた問いになる。外の音を遮断されても、内から楽想は起こるだろう、楽音も響き出るには違いないが、しかし外の音に、その限度に抑制されないとなると、混沌となって膨れあがりはしないか、渦巻きはしないか、どうして、これを支配できたのか、音律は保持されたのか。二百年ほども後《おく》れて追いかける危惧だった。私にはこれまで作曲家の知合いはなかった。この問いもどうせ、生涯、たずねぞこねることになるのだろう、と思っていた。

もっぱら紙の上でも作曲はできます、と作曲家は答えた。古代の幾何学を私は思った。宇宙の数的な諧調ということから、天空の音楽というものを連想した。天空の音楽を机上に構想できるものなら、とそこまで考えて、自分には所詮縁もないことだが羨望を覚えた。しかし、現代ではそれがかなり一般になっているけれど僕はやらない、と作曲家は退けた。そして手にしていたナイフを筆のように持ち換えて、柄のほうを口に近づけて、口にふくんで奥歯で噛むこころで、耳の聞こえなくなった彼の場合、こうして銜えた金属の、もう一方の先端でもって、ハンマークラヴィーアの鍵に触れて、振動を顎から頭へ伝えていたようです、と教えた。

金属の顫えが腥い口の、おそらく傷んだ歯の根から、顎へ頭骨へ響いて、脳の内に諧音を結ぶとは、と私はその追い詰められた、究極のような聴覚に感動を覚えながら、頭上で盛り土を支える梁が、また接近する敵の爆撃機の編隊の、唸りに感じて内から顫え出す、あの時の小児の聴覚も耳からのものだったか、耳はとうに恐怖によって聾されてはいなかったか、と考えた。防空壕の暗闇の底にうずくまり、土を噛んではいなかったが、途轍もなく大きなものを、口にふくまされていなかったか。梁から壕の土が隅々まで顫える。頭の内も顫える。土と身体の境が失せて、聴覚の中心の在りかも定められなくなり、壕の外の、庭の隅に咲く草花の、無縁の長閑《のどか》さが、聴覚の中心にぽっかり浮かぶ。あの時しかし、上空を覆う爆音も切迫のあまり、音そのものが浮かされたようになり、さらにひろい沈黙の中へ投げ出されて、その沈黙をすこしも揺すれないばかりに徒労と感じられ、その徒労感がまた恐怖を増幅させた。脳の内に結ばれた諧音も、背後の無限の沈黙を一瞬照らすばかりで、占める所もなく、点として孤立して連続を奪われ、そこにも恐怖が混じりはしないか。

鹿の肉を喰っていた。持て余した肉の大きさに、ナイフとフォークをじわじわと動かして、金属の先端が皿にあたる細く澄んだ音へ、耳を澄ますようにしていた。音と音との間が、時雨の走って過ぎる間ほどの、長さに感じられた。人の話に受け答えするには、時雨の中と同様に、何のさしさわりもない。声はかえって通った。

野川の土手道で井斐に出会った。子供の手をまだ引いていた。子供はいっそうやつれていた。眼に涙のような怯えが溢れた。それにしては無防備に、見も知らぬ人間の顔を見あげた。道はまだ遠いのか、と私はたずねた。いや、もうそろそろだ、と井斐は答えた。そしてすれ違った。立ち話しにまでもならなかった。私は振り返りもせずに石造りの街の中へ出て先を急いだ。土手道を遠ざかる井斐の足取りを背中に感じていた。人の賑わう街路から、会合のある建物の見当がついて、石畳の小路へ折れたところで、背後の気配は絶えた。そこで足をゆるめて、あの男はもう何年、子を連れて歩いていることか、と年を数えかけると、前方へひとすじ、薄い夕日の差す土手道が続いて、井斐がまた子供の手を引いて近づいてくる。長い影が土手を下って冷い流れの上へ伸びた。おとなしい子だね、と私のほうから声をかけた。これでもすこしずつ元気になっていくよ、と井斐は答えて、風車でも買ってやりたいのだが、この辺に、どこか知らないか、とたずねた。すこし先へ行くと辻のところに、子供の喜びそうなものをいろいろと売っている店がある、と私は川上のほうへ腕をやった。その指先を仰いで子供はかすかに笑った。店の灯が細く点ってあたりは暮れた。土手の上に辻などあるはずもないが、いましがたこの足でそんな辻を風に吹かれて、たしかに通り抜けて来た。道端に屋台が立つ、その仕度に取りかかる年寄りの姿も見えた。

そこまで一緒に行こうか、と足を停めて振り返った。

故人の出て来る夢にしてはまるで日常の気分でいた。よくよく知った風の匂いだった。寝覚めした後もしばらく、夢の足取りは先へ行く。夢の中ではいつでも歩いているではないか、と自身の姿を見えなくなるまで見送った。明日になり、異国の街を歩く足にいきなりその足取りが繫っても、驚くほどのことではない。人前で話す最中に夢の続きの中へ引きこまれても、取り乱しもしないだろう、と安心している。

夢が楽になった、という話は聞いたことがあったかどうか、そう打明けてむしろ憮然としていた顔がいまにも浮かびそうになるが、誰と思い出すまでにはならない。もともと悪夢に苦しむほうでもないので、いまさら楽になったもないものだが、旅に発ってから、夢の粘着性はたしかに薄れた。雰囲気もよほど淡くなった。少々怪しげな夢でもさらさらと流れる。夢の流れるその川床のほうが、寄る年波のせいでひらたく磨り減ったか。覚め際にしばしば教会の時鐘が鳴り出し、この音を生涯、日々に聞いて、折々の心も、反復の憂鬱さも、鋭く差しこむのから鈍く淀むのまでつぶさに味わってきて、今ではあらかた済んだように、気安く耳をあずけている。

夢の中では年が数えられない。ふいにこだわって頭へ手をやっても、昔と今にしかならない。しかもその今と昔が、不審に思うそのそばから、平気でひとつの現在になりかかる。しかし覚めている時でも、年月や時間のことで簡単な引き算をしようとすると物憂いようになることがあり、それでは困るのでちょっと根を詰めて数えると、そんな時に限って、信じられない間違いをする。あるいは正しく数えあてても恣意と感じられて、4ヒク2ハ9、と風の中で喜々と叫ぶ子供の気持になる。そんな兆候らしきものは出発の前から気がついていた。暗算が遅くなり、手間取るうちに混乱が入りやすくなるのは年寄りの常らしいが、時間が勝手に伸縮しやすくもなっているようだった。だいぶ眠ったかと枕もとの時計を見ればいくらも経っていない、すこしも眠れないと苦しむうちに何時間かまとめて飛んでいる、と夜にあるのと似たようなことが昼間にも起こる。いま朝飯を喰ったのにもう晩飯の時刻だ、昼には何を喰ったのかあやしい。今朝方のはずのことが昨日の朝のことのようにも、三日前のことのようにも、遠く思われて、家の者にそれとなく確める。俺は忙しくもしていなければ退屈もしていないつもりなんだがな、と完全に引退の身になった人が笑って話していたが、そろそろ他人事でもなくなった。

時間の感覚がやや取りとめのないようになったのは九月の、彼岸の頃からになる。旅行をひと月ほど後に控えて、仕事の旅なので間違いがあってはならないと用心した。外出の際にも、少々の勘違いはあっても取り戻せる用向きばかりだったが、節目節目で時間と居場所を押さえるように、すこしずつ心がけた。余計な注意にも思われたが、そうするうちに、東京の街も今では私にとって確めながら歩くのにふさわしい、外国の街を歩くのとそうも隔たらぬ緊張の求められる場所に映った。言葉のほうも、人と会っている時だけでなく、店に寄ってちょっとした買い物をする時にも、発語をつとめて明瞭にするように気をつけると、日頃、自分がいかに半端に投げやりの物言いをしているかを思い知らされた。自分の声が自分の耳に、言葉を失いかけた者のもどかしい叫びのように立つことがあった。その後で周囲が、人の声も足音もしているのに、森閑と静まる。睡気が所構わず降りてくる。

機内ではよく眠った。覚めれば本を読む。宙に浮いているせいだか、初心に読める。その眼に疲れも来ないうちにまた眠っている。その繰り返しの境に、睡気らしいものも差さない。睡気はどこへ潜んで、どこへ湧いて出るか、と覚め際に考えた。一度だけ夢を見た。通路から男性が近づいて来る。機内なのにコートを着て襟巻をしている。私のいるのに気がつくと、や、こんなところで、すっかりよくなりましたか、よかった、と円い顔になって笑って通り過ぎた。一昨年の春に亡くなった知人だった。生きていたって不思議はない、と振り返りもせずに眠った。

今世紀初めての海外旅行になります、と冗談に言うと、聞いていた人が、それでは世紀末の人たちにいろいろ会えて楽しみですねと笑った。三年前にも機内はもう禁煙になっていた。どんなに苦しむことかと心配していたら、それほどのこともない。ところが十二時間の末に着陸の態勢に入って、地上が手に取るように近く見えて来ると、禁断症状が出てじりじりと焦ったものだ。今回は地上の風景がくっきりと映るのを、こんなにも眼が見えているんだな、と眼の手術の直後にあたった三年前の旅には格別にも感じなかったのに、今になり不思議がり、すでに惜しむように眺めふけっていた。空港に降りても喫煙所を探すようなことはしなかった。

毎日のように人と会う。人と食事をする。一日置きぐらいに人前に立つ。こんな暮らしはひさしくしていない。自分の外国語は事柄がすこし微に入ればもう用をなさないと初めから決めている。出発の前は仕事の準備で手一杯で旅の仕度に時間を取れなかったので、どうせ忘れ物はあると思って出て来たが、旅先で日を重ねても、忘れ物らしいものにも気がつかない。どこか物が考えられなくなっている、注意もひろがらなくなっている、と出発前から感じていたので、旅先ではまして忘れ物はあるものと思っていたが、いまのところ、小物ひとつ失せていないらしい。人前ではもっぱら日本語で話して通訳の世話になることにしているが、途中なまじ外国語の構文が頭に割りこんで、翻訳者にあまり苦労をかけたくないという遠慮もはたらいて、それで話す日本語が間延びしたり目が詰まったり、支離滅裂になってしまう、とそんなこともあるだろうと端《はな》から謝《あやま》っていたが、話す声には乱れもない。話すことにもそうは間違いはないようだ。しかし宿の室に戻って一人になると、それこそすべて、辻褄は合っているようだが、そのまま間違いみたいなものではないか、と考える。

宿で朝食を摂った後がたいてい閑になるので街へ散歩に出る。案内書は出発前に見る暇もなく携えても来ていない。街の地理もあらかた忘れていて、どこを訪ねたいとも頭に浮かばないのに、角ごとに考えもせず迷いもせず、足が道を取っていく。十四年前に同じ界隈の宿に泊まっているので、覚えが足のほうに埋めこまれているらしい。やや遠くまで来るとさすがに、近年方向感覚がめっきり鈍っているので、街角に立ち停まって要所の見覚えを押さえておこうと見渡すが、そんなものは次の角を折れれば忘れてしまう、とその時からわかっている。やがて道に迷う。それでも、何に頼ってか、落着き払ってさらに角を折れて小路を行くうちに、覚えがすっかり落ちて、しかし落ちるも何も初めから見覚えなどなかったではないかと啞然として足を停めると小路の先の坂の上に、十四年前に宿の目標にした建物が見える。そんな昔の反復に幾分憂鬱な滑稽さを覚えさせられたがとにかく安堵したとたんに、いまのいままで、小路を歩きながら、すれ違う人間たちの言葉が聞こえていた気持でいたことにまた驚く。あらためて耳をやれば片言隻句も聞き取れない。腕時計へ目をやれば意外に長い時間が経っている。

宿は螺旋階段だった。小さなエレヴェーターもあったが、なかなか降りて来ないこともあり、昼間の外出の帰りには歩いて昇るようになった。部屋は六階にある。途中、階が数えられなくなると、足音ばかりが聞こえて、自分の居所が摑めない。古い建物の内部を改装しているようだが、この狭い螺旋階段ばかりは十四年前の宿と変わりがない。その宿はここと同じ並びの数軒先にあるとわかった。昇るにつれて足取りが楽になり、その間の歳月が失せて、また間違いの、心地が差す。あるいはここがむしろ目覚めの境ではないか、しかし目覚めとは、一段と深い夢の中へ入ることにならないか、と額へ手をやった。夢だからこそ、一歩一歩、心して踏んでいかなくてはならない、と声がした。夢だからこそ、大事にしなくてはならない、と声は戒めて黙った。先のほうを内山が昇っていく。

室に入り濡れたコートも脱がずに、あの男は、と階段と同じ沈黙の中から自問して、窓から向かいの建物の壁を眺めた。端の断面が荒い漆喰の中から、積み重ねた煉瓦を遺跡のように剝き出している。そことここととの間を塞いでいたもう一棟が取り壊されたようで、すぐ隣へ続いていた壁がその時に断ち切られたその傷口をそのまま、おそらく五十年あるいは百年も、外へ晒して生きている。内山は、とまた考えかけて、降りこむ雨の滴が吸いこまれていく、断面の赤いような色に眼を取られた。

二階へあがる暗い階段の、一段目の隅に、内山に届いた郵便物が端を揃えて片寄せられている。内山はそのつど、狂った跡に触れたように眉をひそめはしたが、実際に見たわけでもない手に反応するばかりで、階下の女の存在は意識になかった。

それが夏前のことになり、八月の末に、内山はその階段を踏んであがる足の、ひと足ごとに秋の涼しさを覚えて、ひさしぶりに我に返った。一度の間違いを女はなかったことにする態度を見せはじめた。階下で出会えば愛想よく挨拶する。郵便物も二階まで持って来てついでにあたりさわりのない話もしていくまでになった。三日に一度ほどの間合いで午後から第三者が、私が下宿を訪れるようになった、そのお蔭だと内山は思った。同じ間合いで階下にはやはり午後から男がその後も来ている。潔癖な手つきと内山は言ったが、私の感じたところでは、以前は黒光りしていたのがその艶も褪せて、細かい埃が足の裏にさわる階段だった。

その階段の途中に女は立ち停まって待っていた。髪を撫であげた手の、爪の先を耳もとに立てて振り返った。その傍を構わず擦り抜けて裏戸から走り出る自分の姿を、内山は見た。しかし階段のすぐ下の、廊下の板床に二人は重なりあっていた。女の右手が一段目の踏み板に触れて隅のほうへ探るようにしていた。

廊下を伝う西日が女の顔にかかる頃、女は内山を押しのけて部屋の内へ走り込んだ。障子は閉《た》てられなかった。女は押入れから蒲団を降ろして敷いていた。取りつく島もない、早く済ませてと言わんばかりの、けわしさがあった。

女の傍で目を覚ますと部屋の内は障子と女の顔ばかりが白くて、家の外の静まりも夜が更けかけているようだった。女は切り詰めた姿勢で眠っていた。こわばっている。それでいて深い寝息が立つ。揺すると低い呻きが洩れて寝息はさらに深くなる。昼間とはまるで違った腫れぼったい瓜実顔の、眉間にきつい縦皺を寄せて、長い髪がいま梳かされたばかりのように流れていた。両足の先を交差させて、太腿を合わせて突っ張っている。この硬直した身体を割って抱きにかかる自分を内山は思ってそっと寝床を抜け、手探りに物を避けながら廊下に立った。

二階の部屋に戻って内山はまずウイスキーを瓶からあおった。時計を見れば十時を回っていた。女から腕をほどいて仰向けに返った時には障子の端がうっすらと赤く、どこから差すのか、残映に染まっていた。女の傍で四時間ほども眠り込んだことになる。腹が空いていた。今から出かければまだ開いている店はある。どこも閉まっていても、ひと歩きすれば屋台が立っている。思い切って上げかけた腰がしかし意気地なく沈んだ。外にたいする怯えが出ていた。部屋の中の喰い物を掻き集めようかと考えたが、そのうちに酔いが回って、蒲団をおおまかに敷いて横になるのが精一杯になった。

ひと言も、物を言わなかった、お互いに、と睡気が差して来たところで内山は驚いた。階段の途中で抱き寄せられるままになった時から、女は無言を守った。内山にも、物を言いかけることを許さなかった。目をつぶっても拒絶を眉に寄せていた。階段の下に重なって倒れた後も女は内山の背に腕を回しながら身体をひらかなかった。内山も女を組み敷いた形のまま従順なように待った。やがて女の右手が階段のほうへ伸びた。それにしても階段の下で二時間も抱きあっていなくては、時間の前後はつながらない。その長さが今になり内山には信じられなかった。廊下のことと部屋のことと、同じ交わりの反復が、何日も隔っていたように思われた。じつは何年も隔たっているのだ、となかば眠りの内から思った。

夜の白みかける頃に女が枕もとに坐った。すぐにでも出かけられそうな形《なり》をしている。夢ではないと内山が気づくまでにしばらく間があった。内山の覚めたのを見ると、女は居ずまいを正して、あれは夢でした、と申し渡した。たしかに夢だったかもしれないと呆れる内山の顔に、これも夢です、と唇を近づけてきた。その声と息の甘さに内山が手を伸べると、振り払って立ちあがり、階段を降りて行った。後を追わせぬ足音だった。内山は眠りの中へ引き込まれた。その眠りに一点破れ目があって、夢よりもむしろ覚醒と感じられ、蓮の葉の騒ぐその彼方から囃し立てる笛太鼓と鉦の音が聞こえていた。階段のすぐ下で男と女がまだ抱き合っている。とうに力尽き死びとのような顔で眠っているのが、ときおり囃子の声にうながされて、ゆるゆると愛撫しあう。

三日は何事もなかった。内山は一夜で心身の力を使い果たして夜昼ほとんど寝て過ごした。血迷って女に迫まって手ひどく撥ねつけられたような後味が残った。いずれ女がどこかへ訴えて人の来るのを、神妙に待っている、とそんな気持でもいた。日に二度だけ、正午前と日の暮れに飯を喰いに出る。廊下や庭で女と出会う。女は涼しく目礼して内山をやり過ごす。悪意らしい色も見えなかった。安い店に入って内山はむつむつと喰う自分を見た。さほどの食欲もなくて、喰っておかなくては寝てもいられないというほどの用心で出て来たのに、丼の飯がいくらでも入る。飯だけのお代りを注文した時には、恥かしいとも何とも思わなかったが、食欲そのものがうしろ暗いように感じられた。

帰り道に、買い物に出かける女と出会った。さいわい道の反対側を歩いていたので、内山は気がつかぬふりをしていると、女は歩みをゆるめて、内山をしげしげと眺める。内山が通り過ぎる時には、女は足を停めて、さらにこちらを振り返る様子だった。どの顔をしてこんなところを、とつぶやくような光が眼に差したのを、内山は見たと思った。

厠へ消えた女の姿を廊下から見かけた。内山は階段を上がりかけてこだわった。ここへ越して来た初めに、女は厠のありかをおしえて、ここは客の専用で家の者のは別になっているようなことを言っていたので、そう思っていた。しかし考えてみれば、外回りから見るかぎり、この家にもうひとつの厠のある余地はない。こんな関係になる前から、自分は知らずに、いや、すこしも気づかずにいたばかりに、女を辱かしめていたことにならないか、と二階の部屋に入ってから内山は日頃の無造作な振舞いを振り返って考え込んだ。無縁無神経の男の存在に堪えられなくなり、女はいっそ内山を、突き放すために、抱き寄せたのではないか、と疑った。

四日目に内山が午睡から覚めると日は暮れていた。夕飯を喰いに出ると店ごとに、あんたの物の喰い方はどうも陰気でいけない、と断られる。まるで手配の回った殺人犯だ、とまで言われた。悪い夢を見る、と目を開いた時には窓にまだ夕日の影が差して、そうは言ってもそろそろ飯を喰いに行かなくてはな、と大儀に思ううちにまた睡気にひきこまれたようで、眠りを通してひとすじ、深い透明な飢餓感が、青く光る道となり、人の姿はなくて、どこまでも続いた。その果てに、飢餓に苦しむのはお前の因果の見えて来るその前触れだ、と年寄りの声がした。

跳ね起きようとすると膝が利かず蒲団に腰から落ちて、頭は畳の上へ仰向けに倒れた。夜はまだ更けていないはずなので最寄りの店へ駆け込んで、まず米の飯をすぐに持って来させて、この飢餓感を宥めなくてはならない、と焦ったがなかなか起きあがれない。そのうちにふいに重みが抜けて暗がりの中に立った。電灯をつけて何ほどでもない仕度を慎重に済まし、出る前にもう一度、部屋の内を見まわした。

足を忍ばせてもいないのに、足音が立たない。しかし階段の途中で女が髪へやった手を停めて振り返りながら片足を一段下へ踏み出す、階段の下で男女が重なってお互いに縋るように押しのけるように左右に揺らぐ、その床の軋みが、通り過ぎたあとから立って、一切洩れなかったはずの求めの声の気配を背後に誘い出す。厠の匂いが廊下の底に淀んで、ひと足ごとに、女の肌の匂いへふくらんでまつわりついてくる。

裏戸の降り口へもう一歩のところまで来て、足もとから床が軋んだ。障子の内へ聞き耳を立てはしなかった。空腹が陰惨になりかけた。家の門の前を生垣に沿って行く足音がした。何歩目かごとに引き摺る癖のあるその足音を遠ざかるまで追ううちに、女を慕って泣くものがあった。ようやく泣いたか、恋しいか、抱きたいか、存分に泣けばよい、とあやしながら手を引いて連れ去る気持で降り口へ踏み出した時、障子が引かれて、蒼ざめた女の顔が暗がりに浮かんだ。

変なことをしないでよ、と寝間着の襟を掻き合わせて、内山の前後の宙へ目を走らせ、廊下の奥の階段のほうを、のぞきこんだ。歩いて降りてくるわけはないわね、と一人でうなずくと内山の顔を見て、いやだわ、面変わりしてる、骨相を剝いているわ、眼もどこを向いているの、とはしゃいだような声を立てた。食べていないのね、あなた、このまま外へやるわけにいきません、と声を改めた。

雨が降り出した。二十二の男と三十五の女の話だ。四十年あまりも昔のことになる。内山はまだ生きている。新年にはたぶん、変らぬ文面の賀状が届くだろう。

それが八月の末の頃になり、彼岸を過ぎてから内山はにわかに女の家を離れてアパートに移り、物の味もしなくなったのにまかせて五日も食を断ったその間、女の影を払いのけようとしては、女の前で殊勝に飯を頂く自分の姿が見えた。女は卓袱台の向かいに頬杖をついて、丼の飯を掻きこむ内山を黙って眺めていたが、あなたとあたしは、寝たのね、とぽつりと言った。あの部屋ではないけれど二階で、人が死んだのよ、といきなりおしえた。眉をひそめるような声から、自殺と聞こえた。通り雨は過ぎて、戸外の涼気が忍び寄る。それに触れて、家の内にひと夏こもった熅《いき》れがもう一度蒸せ返してくる。女はまだ家をつつみこむ雨の音に守られている声で、あたしを、手ごめのようなことにした、幾度でも手ごめにするのよ、そのくせあたしをおそれて日に日に瘦せていくの、と話した。聞いて内山は地へ吸いこまれるように、ひもじさが深くなる、飯を掻きこむその傍から空腹が底なしになる。内山を待たせて夜の更けがけに女の炊いてくれた飯に、化粧の匂いがかすかに、なにか酷《むご》い眼のように、混じっていた。女はそれきり口をつぐんで、たずねることを許さぬ顔つきになり、内山が二杯目も食い尽すと、茶の用意もせずに癇症な手つきで後片づけにかかった。二階へ戻ってお腹の一杯のうちに寝てしまいなさい、恐がることはないの、死んだ人間より生きている人間のほうが、よっぽどあやしいのだから、と内山の立つのをうながした。言われるままに内山は二階へあがって女の話したことを思い出す閑もなく眠りこんだ。

女が枕もとに居た。長いこと坐りこんで内山の目を覚ますのを待っていたようだった。

階段に暗い電灯がついていた。窓の下をまた、いましがたここの門から出たように、遠ざかって行く足音がした。遠くに地鳴りに似た音がこもった。これも夢です、と女は先夜よりもけわしい声を押し出して顔を近づけ、それきり立ち上がるのかと思うと、唇を合わせて来た。新しい浴衣の下に肌着をつけていなかった。

身体を寄せ合ってひと寝入りした頃になる。内山の首に回していた腕に力が入って熱い息が洩れたので、内山がまた抱きにかかると、女は眼を大きく見ひらいていて、襖の隙間から細い灯の差す階段のほうを見ていた。階段の下あたりで床が軋んで、その音が順々に家のあちこちに走った。風が出ていた。人の忍び歩く音に紛らわしいが、風の夜にはよくあることだ。胸を合わせようとすると女は片手で押し留めてさらに聞き耳を立てる目つきで頭を起こした。浴衣をまとって部屋を出た。襖を締めずに前を掻き合わせて階段の降り口へ向かう女の横顔が細かった。寝床を抜け出す時の肌の匂いが、抱かれていた時よりも濃くふくらんだ。内山はよれよれの浴衣を着て、女の腰紐を拾って後を追った。

階段に女の姿はなかった。裏戸の降り口の前の障子を細目に開けて、夜更けに飯を喰わせてもらった部屋をのぞいても、見えない。表の廊下から客間らしいところを見まわしても、人のいる気配すらない。階段の下に戻って、あるいは自分が表廊下のほうへ行った隙に物陰から出て二階へあがったのではないかと思いながら念のために階段の左手の、台所へ続くらしい内廊下へ眼をやった時になり、内山はそこの部屋という部屋に細いながら電灯の点っているのに気がついた。寝床を抜けた時の匂いを素足から滴らせて女は家の中を歩き回っている。いくら追っても見失うような気がした。

台所に近い物置き代わりの狭い部屋に女は廊下に背を向けて坐っていた。その背中に手をあてて物を言いかけようとすると、女は身を捩り返し、眼をきつくつぶって皺ばんだ顔で内山を引き寄せた。

家の外を人の通る声がしてすっかり明けた頃に内山はまた別の部屋で目を覚ました。女はそばにいなかった。ここでも、女の跡を追って来てもう一度交わった。またどこへ隠れたのか、と家をひとまわり探すと、昨夜の飯の部屋に蒲団を伸べて女は眠っていた。静かに立つ寝息へ耳をやってから内山は二階へ引きあげた。

蒲団に横にならずに壁にもたれて内山はまどろんだ。それから立ち上がって家を出た。朝から飯を喰わせる店を知っていた。裏戸の降り口の前から障子を引いてのぞくと女は変らぬ様子で眠っていた。その寝息のやすらかさが朝の道を行く内山について来た。店に入って席につくと、身のまわりに女の眠りがまつわりついた。鯖の味噌煮などを喰う間、自分の顔からうしろ暗さの消えているのに気がついた。昨夜もまたあれだけ交わりながらその間一言も交わさなかった。女の息も喘ぎも立ったところから家の内の沈黙に吸いこまれた。お互いに沈黙へ吸い取られるままにまかせているのは、一緒に死ぬつもりなのか、と考えた。

帰り道は日が高くなり、ぶりかえした炎天に炙られて、襟口から昨夜の女の肌の匂いが立ち昇り、往来の人に気づかれはしないかとすくみかけたがあえて背を伸ばして、白昼に夜を運んで足を踏みしめていくうちに、その姿が自分のものとも感じられず、昔どこかで見た姿に似ている、托鉢の僧ではなかったか、と腥さの残る口で思った。裏口から廊下へあがって部屋をのぞくと女はまだ眠っていた。

宵の口に内山が夕飯に出かけようとすると障子の内から女が呼び止めた。部屋の内にはもう炊けた飯の匂いがした。その夜は女も内山と向かいあって食べた。米の飯と香の物だけで、二人とも昨夜のことには触れず、ほとんど口もきかなかったので、取りこみ中の腹ごしらえの雰囲気になった。喰うほどにまた底なしの空腹感に取り憑かれて内山が二杯目の丼も空にしたところで、女はすぐに片づけにかかった。内山は二階へ戻って、だいぶ更けても階段に足音がしないので、今夜は何事もないと思って眠ると、夜半過ぎに女が枕もとに居た。

いいこと、御飯を一緒に食べたことのほかは、ぜんぶ夢よ、と目をひらいたまま唇を寄せ、深く合わせたのをかすかに浮かせて触れるばかりにして、夢だからしっかり抱いて、とすがってきた。

階下で女がひとりで静かに嗚咽しているような幻覚に、内山は乱れる女を抱き締めるたびにつきまとわれた。

紫の蔓

夜の更けがけに一緒に飯を食べるのが毎日のことになった。内山は階下で眠る女の静まりをまつわりつけて朝飯に出るが、女は日の暮れまで何も食べずにいたと言って、やつれた顔つきで箸を動かす。その様子が内山には、終日お仕置きに蔵に閉じこめられていた少女のひもじさを想わせた。いま食べておかなくては、いつまた食べられるかわからない、と急かされる気持に内山も染まった。

夜半をだいぶ回るようになった。女が枕元に坐る。内山の眼の開くのを待って唇を合わせてくる。深く押しつける唇が匂って、悶えをふくんでいるのに、右手は男の胸にあてがって、戒めている。そばに入ってくる女を男はすぐに抱き寄せる。早く身体を重ね合わせてしまわなくては、間違いが入るような、恐れがはたらいた。

ひと寝入りした頃に女は大きな眼を開いて階段のほうへ聞き耳を立てる。黙って寝床を抜け出す肌の匂いがまた、抱かれていた時よりも甘くふくらむ。内山はゆっくり起きあがり後を追う。跡に寝床の乱れもほとんど見えないのが不思議だった。女は階下の部屋という部屋に細い電灯をつけて回る。障子に光が差すと、天井や物陰の闇は濃くなった。どの障子にも内に女がいるようで内山はつぎつぎに細目に引いて中をのぞくが、どこにも姿は見えない。自分の知らぬ抜け路でもあるような徒労感を覚える頃、ふいに女の匂いに感じて傍の障子を引くと、部屋の隅に女はこちらへ背を向けて坐っている。

女から離れて古アパートで暮らすようになった後も幾度か、内山は夜中に女の家の門の前に立った。門を叩かず、向かいの家の生垣の陰に背を寄せていた。家は暗く静まっていたが、窓に赤い灯がかすかに差しているようにも見えて、部屋から部屋へ所を移しては抱きあう男女を内山は思った。夜を重ねるにつれて、男女の影は蒼くなり、交わりは深くなる。その果てに女は、このままでは一緒に死んでしまいますので、あなたはすぐにこの家から逃げてください、わたしもどうにかして生きのびますから、と言った。よそで暮らそうとすがる男に、わたしはこの家でなければ抱かれません、ときっぱり答えて男の胸を撫ではじめた。その掌の動きに男は自分を拒んだ時にまさる鬼気を覚えて息を詰めると、首すじに涙が落ちかかった。死ぬつもりではないだろうね、と男はたずねた。もう死んでますよ、と女は笑った。死んだ女を、また手にかけるようなことになってはいけないの、と言った。

階下に降りればどの部屋でもただお互いを隠しあって身体を重ねていたように、後から内山には思われた。男がはやりかけると、女の息が止んで、背にあてた手がひっそりとして、障子の外を人が通りかかるかのようだった。男も廊下を近づく忍び足を聞いた気がして、床板の軋んだのに驚いて立ち止まった様子に、いつ足を踏み出すかと耳をやるうちに、女の息があらためて走り出す。男の身体を締めつけて動きを抑えながら、息は深くなり、細い声があがる。その声に触れるたびに、内山の耳は聾啞とも過敏ともつかなくなり、家の沈黙が梁のあたりから唸り出して、部屋という部屋から女の声が立つ。女がふいに声を呑んで腕の中から抜け出し、不審な物音を確めに行く顔つきで部屋を立つのを、ただ眺めていた。

なぜ部屋から部屋へ歩きまわるのか、なぜ引きまわすのか、後を追わせるのか、内山は女にたずねなかった。女の前に出ると物がたずねられない。初めに言葉の近づきもなしに真昼間に抱き寄せてしまった、その間違いが順々に及んでいた。女が内山のたずねるのを拒むようなのも、初めの事にたいする詰問にひとしく、内山がいつか、何をたずねたらいいか、教えてほしいと懇願するまで、女は許さないように思われた。年にしては老成しているなどと人に言われることもあったが、こうしてみれば自分には、十以上も年上の女に、身体のつながりができた上で、たずねられるようなことは何ひとつない。

たずねる閑もなかった。女が離れて部屋を出て行けば、すぐに後を追うと女の何かが壊れるような恐れがして間を置くくせに、女の姿の見えなくなった階下を、早く見つけたい一心で探しまわる。女にもたれこまれて畳の上に横になれば、なぜこの部屋でなくてはならないのかという怪しみも失せる。そのつど、初めてになる。初めて身体を合わせると、見馴れた部屋も見馴れなくなり、そのけわしい表情に追いつめられて、もう触れている相手の身体をさらに求める。その底からまた、それとは逆によくよく知った、死ぬほど見馴れた部屋に舞い戻ってまた抱きあっている暗さが、つながった身体から湧いて、ここしかないのだ、自分たちはここでしか交われないのだ、と因果めいた哀しみが起こる。

ある日、眠る女を置いて朝飯を喰いに出ようとして、暮れるまで寝過ごした。それ以来、日に一食となった。ときどき台所のほうで御用聞きらしいのが呼ぶ声を眠りの中から聞いた。眠りが浅くなると、青い飢餓の道が続いた。恍惚感を漂わせてどこまでも続く。目を覚ませば窓は暗くて階下から飯の匂いが昇ってくる。厠を使ってから部屋に入ると、女はもう仕度のできた卓袱台に頬杖をついている。よく眠ったわね、と内山のことを自分のこととともつかず言って迎える。

一汁一菜よ、とある晩、女が箸を手に取って言った。その言葉が内山の耳にふいに艶《なま》めいた。絡みあった時の、女の手の匂いがした。内山にとっては淡白な味噌汁と、季節はずれになりかけた糠味噌だった。そんな言葉の用もないような子供の頃の粗末な食事が思い出されて、自分にはこれで沢山なばかりか、じつは日頃からこれ以上のものは食べたくもないのかもしれない、と考えた。

里芋は好き、と女は箸の手を止めて目の前にはない食べ物のことをたずねる。衣被《きぬかつぎ》はうまい、と内山は子供みたいに答える。そうね、と女は目もとに笑いをふくませて、今がちょうど、おいしい頃でしょうね、と遠くの便りを聞く顔をする。独活《うど》は好き、とまたずねる。お前らにはこの風味がわかるまいと言われたことがあります、と正直に答えると、あれは畑でむさくるしいぐらいに繁らせてから根を抜いて室《むろ》へ入れるそうよ、地下に寝かせて白く伸びさせるのね、茎のように見えるけれど、あれも芽なのかしら、あの香りは、と首をかしげて、山独活の芽、知っている、天然の、あれこそ香りのはげしいものだわ、と眼をちょっと輝かせる。冬眠から覚めた熊が、ほら、足の裏がまだ柔らかいわね、雪の残っているところを選んで、探しまわって食べるそうよ、と声もすこしはしゃいだ。

ホヤというもの、知ってる、とまたいきなりたずねた。何ですか、それは、と聞き返すと、何なのか、わたしも初めて酢の物で出された時には、菊のような匂いはする、生臭くもある、それでいて食べた後から口の中に、岩の清水を飲んだような味が残るし……海の貝なのよ、じつは貝よりも下等な動物なの、と唇を薄くひらいて、空気を吸って歯のしみるのを確めるようにした。実物を持って来られて眉をしかめたら、酢の物でなくてはとても食べられないでしょうと笑われたので意地になって、そのまま造らせてぜんぶ食べてやった、と目を瞠って箸をまた動かした。

あなたは、一体、何が好きなの、とこれもだしぬけに、じれったそうにたずねた。「一汁一菜」を前にそんな責め方もないものだ、と内山は初めて女の言うことに可笑しさを覚えたが、あらためてそうたずねられても答えようがなくて、何でも喰いますでは愛想もなく思われて困惑するうちに、去年の冬に友達と旅行した時に、泊まった寺の坊で出された、精進料理がうまかった、と見当はずれの答えになった。お精進と女は聞き返して、何を食べたの、と顔を見る。鴫《しぎ》焼きに、ひろうす、ええ、雁もどき、と思い出した次第に答えると、あれは、ひりょうづ、とたしなめて、それから、と追及してくる。精進揚げ。それは出るでしょうよ、それから。風呂吹き大根。それから。蒟蒻の田楽。それから。先が出なくなり、まるで頭の悪い使い走りの返事だ、と降参しかけたところを、それからと重ねてうながされて、酒がさらさらと入るんです、と話を転じた。酔いがさわさわと回る、若い僧が膳をさげに来た時にもまだ呑み足りなくてもう五、六本頼んだついでに、遠慮しいしい、何か肴のようなものはありませんかとたずねたら、煮豆と古漬けの沢庵を気前よく盛って持ってきた、これがまた酒に合う、それだけになってからも長いこと呑んでいた、翌朝の目覚めは爽やかだった、としどろもどろの舌がかえって滑って、女の前でこんなにも喋る自分に驚いて口をつぐむと、女はじっと聞き入っていて、男の人ね、お酒よりもお精進のこと、と言って下を向いた。

うつむいた女を、間の食膳を倒しても、抱き寄せたかった、と内山は二階に戻ると悔んだ。しかし女があがってくれれば、そんな艶めいたようなものに染まる閑もなく、巻きこまれる。巻きこみながら男を撥ねのけるようなところが女の身体にはあった。

ある夜、家の中を歩きまわる女の気配が絶えて、内山は裏手になる小間から立った。廊下に出ると、角ごとに女のいましがた折れて消えたほの白さがこもるようで、その後を追って部屋をのぞきもせずに廊下を行くうちに、女の背を見え隠れにどこまでも慕う足音に添って、通り過ぎる部屋という部屋の障子の内で男と女が息をひそめて交わっている。一体、誰たちだ、と我に返った時、遠くで水を使う音がして、桶の物にあたる音が天井に響いて伝わった。

それまでは意識にもなかった風呂場を探しあてて戸を引くと、女は簀の子の上に中腰に屈んで、風呂桶に溜めおいた水を手桶に汲んで下腹にかけていた。猫のような眼がこちらへ向き、男を見据えておいて立膝になおり、揺るぎもない姿になって、手桶に水を汲みかえて肩から打った。身に着ける物の代わりのように何杯も掛けた。腰が逞ましいようになった。やがて冷えて締まった裸体で上がって来て浴衣を拾い、脇へのいた男の前を通って、腋をすくめもせずに、濡れたまま出て行こうとする。その肘を摑んで男は女を引き止め、傍に掛かった手拭を取って、女の身体を拭いた。丁寧に、力をこめて、畳の目の浮いた肩から背を血の気の差すまで擦り、胸から内股まで拭うその間、女はしなだれかかりもせず、腰を引くでもなく、まっすぐに立ち静まって、男のするままにまかせていた。女の足もとに屈んだ時、女は男のほうへ向きなおり、男は膝から腹に沿って仰いで、涯もないようなひろがりを感じながら、暑かった頃に午後から人が来ていたようだけれど、と長くひっかかっていた問いが口を衝いて出た。女は開いたままの戸口にまっすぐ眼をやって、あれもあなたです、あなたが来ていた、と家の内へ向かって言い放った。あなたも水を浴びてきなさい、臭うわ、と足を抜いて出て行った。

頭から水を浴びる相間に、内山は女が障子を閉めて畳の上に身を横たえるのを聞き取った。どの部屋かもわかった。異常な聴覚だった。

あれはちょっと、危いのだ、と旧友が話した。欧米へ出張の頻繁な男だった。一日の仕事を終えてホテルでそそくさと湯を浴びて床に就くまでの、わずかな間のことだ。経費節減のためにいつでも単身で、雑多な任務にしては日数も切り詰められるので、毎日、朝から晩まで走りまわり人と会って、外国語を話し聞く緊張にはいつまで経っても馴れるということがない。一人で飯を喰って部屋に戻ると、シャワーを浴びるのがやっとで、明日のために今日の事を少々整理しておかなくては、とは思うのだが、その気力も体力もさしあたり尽きた。床に入れば十分と起きていられない。寝つきのよいのは特技だ。二流三流の宿も、仕事の成果はたいてい半端なので、索漠として眠ってしまうにはふさわしい。しかし誰にでも、床に就く前の手続きみたいなものが、あるではないか。その手順がふっと狂う。どうでもいい手順で、狂っても何ほどの間違いでもない。放っておけば済むことだが、動きの停まったその隙に、ここは、いつだ、と変な疑いが、割りこむことがある。これはいつの出張だ、と首をかしげるのにひとしくて莫迦莫迦しいことになるが、それに惹かれて記憶がひとかたまり、ぽっかりと落ちて行方不明になりそうな恐れは、見えないでもない。

お互いに五十の坂を越したところで、もう十四、五年も前のことになる。過剰景気の盛りにあたり、私のような者には縁もないことと背を向けていたが、渦中にもしょっぱいところは随所にあるんだ、と話を聞いていた。

ここは、いつだとは、ここはどこだよりも、いまはいつだよりも、この際、言い得て妙だ、と六十代のなかばにかかって冬のホテルのベッドの中で感心した。私の場合は、この一月の旅行の今が、つい去年の十一月の旅行の折と紛らわしくなるというだけのことで、徒労気味の海外出張を繰り返させられていた五十男の迷いにくらべれば、よほどたわいがない。朝の八時半にホテルを出発して夜の更けがけまであちこち歩きまわり、土地の人とも会って、帰りに店に寄って夕飯を喰ってホテルに戻ると十時、どうかすると十一時、出のよろしくない湯を使うのも面倒になっている。しかし単身ではない。六人のスタッフがいて仕事の上では主役であり、自分はお客の存在に近い。何の思案もいらぬ。しかも眠る苦労から完全に免れている。たまに宵の口に戻れば、夜の更けるのも知らない。

もともと、時間の前後をのべつ狂わせていたわけではないが、時間の順次の要請が、世間と比べれば緩い暮らしをしてきた。もう三十年あまりになる。中年に深く入っても老年が見えてきても、青年の自分を、少年の自分を、すぐ背後に寄り添わせていた。時間の走りのきびしくはなかったしるしになるだろう。淀みや淵で遊ぶことの多かった魚みたいなものだ。五十男の出張先の夜の宿での瞬時の危機を、理解したとは言えない。時間のけわしさに追い立てられる者でなくては、おそらく、時間の前後の狂いはわからない。自身の行方不明を思うということもわからない。

それにしても二十二の年齢《とし》には、内山から女との仔細を打ち明けられて、内山の話す一場一場に惹きこまれて相手の顔を、いまにも渦中の面相へ変貌しそうな恐れから見まもったものだが、その一場一場を繋ぐ、事の推移はまるで摑めずにいた。内山が前後かまわず話しつのったわけではない。一人でいる間に幾度も自分で自分に話して聞かせていたようで、さらに自分にたいして嚙んでふくめるようにぽつりぽつりと語っては、夢ではないのだ、と話を途切る。私もろくに口がきけないので、長い沈黙が挟まった。二人は宵の深くなる頃に、私が発熱の病み上がりなので今日は別れることにして、一緒に商店街まで出て飯を喰ううちに、睦言と、人の言うものは、なかった、と内山はつぶやいた。後は継がなかったが、その言葉に繫がれたか、二人は自然に同じ道を引き返してアパートに戻った。それぞれ壁にもたれて、内山は微熱の出た私に掛蒲団を渡し、自分は毛布にくるまって、朝まで過ごすことになった。酒のことは、気がついたら、忘れていた、と内山は言った。

ときおり私のほうからたずねて沈黙を破った。事の経緯の、理由だか必然だか、その見当のことをもうひとつ問いただすつもりが、若くてたずね方を知らず、どうして、そんなことに、などと半端な切り出し方をしては、もう重ねて話されたことをまた蒸し返した引け目を覚えるばかりか、その自分の声が自分でひどく耳ざわりに、内山と女の秘密の奥へざらついた手で触れようとしたように聞こえて口ごもると、内山は私の疑問を察するようで、答えようとして考えこむ目つきになるが、言葉が出て来ない。かわりに、女とあったことをもうひとつ、切れ切れに話すことになる。その何度目かに、またよけいなことをたずねたと私が悔んでいると、日に日に深くなっていくんだ、と内山は答えた。それでい い、その答えで十分だ、ほかにあるものか、と私が内心ほっとしているとしかし、初めから深かった、初めから深かったことがただ日に日に見えてくる、と言った。

女の名前はついにたずねなかった。夜を重ねるうちに内山は女を名前で呼んだはずであり、ここでも女のことを名前で話せば、私のほうにしても、経緯だの理由だの、そんなこだわりはたちまち解けて内山の、女に惹かれる、女を求める、心がじかに伝わるだろうに、と思いはしたが、女の名前が内山の口から出れば、廊下を歩く女の足音が絶えて、内山がひとり語りになり、やおら立ち上がって階段を降りて行くようで、膝に掛けた蒲団を胸もとまで掻き寄せると、たしかに夏のあの家の内から覚えのある匂いがふくらむ。夜明け頃にもう一度、名前は、と問いが喉もとまで出かかったが、知らぬ女へ物を言いかけようとするようなこわばりを抜けずにいるうちに、部屋の中も明るくなった。

女の名前を内山から聞いていれば、その時はどうであれ、年月が経つにつれて、やがて内山とも遠くなり、三十五と聞いた当時の女の年齢もとうに越えた頃には、私の内でこの男女の経緯も時間に沿って繋がり、五十にかかる頃には、若い男女の、年の差から来る惑乱として、その精力には舌を巻きながら、理由《わけ》の知れたことのように思いなしていた、片づいていたかもしれない。ところがあれだけ切実に聞いたのに女の名が知れぬ。そのせいばかりでもないだろうが、名は時間を運ぶようであり、内山の話したことは一場一場、私の内で孤立して留まった。孤立したために濃くなった雰囲気が十年ばかりは思い出すたびに私をなやませて、すでに疎遠になっていた内山をまた疎むまでになったが、時間へ繋がれぬものは、すっかり失せぬかわりに、記憶の枯死に近くなる。それが老年にかかって、時間の前後の錯誤に寛大なばかりか、時には我ながら呆れることに、甘いような気分をそそられるようになるにつれて、枯死したはずのものがすこしずつ蔓を伸ばしはじめた。旅先の寝覚めには、よけいに蔓を伸ばすようだ。しかしひとすじに繋がるわけでなく、目が覚めきれば、蔓の感触をしばらく残して、それこそ雲散霧消する。

名を聞いておけばよかった、と悔むのではなくて、何という名だったか、とまるで幾度も耳にしたかのように、思い出そうとする。二階の内山の部屋へ向かって生垣の外から口笛を吹いている間に眺めた門の、苗字だけの表札が目に浮かぶ。あの時には口笛の相間にあらためて蟬の声が降ってきたものだが、今では季節も知れず時刻も知れず、立つ人の姿もなくて、表札の白く浮いた門柱に風が吹いている。

初めから深かったことが、ただ日に日に見えてくる。それ以上のことでもそれ以下のことでもない、と言わんばかりの口振りだった。とうに決められた事の、跡を踏んでいるようだった、何もかも知っていたと思うようになった、そうとしか思えなかった、と二十二歳の青年がそう話した。

昨日今日の区別もつかなくなった、毎夜、くっきりと、これ限りのことだ、とまた言った。これ限りのことは、繰り返されるよりほかにない、とそれから矛盾したようなことを言ったが、私はうなずいていた。呑みこんだようだった。

毎夜のことになってから十日ほどの間のことに、当時私の側から数えたところでは、なるはずだった。その幾夜目あたりから、毎夜がとうに知ったことの、しかもこれ限りの、反復になったのか、内山は日を追っては話さなかったので、わからない。私も確めそびれて、三日ほどの内に、と漠と受け止めた。いずれ短い間のことで、年齢を超えた暗い相性から内山がたちまち女の肌に穢《な》れたのか、それとも十幾つも年上の女には若い男を官能の反復の中へ惹きこんで、惑乱すら起こらぬうちにその内に閉じこめてしまうことがおのずとできたものか、推量したところで追いつかない。

風呂場で裸をまともに見られてから女の悪意は落ちた、と内山は言った。それで甘くなったと言うのではないのだ、と私の誤解を遮った。風呂場から内山の聞き当てたその部屋に女は仰向けに寝て、障子を開けて立った男へ、振り返る猫の眼を向けた。裸を見た上はよけいなことはせずに身体を重ねなさい、とうながす顔だった。硬い交わりだった。いつものように、気づかいはじめた男を抱きすくめ、男の息を塞ぐまでにして、一人で息を走らせるようなことはなかった。

殺したいわ、と女は仰向けに返ってまどろみかけた男の喉頸を撫でた。片肘をついて頭を起こし、また部屋を立つのかと思ったら、いつまでも顔を見ているその眼に、悪意の光が絶えていることに内山はその時気がついた。睦言のきわまったような、そんなものではない。声は細いながらにくっきりと立った。手は愛撫に似ていたが、しっとりと湿って、冷たかった。死んだあなたをここに置いて、その足でこの家を出て、見つかるまでどこかで過ごしたら、どんな気持だろう、と声が廊下を伝って通るようだった。

女の眼から悪意の張りが失せた。直感でしかなかったが、毎夜眼と眼を、食膳に向かっている時のほかは言葉に紛らわされず、すぐ近くから、抱きあっている最中にも見合わせる、ひと息ふた息の間見つめあう、女の眼の光のほうが内山の眼の中へ差しこんでくる、それが常のことだったので間違いはない。いつだか読んだ物の中に、女どうしのことだが、たまたま銭湯の洗い場で隣り合わせになり、相手の足の指の変形に気がついてつい見つめたばかりに、それからはひたすら憎まれたという話があったが、自分は女の裸体に何の傷を見たというのか、抱かれている時の感触とまるで違って逞ましい、どこか男を思わせる腰の締まりに眼を惹かれただけではないか、膝をすぼめもせずに立ったのを、どこから来る気持だか、尊いように眺めたではないか。じつは女の眼の、和らぎはしないが緩んだことに、安心よりも、恐れを覚えていた。抱かれている時にもふいに開く眼から差す悪意の光が、いざ失せてみると、これまでお互いに最後の支えになっていたように思われた。

毎夜初めに二階の部屋で女は男に尋常に抱かれた。尋常にという、ひさしく自分では口にしない言葉が、遠くから来たように肌の感触の内に点った。女は済んで息の静まる頃に寝床から抜け出し、すぐには立ち上がらず、男に眺められるままになって、裸で正坐して考えこむ。何かいよいよ近づいたというような張りつめた姿に、しかし睡気の翳が眼に差す。内山はその背から寝間着をかけてやり、やがて女が物音を聞きつけた顔を上げるのを待って、まだ彼岸前だが夜は冷えるようになったので、女の背を腕に包んで階段を降りる。

降りたところで女は内山の先に立つ。部屋をひとつひとつ、障子を引いてのぞきこむ。電灯は点けなかった。内山もこの家の暗がりに馴れた。廊下も暗くしたままだった。雨戸をたてていても表の灯が差しこむのか、あるいは、この家が内からかすかに発光するのか、と思われた。ときおり女の足がするすると速くなり、廊下の角から消えかけて振り返る。こちらの顔を見ているのかいないのか、内にこもった眼だった。手を後へ伸ばし男に取らせてまた歩き出す。先に行く女の手を内山が後にいながら引いているように感じられた。

表の縁側に並ぶ三部屋を廊下が囲む間取りになる。廊下が裏へ回り、北側に小部屋の並ぶところにかかると、女の足はさらにためらいがちになり、たいていは決まりのつかぬうちに階段の下まで抜けるが、何度かに一度は立ち止まって男の手を離し、そろそろと障子を引いて入って行く。部屋の内で膝を屈め気味に立って壁から天井まで見渡す姿がまた考えこむ様子になり、眼はまた翳って、顔が白く細く削げる。放っておけば面相も変わりそうで内山が背中に寄ると、誰、とたずねるように振り向き、まだ漠とした眼の内に、遠くからだんだんに知った顔を見分ける安堵がひろがり、頭をのけぞらして唇を宙へあずける。女の背を抱えて内山は、一人で物をつぶやくようなその唇を受けている。そのうちに男の腕の中でゆるやかな悶えが背を走り、髪から襟元から、紫の色を思わせる匂いが昇り、女の倒れかかるのを支えて内山が畳の上へ膝を沈めかかると、ありがとう、と女は言って自分から立ち直る。この部屋ではなかったの、と内山には聞こえた。

内山が女について廊下を行くと、足の不用意な踏み出しに応えて床板が軋む。それも足もとからばかりでなく、ひと呼吸ほど遅れて背後から、あるいは表の三間を隔てた向こうから、時には何箇所からも同時に立つのが奇妙だった。女は先を急ぐような時でも床板を軋ませぬどころか、足音をひたりとも立てない。背後から眺めていると、けっして滑らかではない、滞っては走る、乱れをふくんだ足の運びだった。女の、気は振れていた。振れていると取るよりほかになかった。しかし気の、振れるとはどういうことか、と内山は問い返した。穏やかな、静まりにひとしい振れ方がある。人の心はゆるやかに揺れる時にようやく静まるのではないか、と考えた。

内山の足取りが変わったようでもないのに、床の軋みのいっさい立たなくなることがある。空《うつ》けた気持でそのまま歩いていると、女も家の内の静まりに感じるようで足をゆるめ、男の並びかけるのを待って自分から身を寄せてくる。わたしたち、長い間抱きあった後で、眠っている、と聞き耳をうながす目を向けた。口にまださっきの息が、とささやいて、ふくらんだ唇を見せた。二人は唇を近づけあうだけで、細い息を交わらせた。睦言ではなかった。人の眠りを乱すまいとひそめた声だった。

この家の中で四人、わたしの物心がついてから、死にました、と女は同じように、床板の軋む音が絶えた時、内山を寄り添わせて話した。男の右腕を乳房の上に抱えた。三人は先もなくなる頃になると、三日とおかずに、部屋を移させた。揃いも揃って、同じことを求めた。物に憑かれるのを恐れているようだった。因業な人たちだったので。誰がどの部屋で息を引き取ったのか、最後には選りも選ってこんなところでと情ないように思った覚えだけがあって、この何年かはもうよくも思い出せなくなりました、と言う。四人のうち残りの一人のことを内山は思った。すると、三人は家を出ました、と女はまた辻褄の合わぬことを話した。三人とも家を出てましたが、それぞれ死ぬ前に家に戻って来たのを、わたしは知ってました、と言う。女の幻覚なのか、実際に留守の家にあがった形跡があったのか、それとも女の寝ている間に忍びこんで歩きまわったのか、そしてどこかの部屋で死んでいたのか、女の声があまりにも澄んで、内山には感じ分けられなかった。皆、あの居間で御膳に向かった人たちです、と言って女は歩き出した。

また別の時に表の廊下の途中で女は立ち止まって、そこの防空壕の中で人が、男と女が死んでいたの、と雨戸へ眼をやった。風上から火の手があがったので、風下のほうへ走った。この半月に二度も大きな空襲があって地域の半分近くが焼かれて、女子供と年寄りばかりの家が多かったので、どこもすぐに家を捨てた。遅れて逃げてきた人の話によると、迫る火の手に照らされて近隣には人っ子ひとり見えなかったという。それが朝になって戻ってくると、きれいに焼き払われた中でこのすぐ周辺だけが無事に残っていて、この庭の防空壕の中で中年の男女が抱きあって死んでいた。火傷ひとつない。どこの誰とも、近所の人には知れない。悪いガスがこの辺に吹き溜まったか、酸素がなくなったのだろう、と警察は言っていた。だいぶ離れた所から逃げて来て、夫婦ではなかった、と噂に聞いた。最後に抱きあう部屋も定まった。家の中を幾めぐりもした後で、女はその部屋に入り、男を招き寄せず、押入れから蒲団を降ろして敷きはじめる。夜具の端々まで丁寧に揃えるのを内山は敷居のところから、誰にも見られていないまったく一人の姿だと眺める。女は寝間着の紐だけを解いて蒲団に入り、天井を見つめる。やはり一人の姿だった。いつ干したとも知れぬ黴臭い冷い蒲団だった。傍に寝ている女の肌とは別の、しかしやはりこの女の、匂いが染み出してくる。その匂いと黴の臭いと、お互いの肌の温みとがひとつに馴染むまで、二人はひっそりとしていた。

お互いにいたわり、助けあって、深みへ入って行く。長い道を二人して来た末に、女の眼がうすく開いて、瞼をちらちらと顫わせ、笑みを浮かべて遠のいていく顔つきになりながら、背にまわした腕に力をこめてくる。大勢の交わりを、ここで交わっていた。済んで並んで仰向けになった後から、女の息がもう一度深くなる。遅れて家中に息が満ちるように聞こえた。それも静まってまどろみかけた頃、あたしたち、こうして、死んでいるのね、もうひさしく、と女はつぶやいた。これだけは睦言らしい声だった。

子守り

南ドイツはフュッセンの街の礼拝堂に、「死の舞踏」の絵がある。四百年も昔の作と言われ、二十の絵に、教皇、皇帝、僧正から始まって、それぞれの階層の男女二十人の、死神たちによって輪舞へ促される場面が描かれて、賭博師から幼い者たちにまで及ぶが、最後の一枚で死神は、ヤーコプ・ヒーベラーよ、とこの連作を物した画家も呼び出す。

ヤーコプ・ヒーベラーよ、仕事を止めろ、
絵筆を置け、お前も往く番だ。
わしらの姿を恐ろしげに描いてくれたからには、
さあて踊れ、いまやわしらと同じにならねばならぬ。

仕舞いに自身を名指しで呼ばせて連行させるところなどはなかなかの諧謔である。画家の勝手な制作ではなくて、礼拝堂より依頼された仕事なので、敬虔の支度を挙句《あげく》に混ぜ返してしまうことにもなりかねない。絵に台詞を添えたのは本人かどうか知らないが、末代まで署名の役には立った。絵詞《えことば》は死者と人間との応答になる。画家の返しは、

死の舞踏を描いたからには、
手前も踊れとか、でなければ済むまいな。
応分の報酬というところだ、
よかろう、つまりは往かねばならぬ。

手を引く死神から顔こそそむけているが、二十人の内では、腹のよほど据わった様子だ。どこか哄笑を銜んだ顔にも見える。脇ではもう一人の死神が、骸骨が、竿の長いマンドリンに似た楽器、リュートを奏でている。佳境に入りつつあるようだ。ついでながら、画家には応分の報酬が依頼主から支払われたらしい。当然のことだ。無料《ただ》では済まされぬ。もう一人、教区の坊さまの、死神にたいする応答がこれと平行をなすと思われる。死神が呼び掛けて、司祭さま、御自身の垂れた教訓を心して、わしらの踊りに加わっていただきましょうか、死について沢山に説きも歌いもなすった、ならばその苦もお知りにならねば、と促すのに答えて、

いかにものべつ沢山に説きまくった、
人の末期はいつとも知れぬと。
今日か明日かとじつに神を試るにひとしい、
故に私も輪舞の中へ走ることになった。

生前の偽善の報いと笑うには、あまりにも率直な観念ぶりではないか。人間は知らぬことを説く、他人に説いて自身は知らぬ、殊に生死に関しては是非もないことだ、とむしろ苦笑が死神の眼に、いや、眼は空洞なので下顎の骨のあたりに見えるようだ。この坊さま、死者たちの輪の中ではひときわ真面目に、音頭を取って踊り狂ったとも考えられる。それでこそ言行一致か。
百姓も呼び出される。百姓とは言っても下男を使う身分らしい。諸々の権利を固守する癖が身について、なかなかがめついようだ。

ほおい、立ったり、親爺、下男をこき使いおって、
今度はわしの掛合いを受けてみろ。
手前の勝手で報酬を値切ろうたってここは聞かぬぞ、

わしらと踊りに、さあて腰を伸ばしな。
わしの人生、働きづくめだ、
この手を見ればわかるだろう。
だが畑仕事の苦労のほうがまだましだあね、
この怪物の顔を見るよりは。

これは古今東西ひとしく、俄かなお迎えに会った凡夫の口走る、いわば最大公約数になるだろう。二十世紀にまで入って或る詩人は同様に死神に呼ばれた農夫に、閑がないんでな、と返事させている。もっと閑な者ならいくらでもいるから、と死神の気を逸らそうとする。結局は逃げ道を塞がれて、あまり悔い改めもせずに来たことがいまさら悔まれるけれど、生涯せっせと働いて、お祈りにもそこそこはげみましたんで、こんなところで、神さま、勘弁してくださいな、としぶしぶ退場することになる。この勤勉の横着さ、往生際のしぶとさも、あんがいそのまま恬淡さに通じて、敬虔のひとつの形なのかもしれない。否でも応でも踊らなくてはならぬ。これがこの死の舞踏図の上に掲げられた標語である。あたり一帯の貴族たちの墓所でもあった礼拝堂だそうだ。高僧や王侯まで踊らせるとは、どんな了見だったのか。わずか五十年ほど前の農民戦争の余韻が戒めとして残ってもいたのだろう。あそこも一丁踊らせてやるか、と叛乱連の、館や教会や修道院や良い所へ押し寄せる時の、合言葉があったとも考えられる。人の恐慌は阿鼻叫喚を消せば乱痴気踊りに似る。

しかしまた、昨今世間は女の裸体よりも死神の骸骨のほうを見たがる、と旅の修道僧に扮した死神自身が、礼拝堂らしい所の壁画を呆れて眺める場面を、映画で見たことがある。ペストの大流行の時代という設定だった。映画の最後に身分さまざまの男女が手を繋いで踊りながら岡を登って行った。

それにしても、なぜ踊るのか。われらが三途の川の道中は、群れをなして静々と、せいぜい御詠歌などを細く唄いながら、往くではないか。いや、そうでもないか。踊りながら往く光景も、見えるような気がする。飛び跳ねたりはしない。スキップなども本来、知らぬ動作だったはずだ。踊り狂うとしても、腰を落として両手を振りかぶり、高足を踏んで、ヒョットコづらに顰めづら、大真面目だ。死んでは大真面目になるよりほかにないと観念している。女のほうは踊りより舞いに近いか。恨んで恨んで泣いて泣いた後なので、男連よりも心は定まった。顔は白くなる。

あの道中は、極楽組と地獄組が一緒だと、折り合いがつくだろうか、と心配した男がいた。行く先はまだ知らされていないのだ、と別な男が親切にも教えた。あれは男組と女組が別々の道から往くのだ、と訳知りの顔をした男がいて、なぜだと聞き返され、なぜって河原も近くなれば、もうこれきりだから始末をつけようとしていろいろと、始末のつかぬことになるではないかと答えて、さすがに考えることが違うと冷やかされた。しかしああいう闇の中では、最期の最期に来てようやく巡り会ったというような間違いを、男も女もおかしやすい、とまだ自説にこだわる様子だった。

女は初めて寝た男に、好きだろうと嫌いだろうと、手を引かれて三途の川を渡るという話を聞いたが、とまた別の男が言った。男がまだ生きていたらどうするんだ、無理やり連れて行くのか、と突っかかる声があり、とうに向岸に籍を移していたら河原から呼ぶのか、来るまで岸に立って呼んでいるのか、せっかく眠っているのに、とそれに乗る声もあったが、隅のほうから応えて、陰気な話だな、女にとっても男にとっても、色即是空の、底意地の悪い見せしめだ、眼をそむけたくなる、これにくらべれば骸骨に手を引かれて踊るほうがまだしも、すくなくとも陽気だ、と溜息が洩れた。初めて嬉しかった男と取れば、いい話じゃないか、と取りなす声が入った。誰が手を引かれるものですか、うっとうしくて、それが決まりなら手を引かせてやるだけよ、と女が笑った。

しかしまた、街を往く人の足取りこそ、気ままにしているようでも、先を急ぐ習い性につい運ばれる時には、おのずと大真面目になるではないか。長年の習いの露呈もやはり、大真面目になるよりほかにない。若い者にしても、過去はまだ短くて未来は長いと思われているが、未来は所詮未知であり、長いと言えば過ぎた歳月のほうだ。それなりに長かった。過去の紛れかけた年配者よりも、長いこともあるだろう。結構な齢になっても小児の歩き方から抜け切れぬのも見かけるけれど、あれはあれで長い道を来た。車腰《くるまごし》とでも言えばよいか、長年車を運転して過ごす時間が長かったせいで、尻を落とし気味に歩く後姿も少くないが、車を走らせていても道は道であり、足は足である。いずれにしても、生涯、先を急いで来た。若かろうと、現在《いま》がそれまでの涯《はて》、そのつど生涯である。先のことは、足もとの道の見えるところまでしか知れない。これも三途の川の道中に似ているか。この旅は先を急ぐ用も何ひとつないのに、やはり揃ってひたむきに往くようだ。

老年こそ急ぐ。壮年の盛りにある者にはそうも見えないだろうが、足腰が衰えて歩幅も短くなっているので、足をもどかしく運ぶぐらいでちょうどの歩みになる。そうしていないとつまずいて転ぶおそれもある。徒らにせかついているように見えるのは老年の不本意である。しかし、長年歩いて来たその足取りは、年が重くなっても、習いとして残る。閑とようやく折り合った心にもひそむ。時代は老年からも落ちるものでない。気晴らしがてら足腰の衰えをせいぜい遅らせるつもりの散歩が、いつの間にか物へ駆けつける忙しさになっている。まるまりがちな背をせめて伸ばすように心がけて一歩ずつ踏み締め運んで、全身に血がわたり、光と風が頬を撫で、この歩調に自足を覚えるうちに、気がついてみたら、周囲の光景も眼中にない。何のためと目的のない行為は人の手前を憚られる時代が続いた。目的の強迫は、閑暇の境遇に入っても、つきまとう。先々あまり長いこと人の世話になるまいと健康の保持に心かけるのも、依怙地に過ぎれば、目的の怪物に振り回される。健康法に励んで暮れ方の道を、腕を振り上げ地面を踏んづけて猛烈に歩く姿は往々にして、前のめりに踊りまくるように見える。

駅前のスクランブル交差点で信号を待つ歩行者たちの前のほうの、歩道の際にその老人は立っていた。品の良いコートを着ていた。私は交差点のよほど手前から青信号の点滅しはじめたのを、急げば突っ切れると見たが、道路を渡る途中から駆け足にならなくてはならぬことを考えてためらううちにその間合いもはずれて、自分の優柔不断さに年甲斐もなく眉をしかめて信号待ちについた。青い光の点滅するうちから歩道の際に立つその姿が私の目に入っていたところでは、老人は青信号を一回見送ったようだった。信号の間は老年の足を考慮して取ってあるのだろうが、途中から渡り出して走らずに渡り切るのは壮年でもむずかしい。年寄りの駆けるのもみっともない。

信号が青に変わるや一斉に飛び出す歩行者たちには、都会育ちの人間でもどうかするとその迫力に気圧される。昔、田舎から出て来たばかりの娘さんが家の奥さまにまず東京見物に連れて行かれたところがその翌朝、こんな恐いところに、わたし、いられません、と早速に暇乞いをしたという話を微笑んで聞いたものだが、いまの都会人がこの娘さんの感性を取り戻すには、老年まで待つか、やや長い病気でもするか、そのどちらかだ。

老人は待つことに馴れた平静さのまま渡り出した。追い抜いていく人に乱されない。まるで驟雨の中を急がず、濡れもせずに行くような歩みだった。その背がすこしばかり、端正に過ぎるかに見えた。肩が左右に振れず、足の運びも人中にしてはあまりに均一だった。繁華な街の交差点の、両岸から堰を切って溢れ出す人の波が、中途で出会ってぶつかりそうになりながら、わずかずつ避けあってすれ違う光景は、あらためて目を瞠らせる。ましてここはスクランブルだ。斜からも波が寄せても、細かい泡が立つぐらいのもので、混乱らしきものも起こらない。大都市の静まりがあるとすれば、まさに此処此時《ここのとき》か。

老人は変らぬ足取りで合流の中へ入って行く。向かいから斜めから寄せる波が、まっすぐに進むその歩みを避けて触れずに走るかのようで、私は人の間から見え隠れの後姿にまた目を惹かれた。あれは背中から歩いているのではないか、とおかしなことを考えた。あの背に周囲の喧噪がすべて吸い取られた上で静まりとなってまた周囲へ吐き出される。自分もスクランブルを渡りながらあたりを静かなように感じているのも、あの背に吸いこまれているせいか。虚に静まった一人の人間を中心にして、この世ながら幽と明がしばし反転する、相互に反転を繰り返す、そんな不思議がその背を見つめる眼に、予感だか幻覚だか、起こりかける。それほどの力を及ぼすとは、一時間ほど前に死期を告げられて来た人間ではないのか、と想像が深入りした時、向かいから渡る若い男の肩がかるく触れたようで老人はゆらりとした。足は停まったが、よろけもせずにすぐに立ち直った。背もすぐにまた落着いたと見えた。ところが続いて並んで喋りながら来る二人の壮年が前を塞ぐ形になると、老人はいきなり地を蹴って突進し、頭《かしら》を立てて胸板から当たりかかり、呆気に取られた男たちの間を割って、さらに寄せる波を押しのけんばかりに、横断歩道の残りを忿然とした一直線に抜けた。

背をまるめ肩で喘いで駅のほうへ向かう老人の姿が見えた。その背を見送って右のほうへ道を逸れた時、いましがた横断歩道を、赤子を前の袋に入れて渡って来る女のいたことを、私は思い出した。老人が男たちに突っ掛かって行った時のことだ。困惑のあまり目を脇へ振るということはある。子を育てる女が世の中でもっとも孤独な存在になる、そんな時代がまもなく来るかもしれない、といつだか人の話したことが声になって聞こえたのも、やはり困惑から、場違いのことを考えるの類いだろう。足を急がせながら子の上へうつむきこんでいた。別に変わった様子もなかった。年寄りの起こしたささやかな乱れには気がついてもいなかった。ただ、透けるように白かった横顔の印象が残った。父親の通夜の席でしか会ったことはないが、井斐の娘だった。あの時、妊娠しているのではないかと見たのは、まだ乳呑子を抱えているところでは私の誤りらしいが、井斐の娘であることは間違いない。振り返って見るには間合いがとうにはずれていた。

雨水《うすい》の節気も過ぎて雪まじりの雨の降る午後に、生後半年足らずの男の子を腕の中に揺すって広くもない家の中を行きつ戻りつしていた。一昨日の夜から亭主の出張中ということとで子を連れて泊まりに来ていた長女が、子を預けて近所まで買物に出ていた。母親の姿が見えなくなると子は泣き出した。やがて火のついたようになった。女の子しか育てたことのない私たちにとって、いったん泣きつのる男の子の癇の強さは馴れぬものだ。妻の持て余しているようなのを仕事部屋から聞きつけて、私は居間に出て試しに抱き取った。男の硬い胸板はあんがいに赤子を安心させるようだが、それも時によりであり、こうも泣き叫ばれてはどうせ無駄なことだ、とは思ったがとにかく揺すって歩くうちに、ちょうど泣き疲れる頃合いだったか、声は途切れがちになり、おさまった。それでも動きを停めると、またぐずり出しそうな気配がある。顔が肩口についているので、眠ったかどうか、確めようがない。眠ったとしても蒲団に寝かせればたちまち覚めて泣き出す。十五分ほどと言って出かけた母親の帰りを待つよりほかにない。足を停めるのも、揺するのを止めるのも、油断禁物である。廊下から幾間とない部屋から部屋へ、際限もなげな行きつ戻りつとなった。生後半年の子は重たい。腕の中で刻々と重みがまさり、道は遠い。往くうちに、ヨイヨイヨイノ、ヤッコラサノサ、と間の抜けた拍子が口から洩れて足取りに添った。赤子の温みと匂いとともに、子をおぶって歩く老女の姿が浮かんだ。

鳥居の外はすぐに都電通りになる。町の神社の境内のことだ。社《やしろ》は小振りでいつも閉ざされていた。戦後四年ほどのことになる。境内も狭くて、たまたま焼け残った界隈なので両側を家に塞がれていたが、午前中には隅々まで日溜まりとなった。毎日のように子供たちが日向を求めてここにたむろしたのは、温もるにつれてシャツの下で肌がチクチクと痒くなった覚えがあり、小学校の春休み中のことだったのだろう。老女の顔だったが、昔の人は老けるのが早かったので、現在の私とどちらかの年齢だったかもしれない。腰は曲がりかけていた。垢の浮いて光るようなネンネコに、やはり生まれて半年ほどだったろうか、男の子らしいのをおぶって、むずかるようでもないのに、ヨイヨイヨイノ、ヤッコラサノサ、と拍子を取って背を揺すり境内を隅から隅へとろとろと、いつまでも歩き回っていた。歯のちびた下駄をこつりこつりと鳴らして歩調はすこしも変わらず、社殿の階《きざはし》に腰をおろすのを見かけたこともなかった。日溜りの真ん中で遊ぶ子供たちとは、お互いに邪魔にもならない。顔はカマドや風呂の焚き口の前にしゃがみこんで煙に、むせるのにもも う馴れたみたいな顔だ、と子供は家でのべつ風呂焚きや七輪の炭おこしの役をさせられるものでそう思った。ある日、境内を裏へ抜ける年配の女がねぎらいの声をかけて行ったのに老女のおっとりと答えた言葉が、子供の耳に留まった。

——わたしなどは、子のお守りをするために生まれて来たようなものですから。

赤ん坊と一緒に年寄りの姿で生まれて来たような印象を子供はその言葉から受けたものだ。今になり、あの子は老女にとって血のすぐに繋がった孫ではなかったのではないか、と思われる。午後になり境内に来てみると、日差しはだいぶ片寄せられて、仲間の姿は見えず、老女だけがやはり変わらぬヨイヨイヨイノ、ヤッコラサノサを繰り返しながら、細くなった日溜りに沿って行きつ戻りつしている。日の暮れにはまだ間があったが、暮れかかる頃に赤ん坊をおぶって表を行ったり来たりする女の子たちを子供は思った。遊び疲れて帰って来ると、もう暗い路地の奥にまるく着ぶくれた人影がふくらむ。近所の女の子が膝まで隠れそうなネンネコに赤ん坊をおぶって近づいて来る。すれ違う時に顔をのぞくと、昼間ゴムマリやゴムナワや、土で汚れたズロースをまる見えにして遊ぶ時と、面相がまるで違う。白っぽくなってうつむきこんでいる。こちらに目も呉れない。それが別の世界にでも入っているようで、気味が悪くもあった。母親が夕飯の支度をする間、家の女の子が小学校の低学年でも子守りをさせられる、そんな時代のことだ。年の離れた兄や姉の子のこともあった。坊ヤ坊ヤと呼んでいるので弟と思っていたら、おぶうほうが姪ッ子で、おぶわれるほうが叔父サンだと聞いたこともある。

しかし、子守りをするために生まれて来たようなものだとは、おっとりした物言いの内にどんな恨みの声音がふくまれていたか、子供の耳には聞こえようもなかったが、まだ幼女に近い頃から子守りをさせられ、年頃の娘になっても子守りを繰り返し、老いてまた赤子を背に揺すって終日《ひがな》行きつ戻りつしているが、自身の子をおぶったことはなかったのではないか。実の孫の守りをしているにしては、ほかに為ることのない年寄りにしても、気が長すぎる。辛抱が度を超えているように、今からはかえって思われる。絶やすことなく背を揺するだけで、あやしかけるでもなく、幼い者への感情の振れらしいものも見えない。辛抱すら通り越して、なかば眠りの境を行くかのようだ。背にした子が何時の何処の子だか、もうおぼろな心地だったか。生まれて来た者への、ひとしなみの憐れみの情ばかりが残って、ヨイヨイヨイと唄っている。あれも長い道の続きになる。

その一本道も暮れて涯に近づけば細くなり、悔いや恨みや怯えは最後の辻に立ち停まったきり赤い眼で見送り、つれて前後も詰まって、死別した者たちがいつかすぐ先を行き、男に抱かれて初めて嬉しかった時の眠りが、覚えのある息づかいに吹かれて、子の温みに馴染んだ背のすぐ近くまで寄って来る。飯を炊く匂いが流れる。

この正月にも内山から賀状は届いていた。今回よくよく見ればとうからワープロを使っていたようだが、文面はやはり型通りに整って、お蔭さまで変わりなく元気で暮らしております、と結びもこれこそ変わりなく、年々同じだった。私のほうも年末に、去年の賀状を繰って内山にも出しておいた。芋版様の干支の図に四角四面の謹賀新年を捺して、まずまず無事に年を取っていくことを有難く思ってます、と書きこんで、これもここ四、五年、毎度同じことを言っているような気がした。合わせて読めば間の抜けた掛合いに聞こえるかもしれない。

若い頃にかなり奔放な生き方をしていた同窓生に、四十の頃だったか会の席で隣り合わせて近況をたずねたら、もう固く細々とやってますよと答えるので、後半は投手戦ですか、と冗談に言ったら相手は苦笑して、乱打戦の後で零が続くな、こちらが締まったら世間も締まりやがった、とうなずいていたものだが、あれはまだ野心の韜晦《とうかい》の内で、万事控え目に話しながら不羈《ふき》の顔は周囲の中年男たちの中で際立った。内山は夜徹《よどお》し朝までアパートの部屋で女との事を私に話した後で、もう日の高くなる頃に帰る私を送って、何となく公園を回って駅の見える角まで出たところで、なんだか後朝《きぬぎぬ》の別れみたいなのでこの辺でおひらきにしようかと私が冗談で切り上げると、しばらく歩いてからうなずいて私を行かせ、あらかた葉の落ちた枝をちりちりと張った樹の下に立って曇り空へ何かの行く方を追うようにしたその姿が、駅の前からもう一度振り返った私の眼に、まるで女が死んで十日も経ったような印象を刻みつけた。

死んだ女を、また手にかけるようなことになってはいけないの、と女がもう一度、この時はむしろ縋る声で、因果をふくめるようにして、そして生理が見えたのを境に、お互いに指を触れあうこともなくなったという。女を求める心が起こるたびに、内山は起きていても寝ていても、つい自分の手へ眼が行って動きが取れなくなった。女は内山に引っ越しの用意を促がし、家探しから内山が戻ってくるとその成果を親身にたずねてねぎらった。つましい自分で方角を占ったりもした。夕飯はこしらえてくれて、一緒に膳に向かった。つましいながらいつか家並《いえな》みの献立になっていた。夕食を共にすることが、それまでは深夜の交わりの始めとなっていたのに、今では縛った。アパートが見つかると、女は二階と階下を行ったり来たりして何かと仕度を手伝ってくれた。汚れ物をまとめて一日がかりで洗濯して行李に綺麗に詰めてもくれた。

引っ越しの日に女は表の、玄関の戸を開け放った。内山はまる一年ここで暮らすことになったが、玄関の開いているところを見たことがなかった。来た時にも荷物を庭から裏口に運んだ。まだ夜中に二人して階下を歩き回っていた頃のこと、部屋に横になり抱きあったばかりのところへ玄関のほうから床の軋みが立って、女はそちらへきっと耳をやり、男の背を探るように撫で、あの玄関の戸が開くのは、わたしの時だわ、とつぶやいた。その時にはわたしの後について亡者たちがぞろぞろと出て行くわ、と目をつぶった。小型のトラックに荷物が積まれると、車の着くまで物を玄関口まで降ろすのを手伝っていたのに姿の見えなくなっていた女が、いつのまにか普段着だが着物に着替えて、顔にもうっすらと化粧をしていて、何のためだか紅い前掛けをして門口に現われた。わたしも先のことを考えますので、心配はしないで、何年かしたらどこかで、元気のいい小母サンを見かけるかもしれないわ、と笑った。走り出した車の助手席に運ばれる内山へ、まだ笑いをふくんだ眼をやり、前掛けに両手を置いて、ゆっくりと頭をさげた。

女の身についてそれ以上の話は内山から聞いていない。その後も内山の姿は大学に見かけられず、ひと月あまりもしてもう年末に入りかける頃に構内でぱったり出会うと、顔が面変わりというほどにやつれて眼にも斜視の感じがあり、さては女との関係がまだ続いていたか、と私が並びかけて心配していると、三週間も郷里《くに》に帰っていた、ひどいものを見たよ、と自分から話した。祖父が急に亡くなって、初七日も済ませて東京に戻るつもりが、相続のことで父親と叔父叔母たちと、さらに叔父叔母どうしで、法律上はさほどの問題もないはずなのに古い由来の事情もあって、日を追って話はこじれる。内山ら兄弟たちはさしあたり関係はないようなものの、激昂した父親は子供たちに親族たちの理不尽を訴える。世帯を持った兄姉たちもいつか巻き込まれて目の色が変わってくる。あげくに父親は年の離れた末の息子の、じつは一人だけ母親の違う内山にも、お前も証人として家に居れと言い出す始末で、ただ見ているだけだったが、おろおろと右往左往するばかりの母親のために留まることになった。

人が欲心と憎悪を剝く顔は物凄いものだ、血が繋がっているだけに無惨だ、と内山がつぶやいた時には、二人は長い坂を下って池の畔まで来ていた。叔父叔母たちがそれぞれ味方につけた、大叔父やら遠縁の年寄りがかわるがわるやって来る。人情を弁えたような口利きの下から、これも古い執念があるようで、当事者よりも真剣な面相が露われる。ある夜、十人ばかりの親族が家に集まることになった。父親の命令で内山たち兄弟は境の襖を開けた控えの間に並んで坐って聞いていたが、理も非もない攻撃が飛び交うにつれて、眼を赤いように光らせる兄姉たちの間で内山はおぞましさのあまり睡気にひきこまれ、とろとろとしたようで、はっとして我に返ると、目の前の険悪な寄合いが、暗い庭でも隔てた遠くの座敷の、百鬼夜行の宴会に見えた。躁ぐ客たちの世話をして回る自分の生みの母親を、あの小柄な女は、何処の子守りだ、と眺めた。

内山の話に染まって目の前の池が冬枯れの蓮の傾きに運ばれてついと遠のいた。あの女《ひと》の事はどうなったの、と私はたずねた。内山はそれに答えず、あの親族の面相だ、と続けた。ようやく騒ぎから放免され夜行に乗って朝の東京に着く間際に、寄合いの顔をもう一度振り返って、あれは血が繋がっていても、所詮、俺には無縁だ、俺のほうから無縁になってやればいい、と捨てて汽車を降り、ホームをいくらも行かぬうちに人違いをされた。背後から呼ばれて、マサミツとまるで違った名前なのに、まともに振り向いた自分も不思議だった。相手はかなりの年の婆さんで、こちらの顔を見ても人違いに気がつかず、もう二十五年も、どこに行ってたの、と手を取らんばかりに寄って来る。嫌な人たちはもう皆、死んでしまったから、安心して一緒に帰って来ておくれよ、と後を追って口説きかかる。逃げて人込みの中へ紛れ、二十五年前なら、俺はまだ生まれていないぞ、といまさら唖然とさせられた時、例の夜の寄合いの座がまた浮かんで、一同、凄い面相のまま、どう話がついたのか、揃って踊り狂っている。同じ面相が自分の顔にも貼りついていた。

この風を見ていても惹かれそうになる、とそれから枯れた蓮の池を見渡した。私の問いにたいする答えのようだった。郷里から電報の届いた時には禁止の解けたしるしであるような気がして、すぐに駅に駆けつけて乗りこんだ汽車の中では、帰りにはなるべく早朝に着いてその足でたずねようと、季節はずれの睡蓮の花の、庭の隅でひらきかけるのを思っていた。しかし、どんな面相の男を、あの人が許していたか、今になって知らされた。行っては駄目なんだ、行ったらあの人の思い切りが無になる、俺も生涯の思い切りをする、金輪際だ、と言った。いつまで堪えれば静まるんだ、と口には出さなかったが涯もないような年月が思われて、私も灰色の水を向岸の小さなお堂まで見渡した。その息を詰めた沈黙が伝わったようで、内山は私の気を取りなす声で、あの人に助けられた、あの人がいなければ、この夏のことがなかったら、今度の郷里で俺は何をしでかしていたことか、険悪なやりとりを圏外のつもりで聞いていながら自分の手を見ていた、この手こそ物凄かった、血管が浮いてまるで唆《けしか》けるようだった、しかしあの人に触れた手だと思い返した、勿体ないという言葉を思い出したよ、と笑った。

寒いな、呑もうか、と私を誘いかけて、いや、やめておこう、人違いをされて帰ったその夜にあさましい夢を見ていよいよ思い知らされた、郷里のほうのことだ、酔っても口には出せないな、と眉をひそめたが、百年経ったらまた来て、とあの人は言ったよ、それぐらいは待てるさ、二十五年を四度重ねればいいんだ、とまた笑って小手をちょっと振って歩き出した。

池に沿って遠ざかる姿を私は自分の道をすこし行ってから岸の枯木に寄って眺めた。両側が淵へ落ちている所を通り抜けなくてはならないとしたらあのような、一歩一歩が限界を踏むような足取りになるだろうかと思われた。それでも、いまに立ち停まるのではないか、岸のベンチに腰を降ろしてしまうのではないか、と待機するように見まもるうちに、内山は池のはずれあたりまで来て、子を抱いた女のそばに立った。道をたずねられているようだった。やがて頭をさげた女から離れて、女の肩から身を乗り出すようにしている子に振り返り振り返り答えながら岸を逸れて行った。

花見

埴輪の馬が家に来たのは一昨年の暮れの有馬記念の日のことだからあれから一年余り、一年ともう三ヵ月になる。相変らず机の隅の円い缶の、青地に黄金の穂波の揺れる模様の上に駄載馬らしく立っている。この空缶はパイプの吸殻やら鉛筆の削り屑を捨てる用のものなので、一日に何度となく手もとに引き寄せて蓋を開ける。そのつど馬を降ろしてまた載せるのは、掌の内におさまるほどのものにしても、つまらぬ手間である。人は老年に入るにつれて身のまわりから煩《わずら》いを減らしていくと言われるが、その傍から新しい手間を増やしもするようだ。面倒とも感じていない。涯まで来たら来たでまた新しい仕事を見つけるのだろう。

素焼の馬はもとより無言である。主人が時を忘れていようとどうと、一向に構わない。頭《かしら》の露をふるいもしない。今年は花が遅いようだが、この分では引っ越し前の宴会騒ぎはまだまだ済みそうにもないな、などとつぶやきもしない。

生温い風の吹く頃に井斐の娘から手紙が届いた。お変わりなくお過ごしですか、といきなりに切り出してほかに前置きもないところでは、まだ寒かった日にスクランブル交差の雑踏の中で私とすれ違ったことにはやはり気がついていないようだった。しかし、そろそろ父の一周忌も近づいてまいりましたとあり、井斐が往ってから一年も経っていないことに私はさすがに数え違いはなくて、まだふた月もあるなと読んで思ったほどなのに、娘のほうについては、あの日、赤子を抱いて渡って行った姿を間合いがはずれてから振り返るようにして、通夜の時に妊娠していたにしては遅すぎる、と自分の眼の誤りに自分で鼻白みもしたのは、通夜の席で会ってからもう中《なか》一年ほども隔たっているように感じていたらしい。

手紙には一枚の絵が同封されていた。普通の洋紙に筆ペンらしく、ひと筆の勢いでさらりと描かれた絵図風の道案内だった。井斐が遺書とは別に、野川の散歩のついでに見つけてきたらしい井斐の家とは無縁の寺の、所番地と電話番号を記して、自製の筆描きの地図まで添えたという話は通夜の席で娘から聞いていた。手紙によれば、年が明けてからあためて遺品を整理するうちに、お通夜の時にお見せしたのと同じ地図だけれど、もっと描きこまれた絵が見つかり、その裏の端のほうに、無心会心、生涯の上出来、年寄りが年寄りに形見を遺すのも無用のようなものだが、と鉛筆で書きこみがあり、その脇にまた筆で、これを私に遺贈する旨、日付もあって再入院の前の遺言だと知れた。すぐにでもお送りしなくてはならないところを、育児にまぎれて遅くなりました、とあった。

通夜の席で地図を見せられた覚えは私にない。これは娘の記憶違いか、あるいはあの夜娘の話したところでは、故人の長年の先輩にあたる八十過ぎの老人にこの絵を見せたところが、なかなか遊んでやがる、太鼓や三味の音も聞こえるなと笑ったという、それと混同しているようだ。しかし絵を眺めれば、大木を控えた山門が真ん中よりやや左へはずれたところに立ち、中心を野川がくねり流れ、岸には土手が盛りあがり、土手道が続く。畑の間には農家が点在してそれぞれ林を背負い、いきなり辻が見えて角に店と小屋、近くに火見櫓が半鐘を吊り下げて、すこし傾いでいる。あちこちに木立が、すこしずつ違った姿で、風に吹かれている。櫓も農家も、山門も木立も土手も、どれも同じ方向へ、影を流している、と眼で見るより先に、あの夜の娘の声が聞こえた。

夢語りに語るような、亡くなった父親よりもさらに昔を生きたような声だった。その声に誘われて私の内にあの時すでに、目の前で襟首を見られるままにうつむいて話す姿とは別に、傷々しいほど綺麗に結い立ての島田の女人の影が浮かんでいたようだ。この絵を見つけて、泣きました、時間の経つのも忘れて泣いてました、と手紙にはあった。父は生まれ来る子のことを思っていたのです、とさらにあった。たしかに年寄りが孫をあやして、昔馴染んだ唄などを口ずさみながら、筆を走らせたような絵ではあるな、とまた手に取って夕日と西風に吹かれる土手道をたどるうちに、もうはずれにかかるあたりに滲んだ影があり、枯れ柳でも描きこんだかと目を凝らすと、大人が子供の手を引いていた。これが私への遺贈なら、手を引いているのは井斐の母親であり、引かれているのは井斐自身になる。風景は何処にでもあったような野川で下流《しもて》のほうに遺体が転がってはいないが、三月十日の朝の荒川の土手のことだ。最後に親子の姿を土手道のはずれに、見えるか見えぬかに描き加わえて、私に贈る気になったのだとすれば、遠くまでやって来ましたが、まもなく終ります、という苦笑まじりの目配せか。

しかし、後年人よりは姿勢に気をつけるようになったその理由のように、二十代からもう母親にたいして保護者の気持があった、と井斐は言っていた。父親は戦時中に亡くしたらしい。日頃から姿勢には気をつけているが、殊に戒めて、内はどう乱れても姿勢は保ちたい、せめて歩き方はしっかりしたいという急場で、あの朝の土手道を行く子供の足取りが寄り添ってくる、すると何処にいようと足の踏むかぎり土手の一本道になる、とたしかに井斐の口から出た言葉だ。

あとは私のたずねるのを戒めるような背が子の手を引いて遠ざかる。日の暮れの野川の土手道はもっぱら私の内で続いた。去年の旅先の寝覚め際には、外国の街を歩いていると、土手道を来る井斐に出会った。道はまだ遠いのかと私がたずねると、もうそろそろだ、と井斐は答えた。それきりすれ違って、石造りの市街に入って先を急ぐうちに、薄い夕日の差す土手道がまた前へ伸びて、むこうから井斐がやって来る。おとなしい子だねと声をかけると、これでもすこしずつ元気になっていくよ、と井斐は答えた。私は足を停めて、井斐たちと一緒に、子供の喜びそうなものをいろいろと揃えた店のあった辻まで引き返そうか、時間の余裕はまだあるかと思案した。

夢というよりも昨日実際に見た情景のように覚めて感じられた。夕日の差す方からいくらか温《ぬる》んだ風が埃を巻きあげて、土の匂いを運んで、井斐と子供と私と、道端の枯草に吹きつけ、それぞれの影がいよいよ長く、野川の流れの上まで伸びた。遠くからノーエ節を囃す声が伝わって来た。いま目の前に開いた絵図から同じ風が、同じ匂いが吹きつけてくる。火見櫓もそっくり同じに、半鐘を吊り下げて、すこし傾いでいた。

亡くした父親を思う娘の心の、声に媒介されたものと考えるよりほかにない。その娘にしても、今年になってもう一枚の絵を手に取るまでは、土手道を行く二人の姿を知らなかったわけだが、最初の道案内の図のおそらくやはりやや春めいた、日の永くなった雰囲気から、祖父となった井斐が孫の手を引いて野川の土手に遊ぶ風景を、妊娠中の身にすでに見ていたということはあり得る。実際に井斐は再入院を前に、生まれて来る子を思って絵図を描いたのかもしれない。生涯の上出来とは、その喜びか。となると、私に贈ったのは、長年、荒川の土手の子に寄り添われて来ましたが、ようやく孫の手を、間に合いそうにもないけれど、引く身となりました、という言伝《ことづ》てとなる。

なるほど、笛や太鼓の音が聞こえて来るような絵です、春先の縁日、初午の祭りでしょうか、遠くに幟《のぼり》が立っているようにも見えます、描かれてはいませんが人が大勢土手を往き来するこころと見ました、と井斐の娘への返事にはそう書いて、出産のことには触れず、後で子供のオクルミを贈っておいた。

符合に引っぱられるには、年を取り過ぎたな、と夜になり埴輪の馬に話しかけた。初午とはよく言ったものだ、と馬は笑うようだった。

花が咲いた。今年は冬が十九年ぶりの厳しさとか言われた上に寒気が三月の深くまで残って、この分では桜の開花は月を越すのではないかと思っていたところが、月末にかかって陽気が何日か続くとたちまち満開になった。

三十何年も同じ所に住んでいると、近間の桜の世代交替が年ごと目に立つ。去年の秋に母親となった私の長女が小学校の卒業記念に植えた苗木がもう何年か前から、若木から壮年へかかりそうな勢を見せている。それにひきかえ昔はまさに花形だった大木はすっかり老いて、花の盛りに陽を浴びていてもどこか翳って見える。そのなかに小池の上へ大枝を差し掛ける老桜があり、往年の盛りには大鳥《おおとり》の翼をひろげて水上に舞うようだったのが、あれも二十年ほども前のこと、花の頃に大雪に遭ってあちこち枝折れしてからめっきり衰えて、今では年中老残の身をさらしているが、それでもこの季節になり花が咲き出すと壮年の桜よりは淡く烟って、満開を回って散りかける頃には昔の面影の、よほど寂びてはいるが、大鳥の舞いを年寄りの眼には現わす。今年も舞ったな、と確めるのが私の花見である。池越しに見守るのは、人出を避けて、雨の日になる。舞ったと見届けたら長居はせずに去ることにしている。

満開の花へ遠くから目をやって、あの色を見ていると、サリンの臭いがしてくるな、と知人が冗談ともなく言ったのは、あの事件は今から八年前の三月二十日のことだから、それから一週間あまり過ぎた頃になる。あるいはその翌年、翌々年、何年か後のことかもしれない。サリンの臭いに感じている関はあるだろうか、と私は首をかしげて、三月十日が江東深川の大空襲だった、とまるで符合に驚いたように口をつぐんだ。私たちは花のほうへの道を、花見客で騒がしくもあったが、おのずと避けていた。

あの三月十日を境に大人たちが、つれて自分も、けだるいようになった、という記憶がある。あの夜は東北の方角の空が一面にいつまでも焼けているのを寒風に震えて庭から眺めたが、凄惨な実態はすぐに詳細に報らされたわけでなく、日を追って噂となって伝わった。人は閑なようになった。ちょっと立ち寄った客が縁側でいつまでも話しこむ。聞かれては困る人間も近くにいないのに、急に声を落とす。現場から逃れてきたばかりのような面相が、話してわかる人にだけ話すけれどという口調になる。聞くほうも耳を寄せた時からもう、すべてを信じる用意がある。今まで口にこそ出さなかったけれど自分がひそかに恐れていた事をようやく人の口から聞いたというような相槌を打つ。明日は我身、と顔を見合わす。しかしそこで、あくまでも噂なので、という言葉がさしはさまれる。

噂なのでとは、いままで声をひそめて話していた事の御破算になり、人の怯えを紛らわしもするが、敗色の濃い戦時下の、情報の統制の中では、噂だと念を押されれば、話がもう一度、暗い説得力を帯びる。話すほうもそれが恐ろしくて話を止められない。話すうちは、これはほんとうのことでと請け合わんばかりの口調ながら、怯えの際限のなさからも、むしろ免れている。やがて取り止めない繰り返しになり、われわれには所詮、わからないことなので、と腰をあげる。それぞれ一人になれば、日常の雰囲気に何の破れもない。なるようになる、といっそ気楽になる。

現実にたいして人の眼が開いたとは言える。そのわずか半月ほど前の、雪の昼間の大空襲の時には、敵機の編隊が上空をはずれる地域では、押入れの蒲団を出して前に積んだその奥に隠れるというような避難で済ましていたのに、三月十日の後は警報が鳴れば防空壕の中へ入るようになった。噂のほかにも、当局の指示とは正反対の「対策」が口からひろまった。焼夷弾が落ちたら、何をおいても、すぐに逃げることだと言われて、三月十日には空襲警報の鳴る前に火の手があがったということは知らされていなかったが、人はうなずいた。火事ではあるまいし、一軒だけ燃えるのではないから、バケツリレーやら、砂袋を投げつけるとか、長い柄のついたハタキで火を払ったり鳶口で掻き落としたり、そんなことをするうちに八方が火の海になったらどうする。第一、隣組が一丸となってと言うけれど、軒並みに燃えあがったら、誰がどこへ集まるというのか、とすでに現実の眼だった。おかげで人の逃げ足が迅速になり、それ以後の大空襲でどれだけの人命が助かったことか。

敵弾が落ちて来る時には防空壕の中でも伏せろと指示されているけれど、そんな恰好でいるところへ壕が崩れ落ちて生き埋めになったら助からない。それよりは正坐しているほうがよい。鉄兜をかぶって鳶口のようなものの柄を立てて抱えこんでいればもっとよい。救出の際に鳶口の先穂は目印になり、鉄兜はシャベルやクワの刃から頭を守る。それで命の助かった人があちこちにいる。とこれも口々にささやかれる「対策」のひとつであり、人は聞いて深刻そうにうなずいているが、一人になって考えてみれば、壕の中で鳶口のようなものは低い天井につかえて立てられるものでない。鉄兜は家にひとつしかない。周囲が燃えあがったら救出もありはしない。天神さまが笏《しゃく》を捧げて畏《かしこ》まっている時じゃあるまいし、とぼやく者がいた。防空壕の中で鉄兜をかぶり立てた鳶口を抱えこんで正坐する姿が、切実なままに現実を嘲弄しているように見えた。莫迦らしいと笑おうにも、事柄が事柄だけに笑いきれず、徒労感が残る。

深川あたりでは上空から毒ガスが撒かれたらしいという噂も伝わってきた。あちこちで人が火傷ひとつ負わずに死んでいたという。さっそく押入れの中から円い筒に納められた防毒マスクが取り出された。かぶってみるとゴムの臭いに吐気をもよおしそうになる。これも家に一箇しかない。しばらく子供の玩具にされてからまた押入れに放りこまれて見えなくなった。

多少の尾鰭はついても、噂はあらかた事実だった。それどころか、噂としていくら肥大しても現実にはとても追いついていなかった。敵の宣伝に惑わされるなと当局は再三警告を発したが、人はそれなりに現実を感知して対処した。その対処も、わずかな余地のことではあったが、おおむね正しかったはずだ。人の感知力は統制する側の想像を超えるところがある。しかし現実を運んでくるのは噂である。噂はあくまでも噂なので、現実を現実として踏まえきれない。

三月十日の後、東京はしばらく平穏になった。後に知ったところでは、敵はその間に名古屋から阪神方面を叩いて、さらに沖縄上陸に備えて九州を攻めていたようだった。人は折りさえあれば話しこむ癖がついた。敵の単機あるいは数機飛来は毎日のようなことなのに、夕飯の後にわずかな用に託《かこ》つけて訪ねてきて話しこんでいく人もあり、そのうちの一人がある晩、下町のほうでやったからには山の手から郊外へかけてもいずれかならず焼き払うと断言した。こう北西から入って、南東へこう、と敵の編隊の進入経路を指先で空にたどってみせると、一同、天井を見上げてその動きを追っていた。その人も同じ界隈の、ここよりもうすこし建てこんだあたりの住人で、妻子を郷里のほうへ疎開させていたが、自身は家を離れるつもりはなかった。聞かれて満足した様子で足音を重々しく鳴らして帰って行った。そんなことにはなるまい、と見送ったほうはつぶやいていた。

平穏が一週間も続けばそろそろ今夜あたりかと警戒するうちに四月に入り、都下の飛行機工場と京浜の工業地帯を狙ったらしく夜の空襲が続いて、いよいよと緊張する頃に、あの年もたしか春が遅くて、桜が咲き出した。あれは新学年の始まる日になる。よく晴れた春日和だった。どんな始業式があったか覚えはないが、新しい教室に落着いた頃に警戒警報のサイレンが鳴り、学校の決まりで即刻下校となった。走って帰れと言われても生徒たちは学校の見えなくなるところまで来ると、始まったかと思ったら終ったという日常の破れが子供にとってもけだるかったようで、だらけた歩き方になり、粘りつきあうようにしながら一人別れ二人別れ、坂を登りきって二人だけになり四つ角にかかったところで、空襲警報が鳴り出した。弾《はじ》かれて友達と左右に別れ、一人になってゆるい下り坂を走り、つぎの角を折れて家の塀のはずれに来ると、頭上で高射砲が続けて炸裂して、敵機は見えなかったが青い空に白い煙がぽかりぽかりと浮かび、足音を聞きつけて塀の内から母親が呼ぶ。しかし門まで行って庭へ回りこまなくてはならない。いくらの距離でもないのに庭に入った時には足がもう地から浮いて、思うように前へ進めない。走る正面に隣家の桜が満開だった。あせるほどに、花が狂ったようにふくらんだ。かと思えば長閑に咲き静まって、これこそ狂ったように感じられた。

花の盛りにかかった土曜日に北風に吹かれて冷い雨がまる一日、夜まで降った。翌日曜は晴れあがって気温は上がったが風が残り、遅く咲いた花はたちまち散り出すかと思ったらしぶとく枝について乱れもない。翌日はいよいよぼってりとふくらんで散るのも忘れたふうに見えたが、今日になり南風が吹いて、花のないところまで花が飛び出した。小池に来ると水は一面に花びらに覆われて、いまにも降り出しそうな雲行きの下で艶めいた光を放っているが、風に揉まれた老桜の吐瀉物、白い吐血のように見えないでもない。その老桜はと言えば、内に鬱屈した艶をあらかた水の上へ吐き出して気楽そうに、いつ枝折れするかも知れないのに、笑うように風に舞い直している。

頭上の高射砲の音に怯えて満開の花に向かって走ってから一週間足らずして敵の大統領の急死の報に人がはしゃいでいると、さっそくその報酬のように大空襲があった。この空襲は後に聞けば下町から山の手の北西部を広範に焼き払ったようだが、私の住まう地域は無事に済んで、次はこちらの番かと緊張する一方で、まさかこんな郊外まで焼きはしないだろうと半端な気持でいると、中一日置いて、夜間に敵機の編隊の次々に進入する爆音が頭上をはずれなくなった。あの時には防空壕の中で、今夜はもういけないと、逃げる前の腹ごしらえに、用心して運びこんでおいた櫃から飯を茶碗によそってかわるがわる、暗闇の中で箸を鳴らして掻きこむうちに、頭上の爆音が引いた。危急に飯を喰うとは滑稽のように聞こえるが、女たちはその最中にも眦《まなじり》を決していた。これも山の手の西南部から郊外へ広く焼き払った空襲で、被害は私たちの近隣の町まで及んだ。

それからまた無事が、飛行場のほうは幾度も襲われていたようだが、東京の市街では長く続いた。後から数えるとひと月と十日ほどになる。敵の単機飛来は定期便と称されて毎日のようだった。学校のほうは警報が発せられるたびに下校になり、風向きの加減でサイレンの聞こえが悪くて教師が窓から首を伸ばして耳をやっている間に生徒たちはもう喜んで立ちあがっているというようなことが続いて、そのうちになしくずしに行かなくなった。疎開の残りで数少くなった子供たちが午後から閑をもてあまし、連れ立って遠出をする。たいして離れたところまで足を伸ばすわけでないが、空襲の時には危険とされる大通りや線路沿いに行くのが冒険と感じられ、見馴れた風景も違って見えて、ずるずると先へ惹かれた。結局は面白いこともなく、町の要所要所で一段と差し迫ったように進められていた強制疎開の、家屋を取り壊す作業をいつまでも見物していた。あちこち剝がれて丸裸になった家が最後に、根本に鋸か斧かを入れられた大黒柱に結んだ綱を外から、集まった男女に引かれて、ゆっくりと傾き、それから急に崩れ落ちる様子は、家がもう一度生き物に返って叫んで倒れるようで、酷《むご》い眺めながら見届けて満足感があった。

その取り壊しの跡が周辺の隣組にそれぞれ割り当てられて、日曜日には近所の大人たちが総出でリヤカーを引いて、半端な建材を薪用に受け取りに行く。召集を免れた年配の男たちと主婦たちが材木をいっぱいに積んだリヤカーの前を引き後を押し、そうも近くない、坂もある道を幾度も往復して各戸に配るまで、一日がかりの苦労な作業のはずだが、晴れた日には野遊びにでも出たような、気も晴れた様子で力を合わせて働いていた。樋の受け手の金具が物干の竿の受け手になるというような工夫も交換された。今夜はもういけない、と防空壕の中で覚悟した者たちが引き倒されたよその家の残骸をせっせと家に運びこんでいた。庭や塀の外に積んだ材木は薪に割られて使われる閑もなく、あたりの炎上に火を添えることになったが、強制疎開でひろがった道路へ逃げて助かってもいる。

毎夜のように警報のサイレンが鳴り、半分まだ眠った頭で縁側から出て庭の防空壕に入り、その眠気のまだ覚めぬうちに警報の解除を聞いて寝床に戻る。そのうちに子供は寝間着に替えずに寝ることを許されるようになった。蚤の出る季節ではなかったが、むず痒いような安易さだった。一事が万事に及んで生活の決まりがすこしずつ綻びて行ったようだった。安易へ流れる心は何かにつけてつきまとう怯えと馴染んだ。大人たちはいよいよ閑になったように子供の眼には映った。実際にそうだったかもしれない。物が不足すれば女たちはその間に合わせに忙しくなる、ということもあるが、それにも限りがあり、手が尽きてくるにつれて、せわしなく働いていても時間は余る。男たちもあちこちの生産施設の破壊が順々に及んで目一杯には働けなくなったという事情もあったのだろう。出勤もかなり不定になっていたらしい。

五月に入りベルリンの陥落が伝えられた。沖縄では我軍が攻撃に転じて多大の損害を敵にあたえたという報道が繰り返された。大人たちはそれを頭から疑うでもなかったが、沖縄の後の、本格的な首都大空襲を噂した。上空から詳細に偵察しているので、今度こそ山の手も郊外も虱潰しにやられると言う。名古屋や阪神のほうはこんなものじゃなかった、爆弾を使かったから助からないと、見て来たように言う者があり、あちらは工業地帯を控えているので、と添えて取りなすと、こちらもこの地域のすぐ東南に大工業地帯がひろがっているのに、人はうなずいていた。われわれに爆弾を落とす必要はないでしょう、と誰かがつぶやいたのが他人事に聞こえた。敵の陸軍が落下傘で降下するそうだという噂もあった。そうなると空からの爆撃は止むんでしょうね、とたずねるのがいた。

山の手から郊外にかけてもかならず大空襲があると断言して重々しい足取りで帰って行った人の、住まいはこの前の空襲の被害の及んだ境あたりにあり、無事とも何とも消息のないのを大人たちは噂して、予告の当たったことに感心するかと思ったら、余計なことを言う、といまさら白い眼をした。ここはまだやられていないのだから、縁起でもないことを口走ってくれるな、と言わんばかりに聞こえたが、それよりも、所詮徒労の言動を疎むようだった。利敵行為だという見当違いの憤りもあったのだろう。

そうなったらもう、人非人になるよりほかにありませんよ、と言い捨てて、縁側から立って帰った女性がいた。後に黙って坐りこんでいた母親がそばに寄った私にたずねられもしないのに話したところでは、夫の母親が足腰立たずの寝たきりで、夫は軍人で外地にいるらしく便りもなく、幼い子供が二人もあって、疎開する先もないと言うことだった。追いつめられた事情の半分も子供にはわからなかったが、女性の腰かけていたあたりに、甘いような重いような、臭《にお》いが残った。防空壕の中で敵の編隊が頭上に低く掛かる時にふくらむ、怯えも通り越した臭いに似ていた。

覚悟覚悟と世に叫ばれる。それにつれて人はそんな言葉を口にしなくなる。むしろ危機が迫るほどに、気楽になるように見える。しかし言葉とは関わりなく、ことさら据えるものでもなく、意識からものがれて、恐怖にいよいよ追い詰められる前に自分から傾いて行きそうな予感として、覚悟は人の間にひそんでいたのではないか。

五月に入ってしばらくするとしかし、天気は崩れがちになった。気温があがらず、雨が降れば寒いようになった。なかばを過ぎて晴れの日が何日か続いた後に、あれはまた曇った昼間に空襲があり、工業地帯に爆弾を落とすようで、そちらの空に硝煙とも塵埃ともつかぬものが着弾のたびに高くあがるのが私の家の庭からも見えて、その夜からまた身構えるようになったが、それきり下旬に入ると梅雨寒のような天気になり、晴れた日もなくなった。空襲が来ないのはありがたいが、この天候不順では身体《からだ》のほうが先に参ってしまう、と人は零しあっていた。戦局のお蔭で陽気まで狂いやがった、もう駄目だ、と妙な観念を洩らす人もあった。防空壕の中は湿けて、雨の日には上に盛った土から水が染みて梁にわたした材木に滴をつくり垂れて来る。ありあわせの蜜柑箱のようなものの上に腰を掛けて警報の解除になるのを待っていた。あれはすべて昼間のことで夜の空襲はなかった。そんな天気が十日も続いたように思われるが、わずか四日ばかりの猶予だった。その夜、宵の口に雨戸を閉める頃にはまた雨が降っていたが、夜が更けるにつれて晴れあがったらしい。

その夜、私の家では台所の流しに小豆を、だいぶ前に人から貰って何か吉《よ》い事があったらと取っておいたがそんな事もなさそうで、いつ空襲に遭うかもわからないので、明日の晩に父親はまた不在でも小豆飯にして食べてしまうと、水に漬していた。未明の一時過ぎのことであったらしい。警戒警報のサイレンを聞いて女子供三人が防空壕に入った時には、ひさしぶりの夜の空襲であるのに惰性に近いものがあった。壕の中の湿気に障《さわ》るのを嫌って荷物もろくに運びこまなかった。後の記録によれば、それから空襲警報が発令されるまで半時間もあった。頭上に敵機の爆音が満ちた時、母親は一度壕から家の中へ駆けこんで両手に提げられるだけの荷物を提げて駆け戻ってきたが、それきり動きが取れなくなった。爆音が次から次へ寄せてくる。客が天井を指差してたどって見せたのと同じ針路だった。

あちこちで火を吹き出した一面煙の中を走って強制疎開でひろげられた大通りに出た時には、もう大勢の避難者が東から西へ、行軍のように進んでいた。その群れに混じって、上空からの攻撃を恐れながら、しかしいくらの距離も行かぬうちに、爆音が引いて、人の足取りはゆるみ、この先へ逃げても別に安全でもないことにいまさら気づいたように、道端の取り壊わしの跡にてんでに腰をおろし、高台のほうで今を盛りにあがる火の手を眺めた。敵の全機離脱は三時三十分だったと言われる。となると私たちは、相継いで頭上を行く敵機の爆音に共鳴して盛り土から梁から震える壕の中で、すくなくとも一時間はうずくまっていたことになる。

私たちが大通りへ走り出た時には道はすでに避難者で一杯で、話を聞くとかなり遠くから逃げて来た人もいたところでは、私たちの地域に焼夷弾が投下されたのはその夜の空襲の仕舞いのほうのようだった。その界隈の内でも、私たち親子三人が燃える家を捨てて、大通りへ下る坂道へ飛び出した時には、煙の中を走る人の影もまばらだった。すぐ近所への着弾が遅れたばかりに、大勢の人が先を争って坂を駆ける間も、私たちは防空壕の中で息を詰めて時を待っていたわけだ。もう数分も遅れたら逃げ道を失っていた。人の走る足音や叫び交す声は近くのことだから聞こえていてもよさそうなものを、閉じこめられるとはこんなことなのかもしれない。

二階の瓦に鬼火のような炎がいくつも散って、すでに内に火が入ったらしく障子が薄赤く染まり、廂の下から白い煙をゆっくりと吐く家を、私は一度見あげたきり後も振り返らず走ったが、壕の蓋に土をかぶせるために子供たちを外で待たせてひと足踏み留まった母親はいよいよ走る間際に、玄関の路と庭の境の、垣根に沿って植えた薔薇が一斉に先端から炎を吹いて、その火が横へつながって流れたのを見つめてしまったようで、避難者の群れに混じった後で、綺麗だった、とようやく気落ちした声で話した。壮厳だった、ともしもそんな言葉を持ち合わせていたらの話だが、私も炎上寸前の家の姿をそう伝えたかもしれない。どちらも、恐怖の恍惚のようなものだ。生涯の光景というものは恐慌の極でこそ結ばれる。しかしその底に恥の念がふくまれていた。屈辱や恥辱ばかりでなく、現実に起こった事の前で子供ながら不明を恥じるような心だった。

破局を予言する形になった例の男性は敗戦の翌春、都下に身を寄せていた私たちの所を伝え聞いて訪ねて来た。敗戦直後にも男たちの閑になった時期があった。私たちと同じ未明にその男性も焼け出されていた。あの夜はたまたま手に入った酒を惜しみ惜しみ傾けるうちについ最後の一滴にまでなってしまって、警報のサイレンの鳴るのも寝過ごして、すぐ表を人が叫んで走るのにようやく目を覚ましたがなかなか起きあがれず、起きても為《す》ること為《な》すことが横着なようにのろくて、まわりくどくて、逃げ仕度を整えた後も台所に入って水などを悠長に呑んでいると、焼夷弾が落ちて来た。近所に火の手はまだあがっていなかった。両手に荷物を提げて出たが面倒になり防空壕の中へ放りこんで、ひとり身の気楽さ、あとは野となれ山となれ、と大通りへ向かって走る路で、幼い女の子を両手に引いた母親が、子供たちにすくみこまれおろおろしている。自分でも思いがけない行動だった。声もかけずにいきなり小さいほうの子を抱きあげて走った。抱かれた子も残されたほうの子も怯えきって叫び出す。母親も死物狂いに追いすがってくる。まるで人さらいだ。

人助けの気持はなかったのですよ、と笑っていた。

しかしそれから私の父親が、それにしてもあなたの言ったそのとおりになりましたな、と、さすがに物の見えたことに今になり感心したか、あんなことを言いながら自身も敵機の下を走ったではないかとからかったか、例の予告のほうへ話を向けると、何のことで、と客は怪訝な顔をした。ほんとうに思い出せない様子だった。傍から母親が口を添えてあの晩のことをあれこれ話して、天井を指して敵機の進入の道すじをたどったその手つきまでしてみせると、何がわたしにわかります、と払いながら客はうつむいて、その顔が赤黒いようになり、由《よし》なきことを申しました、と被災の前に人が疎んでつぶやいたのと同じことを口にした。さらにまるめた背から、人非人になるよりほかにないと言い捨てて縁側を立った女の残したのと似た臭いがしてきた。

電車の中から見ていると、しかし何ですな、こんなになっても桜はあちこちに咲いているもので、虱だらけの鮨詰めの中からでも花は花だ、と客はやがて気を取りなおして、戦前に私の家の庭でやった花見のことを話し出した。隣の桜に向かって、いっそ荒っぽい莚《むしろ》を敷いて、戦局も傾いていたので近所の耳を憚って、それでも男三人が声をひそめ手拍子もひそめ、それで景気が揚がらないものでいつまでもだらだらと唄っているのを、奥さんもお子さんも逃げ出して縁側からはらはらして見てました、と懐かしそうに振り返っていたが、今度は私たちのほうがそのことを思い出せなかった。

徴《しるし》

冬とは何時なのか、と唐突な問いから始まる詩があった。その到来をわれわれは誰もが等しく察知するわけでない、と言う。渡り鳥のように互いに暗黙の了解にはないのだ、と言う。渡り鳥や草木に比べられれば、たしかに、人間の哀しさではある。

四十代なかばの作だが、五十を越してまもなく亡くなったので晩年に属する。六十代も深くまで踏みこんでこの問いを借りるのもよほど間に合わぬ、間の抜けたことになる。時に越され機に遅れ、われわれは俄に風に感じて争って飛び立ち、そして無縁の顔の池に降りる、と詩は続ける。渡り鳥でもないものを渡り鳥に喩《たと》えるのは徒労にも思われるが、時に越され機に遅れとは、間違いを生きながらえているような寒々しさとして高年の内にひそむ。飛び立った覚えもないのに、降りたところは索漠、と感じている。同じ索漠の池に降りても詩人はとにかく飛び立った、たった一人ではあったが時の到来を、遅れたとしても感知した、その違いはあるのだろう。八十年も昔の詩になる。現在では人の年の取り方も自然の公定からだいぶはずれた。寿命にたいする勘も失せた。

しかし私の内に一人の男の、変わらぬ姿がある。人の寄り合う夢を私はしばしば見る。宴会のようだが、その闌《たけなわ》のところは現われた例《ためし》がない。狼藉というほどでないが賑わいの跡が残って、人はそろそろ帰路のことをたずねあっている。知った顔ばかりだが、知人は一人もいない、と辻褄は合わない。皆、背中が痩せた。そのことをお互いに知ってもいて、さいわい背中は自分で見えないからな、と互いに笑っている。いまどきヴィデオというものがあるぞ、と誰かが上げ足を取る。いや、あんなものに映った姿など、どこの誰かってなもんだ、俺の死んだ後で人が見ていることにしたっていい、と答える者がある。いまにも立ち上がりそうで、取りとめもない話を振り切れない。私こそ帰路のことを思うのも面倒なほどに睡たい。そのだらけた座の隅のほうに、男はひとりぽつんと離れて坐っている。

じつはその姿が意識された時には、夢はもう切れている。また、いやがる、と眺めるのは寝覚めの境からである。自身の内にある姿を見るにしては眼が白い。それでも声をかける。仮にも寄り合いに交じったからには、まわりのはしゃいでいるのが莫迦にも見えるだろうけれど、そんな、ひとり楽しまずという顔をするなよ、誰だって面白くないと言えば面白くないんだ、と咎めて、その口調の陰湿さに自分で怖気《おぞけ》をふるう。これでは人の少々の孤立も許さぬ妬みの類いだ。そう呆れるその傍から声が親身らしくなり、何か世にたいして忿懣に取っ憑かれているな、言ってみな、と上目使いにたずねている。言ってみれば、それぐらいのことは誰でも思っているとわかるから、とやや迫ると自分の顔のほうが忿懣に歪みかかる。

その顔をあわててほぐして、怒りだの恨みだの、そういうことではないやね、と取りなしている。見えてしまう時はあるものだ、と。あちこちから火の手がもうあがっているのに、自分のほかは誰も気がついていないというような。往来の至る所に屍体が転がっているのに、通りかかる人の眼には入らないというような。叫ぼうにも声が出ない。声が出たところで、聞かれそうにもない。ひとりであせるほどに、無事の雰囲気があたりに濃くなる。無事そのものがまがまがしく見える。見えるだけで、物音ひとつ立たない。しかし、所詮、何事でもない。一時のことで、自分でもまた見えなくなる。見えて怯えたその分だけ、徹底して忘れる。それで一生が尽きればそれまで、仮に生きているうちに、いつか見た徴《しるし》に追いつかれて、実際の恐怖の中を誰よりも狼狽して走ることになっても、そこに恥の念が混じったとしても、もともと恥じる立場にはないのだ。まして怒るとか恨むとか、呪うとか……。

言うことのだらしなさにしては説教めいた調子になったことに照れて、それにしても、いつでもそうして、人からはずれて坐っているな、静かなものだ、と相手の気を引いて、一体、何を見たんだ、とあらためてたずねる時には、姿は薄れている。いかにも感じ易そうな鼻をしていた、と妙な印象が残る。長いこと沈黙に堪えているな、とその印象が口もとの重さにつながる。どんな眼をしているか、初めから見えていない。年の頃は四十より前に見えたが、眺める自分のほうもその間年齢不詳になっているので当てにはならない。何の宴会だったか、と夢を振り返る。夢の内でも知らなかったので分かるわけがない。花見、庭の夜桜を座敷から眺める宴ではなかったか、と侘びしげな玄関から奥へ通る蒼然とした廊下まで見えた気がしたが、夢の勝手だからどうでもいいようなものの、そんな体験は自分にはない。法事であったようにも思われる。誰の追善だか、その意識もなかった。実際の法事でも後の宴が盛りになれば似たようなものだ。故人のことも忘れるのを、供養と心得ている節が見える。遠路遥々《はるばる》、と迎えの挨拶の決まり文句な、あれ、年を取ると実感が湧く、と誰かが言った。足がそれほど弱ったわけでなし、交通の便が良くなって、遠いと思っていた所でも不思議なように早く着いてしまうのに、通夜やら法事やらとなると、つくづく長旅をして来た気持になるな、上がって知り合いを見れば皆、遠路遥々の顔をしているじゃないか、と。あれは近頃実際の法事の席でのことだ、とまだ睡い頭で確めて、夢の名残りは引いていく。もうひとつ覚めればすっかり忘れる。その境あたりまで来たところで、もう一度、人からはずれて坐る男の影が、夢から置き残されて、そこに見える。いまにも目鼻立ちがくっきりとしてこちらを振り返りそうになる。

その視線から逃げて寝床の中で目を開く。初めにこちらから声はかけたが、ちょっと迫りもしたが、振り向かれるのはまだ早い、とあわてたようだ。まだ行くところがあるんだ、と言わんばかりだった。

同じような夢を繰り返し見るな、と何を見たかもろくに思い返せないのに溜息を吐く。こんな詰まらぬ反復に負けて気力の急に掠れることも、あるのかもしれない、と考える。

今年は五月に入っても風がよく吹く、芯の冷い風だ、と肌の汗ばむほどの陽気の中を歩くうちに同行者《つれ》が言った。十五年ほども前のことになる。私はそうも思わなかったが、新緑の盛りの木立ちの、梢のほうにいくらか風の走るのを見あげて、暖冬の年にはかえって冷気がいつまでも、どこか凝《しこ》るようだね、と相槌を打った。言われればその気になる。お天気の話で人にさからう者もないものだ。その夏は暑さが厳しくて、まだ残暑の頃にその人は亡くなった。体調を崩して入院したと伝え聞いて何日と置かずに報らせが届いた。肺炎だった。

その頃、まだ中年の盛りで活動的な人が急に肺炎で亡くなるという例が、私の耳に入る範囲の内だけでも、何人かあった。五月の末にはダービーのスタンドで元気な姿を見かけた人が秋の内に亡くなったという例もあった。とかく忙しくしている中年の罹る肺炎について、耳にするようになったのはその何年か前からのことだ。熱があまり出ないという。微熱を繰り返すうちに身体が堪えがたいほどにだるくなり、過労と思ったが念のために病院に行くとレントゲンを撮られ、肺のかなりの部分が白く映っているので即日入院するよう申し渡された人もあった。その人は一週間ばかりの入院で済んだが、治療に入る前に、最近外国へ行かなかったかと医者たちからしきりに聞かれたという。ヴィールス性の肺炎というものがあることを知って迂闊な私は驚いた。また別の知人は同様の不調に長らく苦んだ末に病院で軽い肺炎と診断され、そう言われても入院している閑もない身なので医者に相談して通院で済ますことになったが、それから一年近くは身体が本当ではなかった。とにかく疲れやすくて、物事の手順はのべつ間違える、気分も鬱々として、あれは危かったのだ、と遅れて怖くなった。用心したほうがいいですよ、と私より幾つか年下なのに私に忠告した。私自身もその頃、暮れ方からの微熱が続いて、旅行を控えていたので薬を貰うぐらいのつもりで町の病院に行くと、軽い風邪だと医者は何事でもなさそうに診断したが、私が立ちあがる時に、しかし近頃の風邪は陰険なのでいけない、と言った。

近頃の風邪はどうかすると、熱やら寒気やら頭痛やら、鼻水やら咳やら痰やら、風邪らしい症状のほとんど出ないことがある。それでたいていなおるのだが、急に高熱を発したり、曖昧な状態が続くうちに菌が妙なところに入ってむずかしい事になったり、そんなことがないでもない。菌の性質が変わったのでしょうか、と私はたずねた。それもあるんでしょうね、と医者は首をかしげた。それから病院を出て、西日に向かって歩くうちに、倦怠感はどうか、たずねて来なかった、と私は折りを逃がしたことを惜んだ。変わったのは人の免疫性のほうではないのか、と思ったのは夜になってからのことだ。

当時、五十歳を過ぎたばかりでも以前にくらべれば家に籠もりがちになっていた私は、世の中の異常なほどの景気というものを伝え聞いて、自分の暮らしには縁もないことだが、街にはさぞや、ちょっと狂ったような活気が溢れていることだろう、とたまの外出の時にはその気に触れることを、やはり戦後の経済成長期に人と成った者だけに折々の好況の、浮かれた雰囲気が懐かしいらしく、楽しみにして出かけて来ては、地下鉄に乗り込んで驚いた。坐席の男たちが揃いも揃ってぐったりとした腰の掛け様をしている。まず目に立つのは若い男たちだが、これは大股をひろげて傍若無人のようで、よく見れば傍若無人というほどの不敵さはおろか横着さも感じられず、坐席から身体が前へずるずると滑り落ちそうになるのを、両脚をひろげてわずかに踏み止めているという態である。さらに見渡せば、若い者と限らず年配者たちまでが、大股こそひろげていないが、坐席に腰を浅く掛けて、まるめた背で後へもたれこんでいる。空席にありついて私もその真似をしてみると、まるめてもたれる背が苦しくて、不安定な姿勢のひずみが腰に寄せられていまにも腰の筋の傷みそうな危うさがあったが、馴染むにつれて、苦しんでいるはずの背から睡気のようなものが差して、頭の天辺から足の先までひろがり、膝頭もゆるんで、もう立ち上がってやるものかと言わんばかりの、倦怠感が心地良くないでもない。締まりもなく息を吐いているように見えるだろうが、息はむしろ詰めているのだ、息の出し入れも面倒だ、といつか見られるほうの立場になっていた。薄目で眺めれば女たちの顔に、かすかな険が見える。ほとんど無意識の嫌悪らしい。男の顔はぼやける、女の顔には険が立つ、これも陰陽相和するの、ひとつの変型か、と思った。あの頃にはもう、流行病と言えばエイズの話題で持ちきりで、悪性の肺炎のことは忘れられていた。後天性免疫不全症候群という名称に私は心を留めて、エイズという略称を自分では取らなかった。

その好況の崩れ出したのとほぼ時期を同じくして、まだ湾岸の戦争が終れば景気に浮揚力がついて軟着陸は可能だと言われていた春先のことだが、私は五十日の入院の憂き目を見て、退院後一年ほどは街に出ても、とにかくまっすぐ歩くことに注意を集めるのが精一杯で、ある晩などは何年も通い馴れた、交差点からすぐの大通りに面した二階にある酒場で人と待ち合わせたところが、近くまで来て俄に見覚えが消えて、方向感覚も失せて、交差点の角から角へと半時間もうろつくという、そんなありさまだったが、ようやくあたりを見まわす余裕も出てきた頃に地下鉄の中で、例のずるずると前へ滑り落ちそうな腰の掛け方がすっかり影をひそめているのに気がついて、不況と停滞がいっそう深刻になっているように伝えられた頃でもあったので意外に思った。

あの何年か、私は井斐に会っていない。年賀状のやりとりはもとからなかった。五十なかばの無沙汰はそれきり一生の疎遠になりやすい。二十歳前から絶えそうで続いていた付合いだったが、さすがに間伸びして尽きることになったか、と私ももう過去の知人の列に加えていた。ところがまたしばらくして井斐から電話があり、三年ばかりの外国暮らしから戻ったばかりだということで、最後に会った酒場で待ち合わせることになった。

三十代四十代からの例によってお互いにぽつりぽつりと、帰って来たのを迎える側になる私が外国での暮らしをたずねて、井斐が言葉すくなに話すうちに、身辺に何かあったかな、と私は相手のどこか心ここにない様子に思ったが、考えてみればもともと生活の境遇がまるで違う上に、この年齢で四年も五年も便りが絶えていれば、その間のことを話すにも、相手に通じるかどうか、届くかどうか、距離感が先に立って途方に暮れたようにもなる。商売のほうはもう惨憺たるもので、まるで浮き足立ったその足もとを見られたようだった、と仕事について井斐はそうぼやくだけに留めた。そんなものかね、と私も受けただけで繋ぐすべも知らなかった。顔は最初に向かいあった時にめっきり老けたように見えた。これはお互いさまである。老年の前触れのような面相の内から、幼い頃にはそうだったろうと思われる面立ちの透けて見えたが、これもこの年齢ではあることだ。眉間にときおりけわしい皺の寄るのは、私の知るところでは、国外に出て何年か苦労した人間にとかく見受けられる。身辺の異変なら、高年にかかる数年の内には、誰にでも多少の事は起こる。

ところで、近頃、どうしている、と井斐のほうがたずねたのは、ぽつりぽつりながらしばらく話しこんだ後のことだった。こんな間合いのはずれ方にもお互いに馴れていた。近頃、すこし走るようにしている、と私は答えた。走るって、どうして、と井斐はたずねた。どうしてって、走ると手足の具合いがよいようなので、と私は答えて、手足の具合いがどうしてとまたたずねられ、理由からまたその理由へさかのぼるかたちで、おかしな病気と手術のことまでやや詳しく話すと、井斐は私の眼を見ていたが、いつのことだ、それは、と問い詰めるようにする。病中に井斐が日曜日の冷い雨の暮れ方にわざわざ訪ねてくれた、とそんな夢を夜明けに身動きのならぬベッドから見たことを、私は頭の隅でまた訝りながら、去年の春先のことだ、とおおよそに答えると、井斐は手術の日まで確めて、一人で考えこむ様子でいる。何かそちらの身に起こった異変と、偶然の符合でもあるのか、と私が話を待つうちに、しかし低い声で笑い出した。

家の猫だか犬だかが死にましたと、たしか、落語にそんなのがあったな、と言う。死んだのは風邪を引いたので、風邪を引いたのは水をかけられたので、水をかけられたのは家の内で火の不始末があったので、それで火は無事に消し止めたのだろうな、はい、お屋敷まるごと焼けてしまいました……。

順序のさかさまになった私の打明け方をなかなか痛烈にからかったことになり、気を遣う井斐にしてはめずらしいことだったが、笑いが苦《にが》くなり本人の内へ返っていくように私には聞こえて、今の話には間にもうひとつ、火の不始末のことで、奥さまの気が振れて火をつけてまわったので、というのが入っていたはずだがと思い出したが、井斐がわざとはずしたかも知れないので、そのことは言わずにいた。

しかし何だね、と笑いをおさめて井斐は言った。小から大へさかのぼって話すというのも、話しようによっては大小を同列に置いて、元の大を大した事でもないようにしてしまうところがあるな、陽気とはそういう勢いのことかね、尽きて見ればわかるというやつか、と声は沈んでいたが、顔からはさっきまでの翳が晴れていた。あなたの場合は大患から無事に戻ったのだから別の話だよ、と気を遣った。

朝の飛行機の窓から、高度のもうだいぶさがった頃、山間《やまあい》の集落から火の手のあがっているのが見えた、と話したのはその続きではなくて、もう腰をあげる間際のことだった。窓側の客たちも気がついていないらしい。気がついていても機内で火事だと声をあげるのは憚かられる。地上が手に取るように見えるばっかりに、宙に吊された気持になる間が着陸の時にはある。エンジンも停まったように感じられる。空の上からにせよ、たまたま目撃した者には、その事にたいして責任を負う、と変なことを考えた、と言う。

そうしたら、といきなり続けた。空港に降りて荷物を取ってもう閑散としたリムジンの停留所に立っていると、海外旅行の帰りらしい老夫婦がトランクを積んだ車を押してやって来た。品の良い老紳士風だけれどなんだか猿のような面相が浮いているな、と眺めて相手が見返すようにするので目をそらしかけた時、その御亭主がふっと前へ進むのをためらったかと思うと崩れ落ちた。奥さんが屈みこんで助け起そうとする。御亭主の手がわなわなと震えて、奥さんの手ではなくて袖の、肘のあたりを摑もうとしてははずれる。その縋りつこうとする手の動きの、切迫がある境を超えた時、奥さんの顔に怯えが走って、腰が逃げた。二度にわたって、袖を摑んだ手を振り払おうとした。まもなく警備員が駆けつけて、救急車が呼ばれた。

平然として見ていた、と驚いたのはリムジンの走り出した後になる。実際にはリムジンの近づいたのも構わず空港の建物の中へ走って近くの警備員を呼んだのは自分だった。それなのに、その足でゆっくり間に合って、騒ぎをよそにバスに乗りこんだ自分が今になり、役目を見届けてその場から去るところのように見えた。

まるで死神の手先だ、と笑った。

その井斐の一周忌も過ぎた。あるいは法事に招かれることもあるかと思っていたがその案内もないので、ちょうどその日に間に合うぐらいに仏前に簡単な手紙を添えて、郵便局まで足を運んで送った後でほっとしたところを見れば、気にはかかっていたらしい。呼ばれれば、自筆の絵図を名指しで遺られた手前、行かねばなるまい。例の寺で法事が行なわれるものなら、ついでに野川の道を歩いてみるか、と心も多少動いた。和尚と話せば、初めに井斐が寺に立ち寄ったか、門前で和尚にたまたま出会って声をかけたか、その経緯も聞けるかもしれなかった。しかし近頃何事につけても日数を繰るのがめっきり面倒になったくせに、仏前をあまり早く送ってはなまじ思い出されて折り返し案内の届く惧れがあるように、その間合いを測ってもいた。

出無精というのは、行かずともよいところにはふらりと行くくせに、行かねばならぬところには呼ばれても、とりわけ気の向かぬことはなくても、いざとなるとどうしても足が向かない、そんな頑是《がんぜ》ないようなところがある、と昔年寄りが話していた。しかし、呼ばれもしないのに、逃げたという後味が残った。案内はたぶんもう来ないだろうと思った頃からかえって意識のどこかに、逃げ足がついたようだ。井斐の娘に会えばどうしても、私に遺贈された道案内の絵図の話になる。娘はまた夢語りのような声になり、孫の手を引いて土手道を行く父親の、実現しなかった光景を、偲ぶかもしれない。同じ光景を目に浮かべて、うなずいて聞く。娘の誤解をただそうとするのは無益なことだ。いや、娘の思うほうがただしい。

しかし娘の話を聞く私の内から朝の土手の一本道が伸びて、幼い井斐が母親に手を引かれ、遺体の道々転がっていたあたりをもうだいぶ後にして、とろとろと半分睡りながら行く。大空襲明けの煙塵の中からようやく澄んできた日の光の中で、母親は菫の花咲く頃の唄を口ずさんでいる。そのはるか行く手に、いつか暮れ方になり、井斐が朝の土手の子供の、幼い自身の手を引いている。この子を静かに死なせてやらなくては、と不憫そうにする。その井斐の声が耳に聞こえるようであっても、絵の中で孫の手を引いてくれた亡父を思う娘の心を、間の悪さも見せずに受け止めることは、この年ならば、できなくてはならない。しかし物を思う若い女の声は、聞く者の心をわずかな間、遠くすることがある。折りに合えばさまよいやすいのは年寄りの心だ。

子を抱いて坐る若い母親の前でもしもまた、およそ無縁な、蒼いように光る結い立ての島田の頭《かしら》が見えたとしたら、ノーエ節をもう惰性で囃す、陽気も掠れた座の顔がまわりに現われ、そのはずれから例の男が振り向いて、いよいよ物を言いかかる。

徴《しるし》がひとつ出たらもうそれまでだ、檻の落とし戸がパタンと降りる、また、そういうのが徴というものだ、と手術から二年も無事に過ごしている人が言っていた。検査の結果のこともあるだろう、医者の話す言葉のこともあるだろうが、そういうものは考えればどうとも取れる、だから、どうとも取れない、徴は本人がじつはとうに自分で感じ取っているものだ、と言う。感じていて悟らない。当たり前だ。もともと知っていることこそ、悟りようがない。それだもので、徴を外に見ようとする。自分から求めて、熱心なものだ。求めなくても徴はいくらでもある、何でも徴になる、なにせ、本人が先刻、知っているんだから、と声をひそめた。徴のほうが、見られるのを待っている、笑いを噛み殺して、と言って自分で笑った。病人は疑い深いというような、そんな段階の話ではないよ、と断った。何が不足で、見えないんだ、とそれから妙な問い方をして、自問らしく、一人で考える様子になった。徴は人ひとりのことに、まだ生きていようと、もう死んだ後だろうと、関心もなさそうだからな、笑いを嚙み殺してと言ったけれどじつはそれほどの親切心もない、とあまりあっさり拒まれて気楽になって帰って来たような顔をあげた。

半年ほどで亡くなったが、あの人もその一年ばかりは、夜昼かまわず、ふいに自転車に乗って家を飛び出すことがあったという。まるで家の中が気詰まりになった中学生の男の子みたいなのですよ、別に何かあったわけでもないのに、と一周忌の席で奥さんがむしろ懐かしそうに話していた。夜も更けた時には奥さんもさすがに放っておけなくてもう一台の自転車に乗って後を追う。と言っても姿はとうに見えなくて、見当がつくわけでもなかったけれど、勝手みたいに近所を走りまわるうちに、何処へも行けないもののようで、公園の暗がりなどから、誰を探しているの、おばさん、と声がかかる。ベンチに大きな態度で腰をかけている。御亭主ならいまさっき往生したよ、俺はとりあえず悔みに駆けつけたところだ、一杯やりたくなった、などと言う。縁起でもない冗談だけれど、声があまり陽気で、顔もサバサバしていて、それに日頃から、深刻なはずのことでも笑い飛ばしてしまう人なので、奥さんもつい、それは御愁傷さまでしたね、夜遊びのお仲間がいなくなって、と冗談を返す。何事もなかったように一緒に帰って来る。

奥さんの自転車を先に行かせて、御亭主は後から漕ぎながら、おい、また太ったな、サドルが泣いてらあ、などとのべつ幕なしにからかってくる。奥さんももう馴れて達者になって間髪を入れずに切り返すうちに、背後で声が絶えて、ついて来る音はするけれど、何度でも騙されて振り返りそうになると、それを狙っていたように、いましがたの角で、野郎、すいと折れて逃げやがった、といまいましそうに言う。

自転車に乗って家を飛び出すが俺の健康法、つまり養生だ、とそれが日頃から言いぐさだった。健康法なら決まった時間に決まった距離だけ走ってくればいいのに、と言われると、それは養生の過ぎるというものだ、それにその、決まったというやつが、からだに良くない、とさからう。夜の公園のベンチにぽつんと坐って、まさか言い寄られることはないでしょうけれど、退屈じゃありませんか、とたずねると、退屈どころか、心を澄ますと故人たちが、もう過去の衆生という顔になって寄って来るので、忙しくてしかたがない、すこしは一人にしておいてほしいよ、とこぼして見せた。なかには、まだ生きているのも忘れて、亡者に混じって出て来るそそっかしいのもいてな、と呆れ顔をする。

再入院のベッドの中でも、昏睡から目を覚まして、いま自転車に乗ってひとまわりして来たけれど、何も改まっていないな、大変だ大変だと騒ぎながら七年も八年も何をやって来たのだ、と平静な声で言って水を求めたという。今から五年前のことになる。ちょうどその頃から年々、五月も連休が過ぎて初夏の陽気になると、三十年来の習いで正午前に散歩する私の眼に、並木路のベンチに自転車を停めて坐りこむ高年の男たちの姿が目につくようになった。いきなり自転車に乗って家を飛び出す中学生みたいだとは奥さんもよく言ったものだ、と眺めた。自転車で着くところを目にすることもあり、なかなかの勢いで漕いで来て、その勢いをゆるめずに恰好のよい弧を描いて並木路に入り、そのまま先を急ぐように見えて、空いたベンチの前にぴたりと停める。そこまではまさに仕事の流れだが、ベンチに腰をかけたとたんに、忿懣やる方なげな様子になる。肩で息をついていることもある。家で何事かあって飛び出してくることもあるのだろうが、同じ場面を何日か続けて目撃したところでは、為ることがまたいきなり尽きて時間が停まったことへの、忿懣であるらしい。それでも自転車を置いて並木路をぶらつくということはたいていしない。ベンチからあたりを見まわすということもすくない。そんな閑人ではないという構えが見える。そのうちに、やや暑い日だと、これもいきなり、ベンチの上に寝そべってしまう。まわりの空気に融けてとろとろするふうでもなく、目を固くつぶって、時には目の上に腕を肘のあたりまで押しつけて、あたりを拒むように、遅々として進まぬ時間に堪えるように身じろぎもしない。いくらも経たぬうちに、思わず時間を失ったという様子で、急いで自転車にまたがって帰って行く。

あれはまだ新参の内だ、と初夏の来るたびに眺めるようになった私自身もその間に年を取って、世の活動からはずれて何もかも一身に投げ返される境遇の、以前から多分にその気味はあったが、いよいよ古参みたいなものになってきたらしい。ひと夏ふた夏は家を飛び出して来た少年の面影が保たれ、人の通る前で寝そべる姿にも家のことも世間のことも構まいつけぬ太さが出てくるまでになるが、それから寒い季節を置いて半年ぶりほどで現われると、いつか全体がしぼんで、肩が傾《かし》ぎがちになり、老いの痩せの面相が露われている。やがてまた姿も見かけられなくなったかと思うと、ある日、見たこともない老人とすれ違う。鏡がそばを通ったことに、遅れて気がつく。

井斐の一周忌が過ぎて十日もして、去る者は日々に疎しというような安易の気持にいまさらなった頃、もう梅雨の近づきを思わせる蒸し暑い曇り日の正午前に、野球帽にデニムのチョッキにジーンズという、近頃高年によく見かける若造りの出立ちで並木路に自転車を乗りつけた年寄りが、前の籠に何やらこまごまと詰めこんだ物の中をもどかしげに掻き回しているので、途中で買ってきた弁当でも取り出すのかと思ったら、ベンチに腰を降ろすや「携帯」を使いだした。背をまるめて眼を近づけ、震えるような指でたどたどしく動かして、メールを送っているようだった。その前を通り過ぎて半時間もほかを回って並木路に戻ると、まだやっている。その顔つきがいよいよ熱心、という以上に、悪い手順へずるずると引きこまれていくような色が見えた。停年の後で知り合いのところへひとわたり電話をかけて、迷惑の一巡をやってしまったらしいよ、と苦笑していた人がある。プッシュボタンを押す自分の指が、なんだか険悪なように自分で見えて、相手にされていないことを悟った、と言った。亡くなったあの人は、夜のベンチに一人でいると死者たちが寄って来るので、忙しくてしかたがない、とこぼした。おそらく奥さんとのもう馴れた掛け合いみたいなものの内のことで、お閑になったでしょうと人に言われて、かえって忙しくなったほどです、と答えた後でひそかに自嘲したことのあるのを踏んで、冗談に虚勢らしきものを張って見せたのだろう。冗談にしても豪気なものだ。まして、生きているのも忘れて迷い出て来る生者とは、まさに生と死との底を抜いてしまったようであり、生きているのも忘れた顔がなんだか見えてくるような気さえして、法事の後の席で腹を抱えて笑ってしまったほどだが、徵をおそれる者にとって危いのは案外、こちらの「亡者」の出現のほうではないか。記憶を横切って去る死者たちは、振り返りもしない。死んでいるということは、あまりにも一途だ。それにひきかえ、もう無縁というほどに遠くなった生者たちは、たいてい振り向きもせず物も言いかけはしないが、去り際に何かをつぶやいた跡のような、際立った沈黙を一瞬残す。聞こえたような跡というものは、徵の入りこみやすい鬼門だ。

古い知人ではなかったか、と並木路のはずれまで来て振り返った。ベンチは無人《から》だった。と見えたのはしかし、年を取るにつれて時折あることで、視線を急に振ると、人の姿ほどのものでも、視野の中央あたりから一瞬、落ちる。いや、そんなことでもなかった。遠近を取っ違えてふたつも手前のベンチに目をやったまでのことだ。例の男は一段と深く「携帯」の上へうつむきこんで格闘の最中だった。雨が降り出した。

森の中

主人《あるじ》はたいてい識らず、夜々、まるで森に埋もれた暮らしではないか、と梅雨の夜中に仕事部屋を出て居間の表に立っては呆れている。十一階建ては百二十一世帯の集合住宅の、二階のテラスからの眺めである。建ってからそろそろ三十五年になり、当初に中庭のあちこちに植えた樹が、貧相で殺風景なものだったのがその間にさすがに生長して、十年ほども前から夏場の雨の夜にはなにやら鬱蒼とした繁りを見せるようになった。闇をふくんで樹冠と樹冠が重なり、中庭の大部分を占める駐車場を隠す。雨に打たれる木の間から向かいの棟の灯が顫える。土の匂いが昇る。昼間には何ほどの繁りとも見えないので、忽然と湧いた森のように感じられる。場違いの閑寂さである。俺の知ったことか、と背を向けることもある。

机の隅の埴輪の馬は表の露けさを知り顔だが、もともと、年がら年中、そんな面相をしている。森も更けましたので、いい加減にして出掛けますか、と催促するでもない。

われわれは夜を渡る汽船の中で暮らしているようなものだ、と同じ棟に住まう人が言った。三十年近く昔のことになる。するとその昼間はそのつど、どこぞの無縁の港に停泊していることになりますかと受けると、苦笑していた。まもなくその人はここから越して別の汽船に乗り換えることになり、先年そこで亡くなった。島に生まれ育った人だった。

夜の底をゆるやかに流れる河が、際限もない闇を吐く。古代の詩の伝える冥界の様子である。冥界であるからにはもともと闇の支配する境であるはずなので、闇から闇へ、闇を絶え間なく吐いていることになる。こうなると闇もなかなか、光の欠如というようなものではない。それ自体生成するなら、無際限とは言いながら濃密が極まって、蛤の吐く蜃気楼ではないが、生命を孕むことにもなりかねない。それにしても、水の上に神の息が漂ったり、混沌から大地と奈落が生まれると早々に愛欲が現われたりするのと違って、何者が干渉するでもないので、世話はない。いや、世話はないなどと言うのも、誰かの立場である。誰の立場もない光景のはずだ。

闇夜に川から白い靄のような、光の立ち昇るのを見たことはある。川霧ではなくて、たしかに光だった。微かながら、時折、はっきりと照る。しかし周囲の闇とは一向に、没交渉だった。川面すら照らさない。闇をすこしも破れない光とは、徒労だと眺めた。ついでに、そんな光も呑みこめない闇も、徒労だと思った。若いだけに考えることが豪気だった。徒労感のうちにわずかな、主《ぬし》もないような自足が点じた。

鼻をつままれてもと言われるような、すぐ鼻先から闇に籠められた夜に、草むらに向かって用を足したことがあり、股ぐらを探る手もともおぼつかぬほどなのに、やがて定まった放水の弧がひとり白く光った。闇に呑まれず闇を排さず、人も知らず草むらも知らず、時もないように宙に架かって、まるで銀河だった。弧が絶えると闇はひときわ濃くなった。だいぶ離れた川の音が伝わってきた。闇とは本来、生まれたてには、白いものなのではないか、と考えた。

闇の道を向こうから来る人の、足音の気配は感じているが、姿形までは見分けられぬ距離から、輪郭が一瞬くっきりと際立つ。闇の内からまた闇が現われた印象を受けるが、あの輪郭の鮮明さは、人体も折々に発光するのではないかと思われた。相手の身体が、こちらの接近に気がついた瞬間、引き締って蛍光物質のようなものを肌から吐く、あるいは磁気のようなものを放つ。こちらも同時に光る。遠隔からの相互作用でもあるか。その瞬間が過ぎると相手の姿はまた闇の中に塗りこめられるが、お互いにすぐそばまで来て、今晩はと声を掛けて顔をのぞけば、すでに見たどころか、昨日今日の面相ではない。人をひそかに葬って来たどうしがすれ違ったような、うそ寒さが遠ざかる背に遺《のこ》る。
——なかには、まだ生きているのも忘れて、亡者たちに混じって出てくる、そそっかしいのもいてな。

ある夜、テラスに立って見せかけの木深さにまた首をかしげるうちに、故人の声が聞こえて、亡者紛《まが》いの粗忽な顔も見えるようで、一人で笑い出した。墓場の下から笑い声が立つので、何事かと怪んで人にたずねたら、あれは百年前に聞いた冗談にいま合点が行って顎を震わせているところだ、とそんな話を思い出すと笑いはさらに止まらなくなり、どこぞのくぐもり声と共鳴するようでもあり、今夜はどういう気象の加減だか、見せかけの森の底に、見せかけの河が流れて、白い靄が立ちこめている。しかし、故人の冗談を未亡人から聞かされたのは本人の一周忌の法事の席であり、一種会心の感に打たれて場所柄弁えず私が腹をかかえた時には、冗談の主はもう一年も、死んでいた、とおかしな数え方をして笑いは止んだ。人が何年死んでいるとは、言葉としては成り立たないこともないが、百年目に地の底から笑い出すのよりは、考えてみればよほど難題だ、とこだわった。

それに、生きているのも忘れてと言うけれど、ひさしく便りが絶えていれば、はたして存命かどうか、わかりはしない。年々の賀状から賀状の間でも、知れはしない。夢枕に立たれたのがじつは亡くなる一年も前のことで、その間に一緒に酒を呑む機会もあって照れくさかった、という話も聞いた。誰は生きていて、誰は死んでいる、と考える根拠はつまるところ、自分は生きているということの自明さにしかない。しかしもしも、自分は生きているが死んでもいる、と自分で見えたとしたら。死者も生者も、ここまで来れば、大差はないことで、幽明を取っ違えるのも格別に粗忽ではない。故人の笑ったのはそこのところではなかったたか。

わたしは死んでいるとは、そう言うわたしも無いはずなので、いよいよ難題である。もう何年死んでますか、とたずねられても、まさに答えようがない。

死者の圧倒的な多数を肌身に迫って感じさせられる境はあるのだろう。無数の人間の死後を、自分はまだわずかに生きている。際限もない闇の中の一点の灯ほどの存在になる。何処に照ると言うのも、揺れていると言うのも顫えもしないと言うのも、徒労か恣意である。すこしは一人にしておいてほしいよ、と故人は言い放った。ところが、生者までが迷い出て来る。粗忽を咎められて、いえ、わたしも死んでいるので、と言訳したとしたら、これは笑える。わたしは死んでいるとは、死者はけっして言わない。

身近に暮らす者を、すでに自分のいなくなった後のように、眺めることはあるのだろう。死んだら何も見えないはずなので、死者の眼で眺めるのは、まだ生きていることの、何よりのしるしである。俺はもう死んでいるんだよ、と断《ことわ》っておけば、話のやりとりはかえって、お互いに打てば響くようになるとも考えられる。男女の交わりこそその極致には、お互いに死後か、あるいは生まれる前になるか。

しかし同じく無数の生者にたいしては、その苦楽はおろか、その時もその存在も知らず、人は死んでいる。その限りで死んでいる、と言うべきところだが、あまりにも広範に死んでいる。自身こそ際限もない闇のようなものだ。知己にたいしても、消息がなければすっかり忘れて、意識の光も射さぬ真っ暗闇だ。死んだら死んだという意識もないと思ってはうなされるくせに、大勢の生を平然として死んでいる。生きながらに、あらかた、死後にある。その死後へ知己がたまたま迷いこんで来て、わたしも死んでいるんで、とあやまっても、それはお互いさまで、といたわるよりほかにない。
亡者の迷い出るのにそうも劣らぬ、長い道をやって来たはずなのだ。

人の訃音に触れるとふっと息を吹き返した気持になる、と年寄りがつい洩らしたのを若い頃に耳に留めて、ずいぶん勝手なことを言うけれど、これが現実の露骨なところなのだろうなと思ったが今になり、息を吹き返したというからには、それまで自身が死んでいたような心地がしたという意ではないか、と思い直した。井斐の娘から手紙が届いて、父親の一周忌に私の送った仏前への礼を述べたのに続いて、その一周年のひと月ばかり前に母親も亡くなったことを報らせた。父親の法要は遅れて母親の四十九日を兼ねることになり、私の送った仏前は二人併わせて供えさせて頂いたとあった。なまじ思い出されて法事に呼ばれることをおそれ、仏前を送る間合いなどを測っていたのは、これこそ知らぬが仏の口だった。父親を亡くした後に母親になり、母親の葬儀を、子を抱いて見まもることになるとは思いも寄らないことでした、と結んだ文を読み返してみれば、わずか二ヵ月ほど前に比べても、古風なところさえ見えて、人の親の手になっていた。しかし長い追伸に、もしも生前の父から何かお聞きになっておられたらとあって、祖父の、井斐の父親のことを問い合わせていた。

井斐の父親は、追伸によると、昭和二十年の四月の十三日に亡くなっていた。三十八歳で結核だという。私の聞いていないところだった。井斐は戦時中に父親を亡くしたと話しただけで、三月十日の大空襲の時の話にも、それ以前に本所から「疎開」して移ったという荒川のだいぶ上流の、土手の風の走る町での暮らしの話にも、父親の存在らしい影も差さなかったので、私は井斐の父親が亡くなったのは戦時中でも、空襲がまだ本土に及ばぬ頃と取っていた。年齢も、戦死か病死かも、たずねなかった。

いや、本所から移った時のことを、女ひとり子ひとりだったので、とたしかに井斐は言っていた。三月十日の大空襲明けの朝に母親が本所に残った姉の安否をたずねようと子供の手を引いて出かけた話をした時にも、あそこも女ひとり子ひとりだったもので、と言ったはずだ。

ところが井斐の娘の書くところでは、人の世代がそれぞれひとつ繰りあがっているので読みはじめにはちょっと惑わされたが、井斐は母親と二人きりで父親の最期を看取った時のことを生涯、心に遺したようだったという。父親の息を引き取った夜にも大きな空襲があった。仏さまを送ることも思うようにならなかった時代だったそうで、まる一日、間を置いて、明日はどうしても棺を出さなくてはならないという夜にも、遠くにまた空襲があった。どちらの夜も西のほうの空が赤く焼けて、近くの土手に沿って嫌な風が走って、二人して息をひそめていたそうです、とあった。

三月の十日以後に、何か事情があり、たとえば父親の入っていた療養所が時代の不如意で立ち行かなくなり、病人を荒川の土手の下の町に引き取ったのだろう、と私は思った。考えてみれば、三月十日の後ではあの大被災地の周辺が、東京では安全な土地になった。娘の言う空襲のひとつは、私たちが防空壕の底で眦決して冷飯を掻きこんだ夜になる。暗闇の中で女たちの顔が蒼く浮かんだものだ、と感慨めいたものも起こったが、誰にたいしてか、誰のためにか、早急な言訳に走っているような、落着きの悪さがあった。

井斐はその時の事を娘には話さなかったが、娘の母親には結婚に踏み切る前に、自分の中にいつまでも変なものがあるように感じてこだわられても困るのでと言って、仔細に打明けたらしい。母親も娘に成人した後も伝えず、父親の亡くなった後になってわずかに、父親の子供の頃にそんな悲惨な事のあったことを洩らしただけで、そのうちに気持が済んだらと言って、立ち入ったことは話さなかった。娘には聞いて思いあたる節がひとつだけあった。父親がもうとろとろとまどろんで過ごす時間の長くなった頃のこと、午後から母親に代わって病院に詰めていると、父親は目をひらいて、傍にいる娘の顔を不思議そうに眺めていたが、だんだんに気がついてきたようで、なんだ、お前か、と笑った。俺はいま親父になっていたよ、お前の祖父さんだが俺よりはもうはるか年下だ、その親父の身になっていながら、親父には娘はなかったはずだがと不思議がっていたよ、とまた笑った。とうとう追いついたな、とそれから言った。安心した顔つきに見えた。それきり口をつぐんで大儀そうになったので、娘は何もたずねなかった。お父さんはお祖父ちゃんのことで、最後にようやく、心が降りたみたい、と母親は後に言った。考えてみれば、お祖母ちゃんは戦争の頃、今のあなたと同じぐらいの年だったんだわ、と数えていた。父親の一周忌も過ぎたら、もっと詳しい事情が聞けるのだろう、と娘は思っていた。

ところが、その母親も亡くなった後に、さびしい時間があって、父親の日記をまためくっていると、日記と言っても病気になってからその日その日の調子を一行ぐらいに書き留めるようになったそれ以前は飛び飛びで、月に一日しかないこともよくあるが、娘の生まれる頃から始まって三十何年、絶え切りにならずに続いているその中に、ところどころ、私の名前が見える。ある日の記に、父親が現われた、とあった。平成三年とあるので五十四になる年で、外国に単身赴任中にあたるという。井斐の父親は四十の手前のはずなのに青年の姿をしていた。そんなに若かったの、と井斐は呆れていた。ところが、お互いに黙って向きあううちに、二人の間で年齢が幾度でも入れ換わる。父親が年上になり息子が年下になり、これは当たり前になったかと思うと、また逆になる。それだけでない。一人が年寄りになると、一人が小児になる。さらに一人は死後になり、一人は生前になり、これではどちらも同じことではないか、と頭では思うものの、父親と向きあっていることには変わりがない。井斐はなるがままにまかせて、年上になったり年下になったり、老人になったり赤児になったり、こちらのほうが死んで何十年にもなっていたり、それですこしも困った気持はしなかったが、ひたむきに無言の父親の、その沈黙の力を受けていた。あの沈黙は夢ではない、と結んであった。それから私の名前が出て来て、あの男には伝えた、と書き添えてあったという。

肝腎なことが耳に入っていない、話し甲斐のないことだった、と咎める声が井斐の娘の手紙を読み返し終えると聞こえた。思わず悪びれた心に、井斐が父親の最期のことを、言葉をつつしみつつしみ話したことがあったような、その声が階下の宴会から昇ってくるノーエ節の、破れかぶれの景気に掻き消されがちであったような気もして、部屋のすぐ外の、狭くて急な階段までが浮かびかけたが、話す井斐の顔が見えない。話を聞いていれば忘れるわけがない。朝の土手道を母親に手を引かれて帰る子供の背を、その子の手をまた引いて行く後年の井斐自身の背を、もしや何か聞こえはしないか、と遠くまで追ったが、やがて疲れた。年の疲れを覚えて目を逸した。何も聞いていないはずだが、かりに思い出したとしても、その間隙を繋いで全体へ順々に及ばせるには、自分の今の記憶力は脆くなっている。かえって順々に崩れが及ぶことになりかねない。

一週間と置かず井斐の娘に返事を出したのは、私としては迅速なことだった。型通りの悔みを述べた後に、お祖父様のことについては戦時中に亡くなったということのほかは何も聞いていませんでした、と書いてそれだけで留めかけたが、責められている気がして、大空襲の明けた朝に、母子で本所の御親戚の安否をたずねに出かけたところが途中から、被害状況のひどさに驚いて、引き返してきた、という話は聞きましたと、これもそれだけに控えた。最後に、われわれの世代はおしなべて若い頃から、友人どうしでもお互いに相手の家や親のことをたずねないという、妙な癖を持ち越したようですと結んで、嘘はないだろう、とわざわざ自分に念を押した。

その足で深夜のポストまで出向いた。投函する時に、まずいことを書いてしまった手紙こそ、早く投げこみたがる、と制止の声がして、最後のところが蛇足というより、だからたずねるな、と目を剝いているようで悔まれた。露わに話すよりも露わになった気がした。しかし知らないことは、知らないので、露わにもなりようがない、と振り払った。

戦後二十何年もして生まれてきた世代だから、下町の空襲も山の手の空襲も、前後がわからないだろう、と姑息なことを考えた。

年寄りは眠るが大事、安眠が仕事、と寝床に入る時に、どこの年寄りから聞いた文句やら、つぶやいていた。灯を消して横になるとそれでも、井斐の口から父親の話はほかに何も、何ひとつ聞いていない、ともう一度、さらおうとした。しかし記憶にない、その無いということを確めるほど難儀なこともないといまさら思い知らされた。空無からさらに空無へ、そのはてしないこと、自分の死後を思うのにおさおさ劣らない。死後のことならまだしも、思う自分も無いということで思考停止になるが、記憶はなまじ、記憶にないと決めたところでそう決めた主体が無くなるわけでないので、生殺しみたいなものだ。死んだ後まで考えていなくてはならないほどのものだ、と堪忍がならなくなった頃、筑波の山に、四六《しろく》の蝦蟇《がま》ではないけれど、蝶の珍種の、棲息していることの証明は、棲息しているものなら、困難のようでも一匹見つければ済むことだが、棲息していないことの証明は、果てがない、と知人のいつか話したことが唐突として思い出されて、噴き出したはずみにおめでたいようになり、眠ってしまった。

どこかで男女の交わる気配を感じていた。これを寝床の中から哀れと聞いていた井斐はとうに死んでいる、では、誰が聞いているのか、と考えた。内山ではないか、としばらくしてまた考えた。内山は下宿の女主人と交わりながら、誰もいない家の中で人の交わるのを、聞いていた。部屋という部屋からその息が廊下を伝う。抱かれている女はどれも、自分のいま抱いている女だ。抱いている男はそれぞれ、誰だったのか。女も内山に抱かれながら、息が走りかかると眼を細く開いて、廊下に沿って耳を遣る。いまここで、誰に抱かれていたのか。大勢の交わりを、二人で交わっていたようなことを内山は言っていた。大勢とは生者たちか死者たちか、死者生者ひとしなみか、たずね損ねたが、二人こそお互いに、交わっているかぎり、死後にあったのではないか。徹底して二人きりになるとは、大勢の交わりを交わるということか。生きながら死後に就くとは、二人きりの、相互の間でしか成らないことなのか。

井斐が寝床の中から家のどこかで男女の交わるのを耳にした時には、その家の中にすでに客たちが集まって、井斐の眠る部屋の中を黙って出たり入ったり、忙しそうに立ち働いていた。まるで井斐の通夜の仕度だが、その井斐自身が主人役《あるじ》であるようにも聞こえた。客を呼んでおいて主人は仕度も接待も客たちにまかせて、自身は慎しんで別室に休んでいるのが習慣に適った、そんな寄合いも実際にあったのか。客たちは川上から土手道を急ぎ足にやって来て、つぎからつぎに絶えず到着するのに、家の内は一向に込み合わなかったというところでは、やはり死者らしい。その客たちが、女の声が洩れると、仕度の手を止めてその部屋の隅に控えた。やがてそっと床のまわりに寄るようだった。これは供養でないか。生者の愛欲の業を死者たちが憫《あわれ》んで、生きながらに供養する、ということもあるのか。

客はどこの誰たちなのか、どういう縁なのか、何のつもりか、俺はかまわず自分の寝息を聞いていた、と本人は午後も深くなった蕎麦をうまそうに喰っていたその箸の手を休めて笑っていた。

寝息はいよいよ佳境だ、と細長い店の玄関の格子戸の片隅に足を伸ばした西日へ、まぶしそうな眼を遣った。

雨の降りしきる暗い朝に目を覚ましかけると、茶の間のラジオから、「尋ね人」の声が聞こえた。戦争で行きはぐれた家族や縁者の、まず名を呼びかけて、消息をたずねている。心あたりのある人はどこそこまで連絡してください、と結んで次へ移る。事柄が事柄だけにひそめ気味の声だが、これで再会の望みがつながりそうな、無縁の人の事であっても、聞く者の心をはげますところが口調にある。心あたりということが雨の音の中を、大勢の間へひろがっていく。テレビの声だとやがて気がついた。何の番組だか知らないがいまどきのテレビの声がもう六十年近く隔たった終戦直後のラジオの、しかも「尋ね人」の声に聞こえるとは不可解だった。しかし戸の隙間から言葉はわからず影ばかりになって伝わる声へ耳をやっていると、安楽に喋っている声でも何かのはずみで、口調だけがわずかな間、人の安否をたずねる声と、重なることはあると思われた。人の声も本人のものとばかりかぎらない。

一階の小屋根の上にドラム缶ほどの貯水槽が載っている。そこへ下から手押しのポンプで地下水を汲みあげる。満で八歳にもならぬ子供にとって、はてしもない作業だった。梅雨時のことだ。もともと水の豊かな土地で、台所の土間の水槽には四六時中湧き水が落ちて、家々の前の溝には清水が流れて魚を泳がせているところもあり、防空壕もすこし深く掘れば底から水が染み出してくるというのに、流しの蛇口までは水が上がらなかったものか。祖母と母親と女学生の姉と、子供のほかは女世帯だった。子供は栄養不良気味で身体がだるくて、畳の上にぐったりと寝そべっては厳格な祖母に叱られていた。その上、水が合わないせいだと大人たちは言っていたが、のべつデキモノをこしらえた。ちょっとした掻き傷が深く膿んで、腋の下や脚のつけねのリンパ腺を腫らし、血が濁ったように、熱を出した。生まれつき内輪気味の足を引きずって歩いていた。

小さな城下町だった。壕端を横へ入った小路に家はあった。小路の両側には町家が軒をつらねて、戦災には無縁の顔をしていた。毎夜のように熊野灘から、あるいは紀伊水道から進入した敵機の編隊が上空を通り抜ける。警報のサイレンが鳴っても、人は湿っぽい防空壕に入らない。昼間に家の「御隠居」の機嫌をうかがいに来た客が茶の間に坐りこんで、名古屋や阪神方面の悲惨な様子を噂話に伝える。敵がどの方角からどの方角へ向かえば目標はどこそこだ、と仔細らしく説明する客もいたが、この無害な町が焼き払われるとは誰も思っていないようだった。東京で遠い近い空襲に再三脅かされた末に目の前で家を焼かれてこの土地へ逃げて来たばかりの子供が別の部屋から耳を遣っている。ここも無事に済むわけがない。焦土作戦という言葉は知らなかったが、子供心にそう考えていた。

祖母や母親につれられて小路を行く時に、あまりにも閑静な、あまりにも無事なあたりの様子がかえって火を呼びそうで恐くなり、肉親の手を振り切って一人で駆け出したくなることがあった。怯えがきわまって泣きも叫びもやらず、逃げ場のない小路を死物狂いに走る子供の影が見えた。時間の経つのがむやみに遅い午後に、祖母の眼を盗んで玄関の並びの小間に腫れ物のせいで熱っぽい身体を冷い畳の上へ投げ出していると、塀の外を通る人の足音がいつのまにか、それぞれ切迫感を帯びて聞こえる。年寄りみたいに陰気な子だ、と祖母はうとんだ。東京から厄災を運んで来た子供のように見えたかもしれない。後の結果からすれば、物言わぬ小さな予言者だった。

三月十日の井斐の母子はやはり、衰弱の進んだ病人を家に置いて逃げたのだろうな、と一週ほどもして、ようやく往生したように考えた。寒風の吹きすさむ夜のことだ。警報が鳴った時にはすでに火の手があがっていたらしい。病人には病人の、絶体絶命の中の、澄んだ判断があったのだろう。荒川の土手を県境の近くまで逃げて、上空の爆音がおさまると同じ道を、炎上の空へ向かってぞろぞろと引き返し、家の界隈の見えるところまで来た時に、道端に腑抜けになったように立ちつくして無事だった町を眺めていた避難者たちの間で、井斐の母親こそ呆然として、とうに焼き払われたと思っていたのに、と恨むようにつぶやいた。そう井斐の話したことが私の内に最後までひっかかっていたが、その時の井斐の母親を想像するうちに、一時の間にせよ鬼の心にさせられたことは、恨むだろうな、と思った。安堵も極度になると、虚脱どころか、絶望と顔つきが変わらなくなる。

病人を家に残してきたと決める根拠はなかった。それらしい話を井斐の口から聞いた覚えは、あらためて思い出そうとしても、やはり動かない。かりに聞き逃がしていたとしても、その痕跡を探りあてるのは、この年齢ではもう無理である。井斐は死んでいる。その井斐から結婚の前に仔細な話を打明けられたらしい井斐の細君も死んだ。井斐の娘も母親から何ほどのことも聞かされていないようだ。井斐の日記に書かれたことは、娘にとってはおそらく、思い浮かべようがない。所詮、顔も知らぬ祖父の死であり、「歴史」に属する。いくら父親の生涯のこだわりに感じても、我身に背負いこむわけにいかない。子供も日々に育っていく。あの男にはその沈黙を伝えた、と日記に書き添えられた一行がわずかに、折れた末端となり私のほうに刺さって残った。沈黙とは父親の沈黙であり、井斐も徒らにそんなことを記したのではないはずで、証人の申請に近く聞こえるが、私の記憶がこのありさまだ。まるで聞いていない、と正直のところ答えるよりほかにない。

見も知らぬ井斐の父親の、細くなった名残りの一端を、井斐のこだわりとして、無縁ながら後の記憶に引き受けることに吝《やぶさか》ではない。こだわりの苦にもよほど鈍くなっている。そ意識もどうせ持続はしない。隙間だらけの空室をしばらく人の宿に貸すようなものだ。その記憶も年々さらに脆くなり、乾いてぱさぱさになり、死んだ井斐にたいしても日々に死んでいくことになるのだろうが、肝腎なことを聞いていなかったことの、せめて申訳にはなるだろう。

ある日、記憶がひとつ、ほかの事に頭を奪われている最中に、ぽっかりと湧いた。すっかり忘れていた事が年月を隔ててあまりあっさり浮かんで、むやみに鮮明だと、記憶ながら外へ眺める。井斐のことではなくて、私自身のことだった。私が井斐に、自分の父親の最期のことを話したのだ。亡くした直後だったので、近況をたずねられれば、自然な話の運びである。四十五の歳のことになる。父親は八十になる年だったので、まず人並みの死別になる。一年近くの入院の面倒も、これもたいてい世間並みである。格別の話もなかった。息子は病人のいよいよの衰弱を小康と取り違えて、ひさしく控えていた旅行の足を伸ばした先の、北海道のもう東のはずれに近い、山からしきりに郭公《かっこう》の鳴くようなところで、電話が入って父親の死を知らされた。最後に親不孝が露呈した、よくしたものだと話すと、孝行者こそとかく親の死目に会えないものだとも聞くけれど、と井斐は言った。

年末も押しつまった頃に寝たきりの病人が家に帰ると言い出すので、なだめすかしていると、その帰る家というのがどうも現在の家ではない。三十年あまりも昔に焼かれた郷里の実家のようでもあるが、ここから車でひと走りだと言う。車とは人力車のことだとやがてわかった、とそんな話もすると、井斐はしばらくして、それは、距離は失せる、遠近もいざとなると、あてにはならない、と言った。

何かを考えている井斐の沈黙に惹きこまれたか、母親は最後まで、家に帰るとは言わなかったがな、と私はその十一年前のことまで口にしていた。もっとも、帰ろうにも、家が宙に浮いていたが、と事情を話すことになった。母親が呼吸困難になった時には、家は中年の子供たちが集まって荷造りの最中だった。家の越す途中で母親は息を引き取ったことになる。翌朝早くから父親と兄弟たちはまた引っ越しに駆けつけることになり、死者《ほとけ》を新居に迎えるためというよりは、掻きまわされた旧居がもう廃屋の様相を呈していたので、ほかに手もないことだったが、かわりに私が死者の守り役をひきうけて、未明から日の高くなるまで、霊安室で一人、遺体と向かいあっていた。

病院の地下室か、と井斐が目をあげてたずねた。いや、昔の結核療養所の流れの、いまどき古風な病院で、病棟の脇を裏門へ下る湿っぽい坂の途中の、藪の端に蒼然と建った、大き目の小屋ぐらいのものだった、と答えると、何かを言いかけて黙った。ざらざらの板床に胡坐をかいて、背をまるめて、渋の染みついた茶碗で酒を呑んでいる自分が、怪しげなものに自分で見えたものだ、と苦笑して見せても、それは怪しい、とうなずいただけだった。

しばらくして、この何年か、同年配の者たちから親の病気のことをよく聞かされる、と井斐は言った。もう何ヵ月も、まとめて眠った夜がすくないと言うのもいる。会社がひけると自宅とはおよそ方角違いへ遠くまで電車に乗って親の病院へ通うのもいる。子供のオムツの換えを手伝っていたのがつい昨日のことのように思えるのに、もう親の下《しも》の世話をしている。親の顔が日に日に何だか、面相剝き出しになっていくようだ、と思いながら家に帰って鏡をのぞけば、自分こそ同じ面相を剝いているという。聞いて大変だなと思う。

しかし、聞いているうちに、自分がじつは何もわかっていないことに気がつくのだ、と言った。聞いてさぞやと同情しながら、ほんとうのところ、何も思い浮かべられていない。真っ白だ。なぜかと考えてみたら、親の看病の苦労を話す人間は、悲惨な状態にあっても、この先どうなることか、と前のほうを見ている。想像とは前のほうへ思い浮かべることらしい。ところが自分にとっては親は後《うしろ》にしかない。背中でしか見えないのだ、とあの時たしかにそう言った。

二人がまた黙りこんだところへ、階下の座敷からノーエ節をがなり立てあう声が昇って来たということが実際にあったとしたら、その破れかぶれの陽気さに感じるほど私の背中がもっさりとまるまった覚えがあるので、おそらく、あの時よりほかにない。

蟬の道

――有明の主水《もんど》に酒屋つくらせて

この主水というのは星の名であるという説を、ある古典全集の内の、芭蕉七部集の「冬の日」の脚注に見たのは、もう十年あまりも前のことになる。先年亡くなった知人も関わった仕事なので目は留まった。晩秋にかかる頃だろうか、有明の空に現われる星だそうで、酒の仕込みを促す、という筋になるらしい。目から長年の鱗の落ちた気がしばしばしたものだ。しかし、星を見て酒の仕込みに手をつけるのを、酒屋をつくらせて、と言うのはやはり無理だと思われた。

もともと、読んだ時にはそのつど会心、腑にまで染みた心地がするのに、考えると判らなくなる付句《つけく》である。有明の主水と仇名される男がまた夜明けに戻って来て井戸端で酔いざめの水を呑んでいる、いっそあの男に酒屋をつくらせてやれ、などと読んで悦に入ったのはまだ三十代の頃のことだが、これは連句の作法上、通らない。「有明の」は第三句であり、発句は芭蕉の、狂句木枯しの身は竹斎に似たる哉、と架空ながら人名をすでに出している。一句隔てて同じ趣向を繰り返すのは、御法度である。それに遠来の客人の、風狂への覚悟を込めた発句にたいして、たそやとばしる笠の山茶花《さざんか》、とまで脇句が迎えたその後で、そんな評判の酒呑みを点じて、酒屋をつくらせるというような酔狂を向かい合わせるのは、失礼でもあるだろう。

江戸の宗匠にたいして地元の名古屋から、才気煥発の、手足《てだ》れの荷兮《かけい》が少々挑んだ、その気味はないでもないと思われたが、有明の主水男のことは惜しみながら取り消した。有明の水の清涼は染みたままになった。後は留保である。何遍でも判った気になり、また判らなくなる。留保を重ねて四十代にも深く入り、何事につけても留保ということがさほど苦にもならなくなった頃、有明と主水と酒屋と、この三語の気韻だけで現に、徹っているではないか、と思った。三語がどう繋がるか、その場の連衆はすぐに呑みこんだはずであり、一瞬の困惑はあったかもしれないが、それぞれひそかに膝を打った、その一座の会心が何百年を渡って谺の切れ端程度にも伝わって来るなら、それ以上何を望むところがある。片づけにかかった、という疑いはあった。

長年腑に落ちきれずにいるという半端さにすでにそれなりの折り合いのついた事柄について、新しい見方のようなものに触れると、物憂いと言うか、面倒臭い気持が先に立つ。目から鱗の落ちた気が先刻はしたくせに、いくら主水星にしても「酒屋をつくらせて」は無理だ、と押しやると安堵らしきものを覚えたものだが、星のこだわりは後を引いた。悪いこだわりでもなかった。有明の道を行くうちに町はずれに出て、山の端に主水星を目にしたとたんに、暗い畑の中から、無いはずの造酒屋《つくりざかや》の、棟が立ちあがる。棟の内から水の音が聞こえて、杜氏職人のすでに立ち働く賑わいが冴えて響き、麴の匂いも漂ってくる。

造酒屋の外孫の考えそうなことだ、とまずは苦笑させられた。母親の郷里の酒屋は杜氏の確保に難儀していてもまだ続いているが、私の知る三代の当主、祖父と伯父と従弟はとうに亡くなった。従弟の出棺は雪の中だった。それにしても、酒屋をつくらせてとは、天体の回転に俄に感じた人間が、地からもそれに呼応して仕込み時の酒屋の棟が湧き上がるのを、見たのではないか。

そんな大した幻想を連句の中に読みこんでしまっては、前後の繫がりはどうなるんだ、とやがて払った。しかし主水とは、あれは「もひとり」と呼んだか、水取りの司のことで、供御《くご》の水や、氷や粥の支度を司る役ではなかったか、と思い出した。若い頃に有明の主水男の究明に辞典を引いたそのあげくに、そんなことを知って何になると封じたところだが、星につれて酒屋の立ちあがる鷹揚さに触れて、解禁の顔つきで出てきた。ついでに水時計、漏刻《ろこく》を管理するのも水取りの司かと思ったところがこれは陰陽寮で、水取りは宮内省、陰陽は中務省、と見込みの辻褄が破れて若いだけにムカッ腹を立てたものだが、星とともに酒屋も迫りあがるようだと、この際、関係官庁の違いなぞどうでもよくなった。水は時であり、時は水である。つまり、有明の主水というようなことだ。

我田引水にも依怙地さより無責任の楽しさがまさるようになった。まだ五十代の半分にも届かぬ頃のことだ。天体のことにはまるで疎くして来たのにいまさら、正体も知らぬ主水星とやらの引力に惹かれる光景を見るとは、一見若い幻想のようで、じつはこれも年の衰えであり、肉体が遠い天体の及ぼす力に負けつつあるのではないか、とも考えた。私の父親は八十にかかり一年近く寝たきりの末、レントゲン写真を撮ると、肋骨の籠がひしゃげていた。気圧のせいだと医者は言った。半信半疑でいたところが、主水星が目に留まってから一年足らずして、私も半月ばかりのことだが寝たきりに拘束される身になり、気圧というものを知らされた。春先のことで季節は違ったが、有明に主水星が迫りあがって来たなら惹かれて立ちあがりかねぬところだった。首をもたげることも禁じられていたが。

また十年あまりの留保となった。片づけようなどという了見はさらになかった。それが近頃、未明に帰るタクシーの中で、酒屋、と言葉が浮かんだ。長年朝帰りには馴れた環状線であり、白みかけた東の空に細った月の掛かるのをしばしば目にしたものだが、年を取るにつれて帰りが早くなり、車から見る有明の月の顔もすっかり忘れている。もしも生涯無事に済むものならもう見ないことになるのかもしれない、と月も星もない梅雨空へ目をやったその途端のことだった。水屋、と続けて首をかしげた。なにやら、姑息な道から攻めようとする様子があった。

産屋《うぶや》、閨は寝屋、と繋いだ。蚊帳は蚊屋、厠は川屋、と伸ばした。魂屋《たまや》というのも本来、どこにあったのだろう。ほかにも例が際限もなく出てくるようで、そこでぱったり尽きた。酔いざめの喉に渇きを覚えた。

つまり、屋とは部屋のことでもあったか、とつまらぬところに行き着いた。別に仕切られた所のことだ。部屋でなくても敷地内の小棟のことだ、とひろげると当たり前のことになり、思案が徒労となった。

しかし、普通の屋敷の内に自家用の少々の酒を造る小棟があったのではないか。「つくらせて」は、こしらえ、仕度のことか。これが毎秋、星を読んであらたに建てる清浄な仮小屋であって、造る酒ももっぱら神に供える用のものだとしたら、好都合ではあるが、決めつけることには飽いた。

私の母親の美濃の実家では大樽の並ぶ酒造の棟の東端に麴室《こうじむろ》があって清浄に保たれ、仕込みの時には炊いた米をひろげた平台の上に、晒《さらし》の褌一丁になった杜氏の若い衆が白木に麻の端緒《はなお》の下駄を履いて上がり、やはり白木の、あれは何と呼んだか、シャベル状の道具で麴と米を掻きまぜると聞いた。そこは女人禁制だという。宗教上の習慣かと思っていたところが後年になり、女性の研究者の手ではどうしても培養できない菌があって、代って若い男の助手や院生がやるという話を聞いて、麴室の女人禁制に合点が行くと同時に、女性の生命力にあらためて感嘆したものだ。

屋敷内の小棟程度の「酒屋」だとしたら、そんな大がかりの麴室ではなかったのだろう。あるいは実際に仮小屋であって、仕込みが済めば、そんなに大樽でもなかったので、蔵の中に運びこんで、小屋を畳んでしまったのかもしれない。男衆の仕事ではあったに違いない。

それにしても、有明の主水に酒屋をつくらせるのは、一体、何者なのか。星が昇る、酒屋の棟が立ちあがる、人物はいない、と嘱目も絶えた光景はたいそう心を惹いた。詩歌こそ死後に立てる、と思わせるほどのものだが、脇句が「誰《た》そや」とたずねて、発句を受ければ、おのずと誰何《すいか》を第三句へ送ることになる。しかし問いを受けて人物を点出させれば、発句と打越しになる。人物をひそませて、表に出してはならない、という難所である。問いを背中に聞き流して先へ急ぐのが第三句の作法なのだろうが、「誰そや」に荷兮はこだわったようだ。

山茶花の風に吹き散る中を、笠を被って行くような人物である。旅人と見立ててはまずい。誰そや、とつぶやくところでは、近辺にこれまであまり見かけなかった人であるらしい。唯者ではない。世を避ける様子も見える。しかし風狂の人としてもまたさしさわる。酔狂の人とすれば発句にたいして礼を欠く。近頃町はずれに隠居所を構えた老人ではないのか。有明に主水星を見たのは、習いとなった寝覚めのお陰か。

風狂も酔狂もとうに超えた境地という、客人の発句にたいする含みはありそうだ。お屋敷に今年の酒を仕込ませたのも年々の行事の内のことで、季節の巡りに従ったまでだ。酒の出来る頃まで、自分はこの世にいるかどうか、知れたものではない、と徒労をむしろ楽しんでいる。自分がいなくなった後も、酒は熟成し続ける。そのふつふつと沸く匂いが主人のいない家の内に満ちる。秋になり蔵から出した新酒を家人や知人が試みて、故人の息のかかった最後の酒だ、と上機嫌に偲ぶ。まもなく有明に主水星が迫りあがり、主人はいなくても、また酒屋をつくらせる。

頭《かしら》の露をふるふ赤馬《あかむま》。第四句へ繋がるだろうか。

梅雨の長びくうちにジージーと幼い声の蟬が鳴いて、まもなく油蟬の震える声に変わり、カナカナも聞こえて、梅雨明けよりも先に、ミンミンも名乗り出た。午睡の中からこのミンミン蟬の声と、相手が故人のつもりで、話を交していたことがある、と話した人がいる。故人が時鳥《ほととぎす》の声になって呼ぶという話はある。蜩《ひぐらし》もどこか恨めしげな声を立てる。ミンミン蟬とは役柄違いのようだが、あの間伸びのした、調子はずれのような鳴き声を故人の声と聞くというのも、悠長で悪い話ではない。しかもその故人というのが四十年も昔に、まだ少女の頃に亡くなった従姉だったという。交す話も幽明境を異にするようなものではなくてごく世俗日常の、どこそこからお中元が届いているけれど、お返しはどの程度にしたらよいか、とそんな相談で、故人に智恵を借りていた。少女期を抜けたか抜けなかったかのはずの故人が、高年の姿になっていた。

故人がいつか年を取っていたということはあるのだろう。年長者は亡くなって何十年経っても年長なので、相応の年齢になって現われる。生前の面影もろくになければ、かえってそれに邪魔されずに、老けていく。生者には徒らに過ぎていくような歳月がむしろ死者の内に熟成して、物の相談のひとつも持ちかけたくなるほど、世故に長《た》けた姿に見える。

夢枕に立つというような現われ方なら、死者は生前の年齢のままに違いない。恨みや心残りがあれば死者は頑固である。その間に長い歳月が経ったという事実を、断乎として拒む。歳月を拒まれて宙に迷うのは、実際に年を取ってしまった生者のほうだ。年を取ったのも事実かどうか、自分で怪しくなる。現在が踏まえ所でなくなれば、死者に責められるなりだ。相談を持ちかけるどころでない。

ミンミン蟬の声に仲立ちされるようでなくては、死者は年を取って現われない。切々として間の抜けたあの蟬の声を道に取ってやって来たのは、お互いの間の歳月を認めたことになる。夏の午さがりに思い立って、春から無沙汰のところへ顔を見せに出かけるのとさほど変わりもない。風の通る部屋で、勝手知って、道々気がついた裾の綻びをつくろっている。中元のお返しのことで相談に乗ってもらったついでに、ところで、もうこの年だから聞くのだけれど、従姉《ねえ》さん、男知ってるの、とたずねる。黙りこまれて、そんなわけはないやね、あの年で死んでしまっては、と取り消すと、さて、どうかしら、生きている人の思いでもあるので、と笑って受け流される。

内山の下宿の表の生垣から二階へ、私が口笛を低く吹いて呼んだ午後にも、蟬が鳴きしきっていた。窓は細目に開いていたが、内山の顔は現われなかった。部屋の中では内山と下宿の女主人がそれぞれ風の通る壁際に坐って向かいあっていた。それまではお互いに寛いで、その八月の初めに同じ部屋であった一度きりの間違いはようやく無かったことにした顔で、昔のこの界隈の物音の話をしていたのに、窓の下から口笛が聞こえると、二人して黙りこんだ。蟬の声の中で動きが取れなくなった。

あの時、私はつぎの口笛を吹くまで長い間を置いたようだ。油蟬の間からいきなりミンミン蟬の、痺れたような声で鳴き出したのに、拍子をそがれた。耳は家の内へ澄ました。午後の三時を回って、夕立ふくみの雲が押し出してくる頃になると、階下から女の細く喘ぐ声が気配ほどに伝わってくる。内山の二階の部屋に上がりこんで私は早くからそのことに気がついていた。内山も気がついていたが、女と一度のことのあったことも私に打明けていなかった頃だったので黙っていた。

二階の窓から返事がなくて、ミンミン蟬が鳴き出した時、空が暗くなった。蟬は夕立が迫ると静まるものだが、雲が頭上にかかって陽が俄に翳る頃にはひとしきり騒ぐ。今日は途中で愚図愚図したので、三時をとうに回ってしまっていた。

家の内で内山が女とどうにかなった、とそんな想像が動いたわけでない。屋敷と言えば言える家の中でまだ若い女主人と下宿人の内山だけが暮らしているとは知っていたが、その女主人の顔も見たことがなく、むずかしいようなことも内山の口から聞いていなかった。内山はただ、この夏、俺は狂いかけていると言って、どう狂いかけているのか話を聞いても、男女のことでもなさそうであり、私には一向にわからなかったが、閑にまかせて三日に一度は午後からやって来る私の、ただ暮れ方まで居ることを頼りにしているようだった。

あの日はもう八月の末になっていた。窓へ向かってさらに幾度か呼んだ。掠れた口笛だった。鳴らすたびに蟬の声が下腹にまで染みる。これではまるで男が女を呼んでいるみたいではないか、と苦笑して引き返すことにした。生垣のはずれの破れ目のところまで来て、庭の隅の睡蓮の水鉢へ眼をやった。何心なく眺めて、花のひらくのを思って通り過ぎたまでだが、しばらく行くと、あの家の廊下の匂いがして、いましがた階下のどこかから人が見ていたような、私の立ち去るのを確めて二階へ上がって行ったような、ひんやりとした感覚が汗ばんだ背を撫でた。そのまた背後でツクツク法師が鳴きつのるのを、なぜこれがそれまで耳に入らなかったのだろう、と訝りながら、妄想にしても今のはこの世の者の姿のようではなかった、とひそかに驚いた。小路のはずれの角を折れる時に、もう落ちてきた陽差しを仰いで、なぜもっと呼ばなかったのか、と取り返しのつかぬ間違いを自身が犯かして来たような後悔が起こりかけた。

あの時にも私は内山の身に、男女のことは案じていなかった。女主人とどうも変なことになったようで、ともしも内山が照れて話していれば、若いだけに、手柄と取って喜んでいたところだ。それほどには軽薄だったが、俺は狂いかけていると言った内山の、言葉の内実はともかく、その顔に何かの危機を感じたからこそ、三日に一度は、下宿に籠もりきりの内山の様子を見に来ていた。何事か知れないけれど、郷里のほうからの、強迫観念に追いつめられていると睨んだ。午後の窓の軒のあたりから聞こえるという戒めの声も、母親の声と取った。自分がここで、とにかく平静を保っていられるかどうか、それが我身よりも、郷里の誰かの安否に関わるようなことを、本人も言っていた。

角を折れて大通りへ向かう間、当時の電報配達は青塗りの自転車だったが、青い自転車とすれ違ったら後を追って引き返そう、とまだ思っていた。

口笛が止んだ時、後に内山が話したところでは、女は黙って一礼して部屋を立ち、内山は胡坐から跳ね起きて、財布をズボンのポケットにねじこんで、私の後を追った。その足で家を飛び出していれば、最初の角のだいぶ手前に私の背中を見たはずだ。私は最寄りの駅までゆっくり歩いて電車に乗り、途中二度の乗換えになるがどの車内でも空席にありついて、ほとんど眠って運ばれて郊外の駅に降りると、西の空にあらためて湧いた積乱雲の、稜線が炙《あぶ》られて、峯のひとつに得体の知れぬ櫓の形が立って燃えあがり、目を返して自身の手の甲から二の腕まで見ると怪しいように火照っていた。どこかの窓から夕日が廊下を伝って足を伸ばす頃まで、階段の下の板床で内山は女と重なり合っていた。

自分が殺したように思っている人間を、幾度でも殺しに行くものです、つぐないみたいに、と女は言って部屋を立つ様子を見せた。初めて交わる間際のことだ。

死んだ女を、また手にかけるようになってはいけないの、と女は言った。初めて別れ話の出た夜のことだ。

死んだあなたをここに置いて、その足でこの家を出て、見つかるまでどこかで過ごしたら、どんな気持だろう、と女は言った。女の眼から悪意の張りが絶えていた。

あたしたち、こうして死んでいるのね、もうひさしく、と女は済んだ後でもう一度深くなった息の下から言った。初めて睦言と男は聞いた。

生垣を隔てて玄関前の路に面した納戸のような臭いのする小部屋に、日がやや高くなる頃に男が目を覚ますと、そばに女のいた名残りもなく、路にどう光が差し込むのか、格子のはまった窓の曇硝子に生垣の繁りが映り、その淡い緑の中を朝の仕事へ向かう人の影が掠める。やがて市《いち》の賑わいのようにしきりに通る。

ミンミン蟬がまた鳴いている。あの蟬は毎度、今年初めてという声で鳴き出すものだ。

内山はとにかく無事だった。長年の勤めをとうに済まして、この春の賀状の限り、「お蔭様で」息災でいるはずだ。女の身に良くない事があったような話は、内山から聞いていない。もしもそんなことがあの後何年かのうちにあったとしたら、根の実直な内山は、私に話したことの始末をつけるためにも、打明けていたはずだ。年齢が行ってからのことは、知れない。

しかし蟬の声へ耳をやっていると、納戸のようなところで抱き合う若い男女の、肌がいつか白んで、それにつれてお互いの髪も白くなり、身体はもう一度瑞々しくなるような、怪しさが見えかかる。

梅雨の遅く明けたと同時に、区民祭りと称して近間が騒がしくなった。因縁も陰翳もない、擬似の祭りである。市が立ったところで、通る人の顔に古い面影が差すわけでない。あの世の者も寄って来ない。三十年以上の恒例になるようだが、時代のつかぬこと、プラスチックスの器物と変わりがない。

夏とは言わず年中、都市圏のあちこちで大小の祭りが人を集めているようだ。祭りから祭りへ、インターネットで調べて、渡り歩いている人間もあるらしい。地元衆よりも「乗る」と聞く。祭り産業という言葉を耳にはさんだことがあり、言われてみれば祭りの準備設営の様子は、トラックで鉄パイプが大量に運びこまれ、リフトなども動員されて、まさに工事現場である。祭りも産業であることから免れないのは、今の世では是非もないことか。

昔、町の宵に、家の者たちが夕飯を済ませて揃って出かけようとすると、俺は晩酌が回って睡たくなったので留守番に残る、と寝そべって送り出した年寄りがいたものだ。酒も足腰もまだまだ達者な年だ。わざわざ出かけなくても、家の内から音を聞いているだけで、長年世話役もつとめたので、端から端まで、手に取るように見える、と言った。ただ困ったことは、とろとろしながら耳をやっていると、いつの祭りだか怪しくなる、ひょっとしたら俺の死んだ後の祭りではないか、と考えていることもある、と笑った。

後の祭りでも何でも、ついでに勘違いして、昔の姐さんがほんのりとして現われたら、また騒動だぞ、と祭りのついでに顔を出した近所の年寄りが声をひそめてまぜかえした。

今ではラウドスピーカーがあたり一帯に音のローラーをかける。ブルドーザーのようなものだ。祭りにもブルドーザーに遭うとは、至るところを平らに均してきた時代の人間の、これも因果になりそうで、因果ふくみならよほど祭りらしくなるところだが、スピーカーを通した音声は笛や太鼓と違って、その内にも相間にも、因果どころか沈黙もふくまない。むしろ沈黙を忌む。マイクを握った人間は声の途切れるのを恐れるように急《せ》いて喋りまくる。じつは誰も声とは聞いていない。その手の祭りの空騒ぎに昼夜苦しめられた男がついに業を煮やして、この音の伝わる範囲の内でも一軒や二軒、死者《ほとけ》を寝かせている家があるんだぞ、と窓も閉めきった部屋の中でひとりで怒鳴った。物凄い癇癪の起こし方があるものだ、とその話を聞いた時には笑ったものだが、考えて見れば昔だって、笛太鼓の囃す中で、静まり返る家はあった。祭りの宵と重なるとは、これこそ因果である。故人はそんな報いを受けるような事は何も犯かしていない。だからこそ、因果と感じられる。近所衆も祭事に穢れを憚って現われない。今年は祭りに加わらぬ年寄りなどを寄越して、とりあえず悔みを述べて、祭りが明けましたら揃って参りますのでと伝えさせる。気の毒がる客をかえって取りなして帰す家の者たちに、こんな時期にかかったことを詫びるような、物言い物腰がおのずとついてくる。

祭りの続く間は動きが取れない。しかし死者を抱えて進退のきわまった人間はやがて、すべて巡りあわせだと折り合う。夜が更けるにつれて、仕舞いに入った囃子の声と、往来の人の足音とがひとしきり盛る中で、故人の往くのはこの折りしかなかった、とまで思う。家の静まりの中から、祭りの賑わいを分けて去る一本の道へ耳を澄ます。

井斐の父親の息を引き取ったという四月十三日の夜には夜半前から未明にかけてまた大きな空襲があり、都内の北西部とばかり私は思っていたが、井斐の娘の手紙に接してあらためて調べてみると、都心から下町、隅田川の両岸へかけても、二月と三月の大空襲でわずかに罹災を免れた町々が焼かれ、井斐親子の暮らしていた、もう県境にかなり寄っているらしい荒川の土手下の地域の、近くまで迫っているようだ。敵の爆撃機は三百を超えて、この夜は味方の高射砲も盛んに迎え撃った。戦闘機も多数飛び立ったという。焼失家屋が二万戸近くに及んだが、三月十日の後で、人の逃げ足は早くなっていた。病人の息の絶えた家の内から、母子は何を聞いていたのだろう。遠い火災が戸窓に映って、暗がりに三人の顔も赤く浮き出た。表をひっきりなしに、人の駆ける足音が過ぎる。三月にあらかた焼けたと聞く方角からも逃げて来る。やはり土手を上流へ走る道よりない。今では徒労か、あるいはわざわざ難に遭いに行くことになりかねないのに、人の道は危急の時にも限られる。危急の時こそ限られる。

しかし人と一緒に逃げない、逃げようともしないとは、井斐は後年から振り返って、その夜の心のほうに、怯えたこともあったのではないか。三月には病人を置いて逃げた。病人の衰弱と、寒風の中を全力で駆けなくてはならなかったことを思えば、あの時、三人が三人ともに生きながらえるための、恐ろしい賭ではあるが、唯一残された道だった。追いつめられた局面の必然は平時に人に伝えられるものでない。空襲下の家に病気の父親のいたことを井斐が私に話さなかったのも、まずその壁が乗り越せそうにもないので、無理もないところだ。一切沈黙するに如くはない。あるいはまだ四十前の、病人ながら壮健の年にあった父親は、自分を置いて逃げるよう、妻子に迫った。自身の寿命の先を見た人間が生死の危機にたいして、もう生者の眼を超えた、客観の判断を下すということはあり得る。そんな事があったとしても井斐は口が裂けても話さなかっただろう。

それにしても井斐の母親は、動きの取れぬ夫を家に残して子供と一緒に逃げたその朝に、子供がひと寝入りしたかしないかのうちに、どうしてまた病人を家に置いて、姉母子の安否を尋ねる気になったのか、と訝りがようやく禁を解かれたように湧いてきた。夜間にどんなに烈しい炎上を間近に見ても、すこし離れた所の被害状況も知れない。家族ともども危うく難を逃れた者は、一夜明ければ、まだ恐怖にひしがれてそれどころではないはずなのに、まるで我身のことは二の次にして、親類や知合いの安否を気づかうものだとも聞く。しかしその朝本所界隈まで子を連れてたどり着けると考えるとは、尋常ではないというよりも、深い絶望を思わせる。この未明のことは三人とも無事に済んだが、過ぎたことではない。これからも同じ事が繰り返される。このあたりも焼き尽されて、空襲も来なくなるまで、と仮にも考えるわけにいかない。思ってもならないことだ。本所の母子の無事な顔を目にすることに、一縷の光明を見て、それに縋ったとしても責められない。まして錯乱ではない。

犠牲者たちの無残なありさまを背後に捨て、怯えのおさまった子の手を引いて、唄いながら家に帰る道でも、未明に土手を走った続きの、家の内の病人の静まりが背後へ回って、背を引いていた。無事を喜んで手を取りあっても、尋ねきれないことはある。お父さんが生きていればこそ心を鬼にすることができたのに、と若い嗚咽が蟬の声に混じって、私の耳に聞こえてきた。上空の爆音はとうに引いて、表の人の足音も絶え、静まりのきわまった夜伽ぎの夜明けに、遠くで季節はずれの蟬の一斉に鳴き出したのに紛らわしい遠鳴りが起こる。一日中、戸窓を閉ざして籠る母子の耳の内に、蟬は鳴き続ける。こんな時でも飯は喰わなくてはならないぞ、と蟬の声は繰り返し促す。日の暮れる頃には表を、今夜はともかく明日の夜にはまた敵機が大挙して押し寄せ、今度こそ東京中を隅から隅まで、徹底して焼き払う、皆殺しにする、という噂が走ったことだろう。

夜の髭

——頭《かしら》の露をふるふ赤馬《あかむま》

日常の一場の光景のほうが天体の巡りよりも、水よりも時よりも、永遠のように眺められることはある。人は死後の眼になっているのだろうか。自身の不在の眼で眺めるとは理からすれば成り立たぬことであり、眼を惹き寄せた場面も、明日の晩も明後日の晩も一年後も馬は露に濡れた頭を揺すっていることだろうと思う程度の、反復にも限りのある事柄であるのに、そこに仮にも永遠のようなものを感じさせられるとすれば、眺めている以上自身は不在でないにしても、周囲の長い短い反復から、わずかの間、零れ落ちかけた徴《しるし》になりはしないか。ふらりと戸外《おもて》へ出た途端などに、よくあることだ。

長い並木路に沿って両側にずらりと、大小無数の石棺が並んで、おそらくもう何百年も昔に蓋を剝がれ中身を攫《さら》われ、初秋の日を気前よく底まで浴びている。古代にはそこは都市の城門に至る街道であったそうで、訪れる客人たちのまず眼についたところになる。そんな門前に死者たちの、しかも良家の死者たちの棺を、野天にもろに晒してあったかどうかは聞いていないが、賑々しく行列させるとは、当時の死生観が知れない。「至福の野」と呼ばれていたらしい。墓地という意味はあらわである。それが後世の言葉へ移されると、「シャンゼリゼー」になるというから、言葉というものも長きにわたれば、ずいぶんな諧謔をおこなうものだ。

荒廃の後には近辺の農民たちが空っぽの棺から棺へ樋を渡して、用水路に利用したという話も聞いた覚えがある。ほんとうかは知らないが、棺をひたひたと満たして樋から次の棺へ伝う水を思うと、秋ながら炎天下、やや長くなった旅の末のことでもあり、眼に青く染みて、その眼も洞ろになり水の流れを自在に通すような心地になった。しかし、用水である。棺を暴いて副葬品を奪ったのは盗人であり、浮彫りのほどこされた蓋を運ばせたのは富裕な蒐集家だろうが、無用の物として残された遺骨を集めて野に埋めたのは農民たちだったと考えられる。おびただしい数であったはずなので、こつこつと気の長い、実直な仕事ぶりが思われる。その用水もやがて廃れて元の遺跡に還ったようだが、遺跡よりも古代の至福の野よりも、生活のかかった工夫のほうが永遠なのかもしれない。

睡りから覚めた眼のように開かれ、と近代の詩人は蓋のない棺を喩えた。牧夫の眼とあるから午睡から覚めたところか。今から百年ほど前には棺の底に土が溜まっていたようで、野草が生えていたらしい。その内から蝶たちが舞い立ったという。

ふたたび開かれた口、とまた喩えた。沈黙とは何かを、すでに知った口、と称《たた》えた。さらに人に、生きている人間たちに呼びかけて、われわれは沈黙の何たるかを知っているのか、知らずにいるのかと尋ねる。

知っているか知らずにいるかと尋ねられれば、千年二千年の石棺に喩えられるような沈黙なら、知らない、と今の世に生きる人間としては答えるよりほかにない。ところが詩は知るか知らぬかといささか迫っておいて、この知ると知らぬとがふたつながら、ためらい進む時を人間の顔に刻む、と結んでいる。知ると知らぬと、並存なのか、交替なのか。交替だとすれば、人間の顔の内に時の刻みの進むのは、沈黙の何たるかを知った折なのか。それともむしろ、知らずにいる間にか。並存にしても、知るのまさる時と、知らぬのまさる時がある。どちらの時が刻みを進めるのか。大体、事が沈黙だけに、知ると知らぬの弁別がむずかしい。知ったところのものは、すでに沈黙ではないのかもしれない。知らぬと言い張れば、人の一生などは沈黙の大流の中の、いささかの浅瀬のざわめきにすぎない、と沈黙そのものが笑う。笑いもしないのが沈黙のはずだが、笑えばいよいよ沈黙になるように、私には思われる。

知らぬが仏というけれど、これは文字通りのことで、知らぬということすら知らずにいる間こそ、知っている時になりはしないか、と大まじめにつぶやけば、また笑う。

こうも暑いと棺桶の中に入りたくなる、と老人が言ったものだ。若い頃のことで、年寄りと思っていたが、今の私よりも年下だったかもしれない。たまたま道連れとなって炎天下を歩いてきて、木陰に入って一服しているところだった。

あそこは涼しい、と翳りもない声でつぶやかれて、いよいよ返答のしようもなくなった。

反復から成り立つ現実に、すこしずつ置き残されていくのが、年を取っていくということか。よくよく知ったはずの道に迷う。角を正反対のほうへ折れて、しばらく間違いに気がつかない。方角が怪しくなって立ち停まると、あたりが見知らぬ場所に見える。この辺にはあり得ぬ所のように思われる。ようやくもとの角まで引き返して、あたりを見まわせば、さっきはこの風景が自分の眼にどう映ったので、逆の方向へ迷わず歩き出したのか、さらに不可解になる。

街の様子がのべつ変わる世の中である。変わらぬ角でも、その辺の店が少々の模様替えでもすれば、雰囲気は微妙に異ってくる。人は要所要所で雰囲気に感じて道を取っているものだ。しかし場所の雰囲気も人の方向感覚も、一挙の激変がないかぎり、あるいは五年十年ぶりに来たということでもないかぎり、反復から成り立っている。持続ではない。持続ということでは怪しい。病的に昂じればデジャ・ヴュと呼ばれるが、安定した既視感に人は頼る。視覚で代表されるが、聴覚も嗅覚もふくむ。この既視感がまるでなければ、雰囲気も方向感覚もあったものではない。内の反復が外の反復と相携えて、歩いているわけだ。ところが、年を取るにつれて、内の反復がゆるむ。

家の内にあっても、年を取るほどに人の習慣は抜き難くなり意味もない常同に嵌《はま》ると言われるがそれは或る年齢までのことで、老齢に入れば習慣はむしろ綻《ほころ》びやすくなる。日常の行為には、歯を磨いて顔を洗う、あるいは湯を沸かして茶をいれるという程度のことでも、長年定まった無意識の手順がある。それがある日、ひそかな気紛れに忍びこまれたように、どこかで前後が乱れ、その狂いがまた順々に繰り越され、本人にも思いも寄らぬ間違いとなって表われる。薬缶がテレビの上にのっている。眼鏡が茶簞笥に片づいている。そこまで行かなくても、たやすい手順を踏むことに俄かに疲れを覚える。忿怒のようなものさえ起こりかける。天邪鬼《あまのじゃく》がささやく。いずれにしても、長年の反復に、現在がついて行けなくなりつつある徴だ。体力の掠れてきたこともあるだろう。

さらに高齢になれば、家の内でも道に迷う。夜中に寝覚めして一人で手洗いへ立ったはいいが、何十年も住み馴れた家の中で見当を失って、うろうろする。立ちすくむこともあるらしい。先日のテレビで、そんな時に老人の眼はどんな見え方をしているか、そのシミュレーションを映して見せた。遠近感と、そして立体感が変質しているようなのだ。廊下を行けば正面のつきあたりが見える。左右の壁も戸口も見える。この三つの平面が――いきなり、おそらく、いきなりのことだと思われる――一枚の平面へつながってしまう。これはもはや見知らぬ空間である。空間としても、解《ほど》けている。その中で、手洗いの扉が正面の並びに見えていても、見当というものは成り立つだろうか。そこへ行き着けるとはとても思えないだろう。それはいつもの、家の手洗いではないのだ。

知った所まで引き返そうとする。しかし行く先から、知らぬところになる。不可解な展開図のような眺めが行く手を阻む。同じ所をうろうろするよりほかにない。やがて立ちつくす。解けた空間の中では、方向感覚はおろか、歩くこともならない。

その時、遠近や方角をふくんだ物音が、木の葉や雨の降り出しの音が家の内まで伝わってくれば、空間は一度に回復されるかもしれない。壮年の場合でも音で人心地がついて、あたりを見まわし、いましがたまで自分の居所を見失いかけていたことに気がつくことはある。視覚の現実は聴覚によっても支えられる。人の声ならなおさらよい。尊いように聞こえることだろう。それこそ地獄で仏である。仏とはそんなものだ。だから、ありがたい。しかしいまどき、地面から離れた住まいが大半である。伝わるのもたいてい機械から発する音で、遠近も方角も孕まない。人の声も、現心《うつしごころ》を取り戻す助けとなるには、とかく奥行きがなさすぎる。響きにも乏しい。響きとは声の内にひろがる、また声が外へひろげる、空間の謂でもある。

無音同然の中にあって、見馴れた家の間取りが正面にひらいたきり戻らない。それでは左右はどうか、天井はどうか、想像してみるに、空間へまとまらぬかぎりはおそらく、ただ抜けている。床もまた、足の踏むところのほかは不確かになる。おそろしいことだ。時間もまた、空間の繰り越しを促そうともしないので、停まっていると感じられる。しかし立ちつくす老人の眼に映るのは、空間の解体ばかりだろうか。内の反復が掠れて、反復から成る空間が解ける時、人の生きる、現に生きている、その実相が見えて来はしないか。こんな中で生きてきたものだ、知らずにあれもした、これもした、と洩れたつぶやきが、実相が見えれば消えていく言葉の、すでにわずかな名残りとなるか。その驚きも散って、内と外がつながり、そこで沈黙が成る。その後からもう一点だけ、つまりは仏だった、と言葉が点るかどうか。

初秋にしては冷えこんだ曇りの日に、生前井斐が話したことを、もうひとつ思い出した。戦争が終って、荒川の土手下の町から近県の、風の荒い土地へ越した、その冬のことだと言った。朝早く起き出して、家の前を流れる溝川に向かって立小便をした。風もなく冷えこんだ高曇りの朝だった。小便から盛んに湯気が立った。川も一面に白い湯気を立てていた。その湯気が水の流れの勢いに巻きこまれそうになってはゆらゆらとあおられて昇るのが面白くて、それに朝飯はまだまだだったので、川縁にしゃがんで眺めていた。それにも厭いて、また空腹に苦しめられ出した頃、そこから下流《しも》へそう遠くない小橋の上を、本所にいた幼い頃に見た、相撲の触太鼓《ふれだいこ》のようなものが行く。両国から遠く離れた土地のことだ。その両国界隈も、国技館は残ったと聞いていたが、三月十日の大空襲で焼き払われた。大相撲が再開するとも思えなかった。触太鼓の音も伝わって来ない。幟《のぼり》のようなものも見えない。一行は橋を渡って上流《かみ》に折れ、向岸の道をこちらへ近づいて来る。わずか三人だった。先頭に立つ羽織袴の男が両手に三方《さんぽう》を捧げている。それに続いて二人の男が、袴の膝から下を裁着《たつつけ》に括《くく》った、相撲の呼出しを思わせる恰好をして、小さな櫃《ひつ》のようなものを吊した天秤棒の、前後を担いでいる。三人とも人目を憚るような早足だった。町中のほうから来たらしく、人のまだ表へ出ていない町はずれの、溝川の向岸から見ている子供の目を意識したようで、一段と足を早めて、子供の正面にかかるところで左へ折れ、畑の間の道を山際のほうへ遠ざかって行った。子供は立ち上がって見送っていた。

野辺送りだとは子供にもわかった。まだ赤ん坊と言われるうちに亡くなると、早く生まれかわっておいでという心で、葬式も何もひっそりと済ませて、人のまだ寝ているうちにそそくさと送るものだ、という話は母親から聞いていた。しかし不思議だった。何がと言うこともなく、ただ不思議なものを見た気がした。家の内から母親に呼ばれるまで川縁に、またしゃがみこんでいた。

子供は不思議がるのも言葉でするわけではないからな、だからいまもって、何を考えていたか、わからない、と井斐は話を途切った。触太鼓と野辺送りとは、よくも取っ違えたものだ、と笑った。それからやや間を置いて、ただ今から考えるとあの時、不思議というよりも、不可解だった、と言った。

生まれたばかりの子が死ぬとはたしかに不可解なことだ、と私はひそかに、自身の子供たちは中学生になっていたが、人の親の心になって受けた。それにしても数えで八つの子供がそんなことを感じたのか、あるいは大空襲で死んでいたかもしれない自分をそこに見たのかと考えるうちに、小橋を触太鼓が渡ると見た時から本所の周辺の、焼野原にいる気分になっていたらしい、と井斐は言った。いや、あの土地だって地方の小都市なのにちょっとした軍需工場があったばかりに爆撃を受けている、市中は凄惨なものだった、終戦のもう間際のことだ、と現場にいたような口調になった。

――それは、何の不思議も、何の不可解もないものだ。まわりで人が大勢死んでも、しばらくは満足に葬る手もなかったとしても、家の内で人が亡くなれば、たった一人を手厚く葬る。幼い子ならなおさら、むごいと感じて、いっそ生まれて来なかったことにしたくて、人目に触れさせまいと気遣いもするだろう。三人とも、天秤を担ぐ二人は裁着に括っていたけれど、威儀を正していた。真新しい草履をはいていた。棺も上等な布につつまれている。当時、目に染みるような白さだった。しかし先頭を行く男は、あれは親でも祖父でもないな、と謹厳すぎる顔つきからだろうか、子供心にそう直感した。親たちは家に留まって、遠ざかって行く子の心を惹いてはいけない、と息をひそめているのだろうか、と思った。一行が畑の中の辻を折れて、また触太鼓のような姿になって雑木林の陰に見えなくなる後まで、どこかへ一心に耳を澄ましていた。しかし何の声も聞こえて来ないので、自分がここに、いないような気持になった。

井斐は口をつぐんだ。私も話を継ごうとしなかった。あの時、井斐の話そうとすることの一端を、私は理解したようだった。思ったことは三月十日の朝に荒川の土手を帰る井斐母子の背後に置き残された犠牲者の遺体、それしか知らなかったのでそれだけだったが、井斐の話にその先は半歩も踏みこんではならないと感じた。そのまま二人してしばらく黙っていた。私の耳の奥には、強い戒しめに捉えられた時によくあることで、声にならぬ乱痴気騒ぎのようなものが渦巻いた。気がつくと井斐も話の続きの、聞こえぬ声に耳を澄ます顔つきをしながら、指先で膝頭を、遠くの囃子に合わせるような拍子で叩いていた。

あの男には伝えた、と井斐が日記に書き置いた父親の沈黙とは、あの時のことだったか。井斐はそれ以上のことは話さなかった。死ぬまで父親の死について仔細を語らなかった。しかし勝手な思い込みを書きつけるような男とも思えない。その沈黙を、言葉にはしなくても、私に伝えたという感触はあったに違いない。誤解の責は反応しながら感受できなかった私のほうにある。井斐からすれば、確かな応答が随所で交わされていた、とも考えられる。

井斐の父親が三月十日より後の、東京がさらに空襲の脅威下にあった頃に結核で亡くなったとは、井斐の死後に井斐の娘から知らされて、私にとっては初耳だった、というのは本当か、とこれを疑ってかかれば底無しになる。二十歳前からの付合いなので、ごく若い頃に井斐の口から何かの折りにその話が出た可能性は払いのけきれない。今から思えば、戦後十年足らず、当時十七、八の少年なら半数近くは、子供として空襲の恐怖を蒙ったはずであるのに、一般にその話はほとんどされなかった。まだ被害の後遺の中に本人たちもその家も捉えられていた頃なので、むしろ不思議はないことだ。それでも何人か集まっての雑談の中では、体験などというほど片づいたものではなかったが、その切れ端がお互いに洩れることはあった。あの年の二月、三月、四月と、大空襲の順次について、私は自分の恐怖に照らして聡かった。人のごく散漫な話を聞いても、どの折りのことか、数え取った。不審があれば、それは何時のこと、と聞き返すようなこともしていた。

結核については、特効薬とやらが入ってその脅威は若い者にとっても過ぎつつある頃だったが、少年たちは時折、やや深刻に話しこむことがあった。親族に結核が多いので自分も明日にでも、と蒼い顔をしてふさいで後から笑われていた男もいた。井斐が父親を結核で亡くしたという話は、私は聞いていなかったはずだが、井斐に父親のないことは早くから知っていた。あるいは、空襲中にと話されて、何時の空襲、と踏みこんだことが、あったのかもしれない。

井斐の父親は戦時中の早くに亡くなって、病死か戦死か、自分はたずねてもいない、と私がそう思いこんだのは、井斐の三月十日の話を聞いた、その時のことだったか。

父親は結核で死んだ、三月十日より後のことだった、とそのことを井斐は私にとうに話したつもりで、あるいは実際に話していてその上に立って三月十日のことを話したのだとすれば、今の私としてはもう取り返すすべもないが、あの時の井斐の口調も顔つきも、そして話の間に挟まったお互いの沈黙も、いや、その場の雰囲気全体が、私の記憶するのとまるで違ってくる。病人が療養所や田舎のほうにでも預けられていたら、人の神経を気づかう井斐のことなので、聞き手の心にわずかな間でもよけいな負担を掛けまいとして、父親が家にいなくてせめて助かった、とぐらいに早目にことわっておいたはずだ。母子が炎に追われて土手道を上流《かみ》へ走る間、病人は土手下の家に置き残されて寝ていた、ということを無言のうちに私に伝えたことになりはしないか。

どんな顔をして私は聞いていたのか。記憶の遮断があったにせよ、すべてにわたって鈍かったことは否定できないが、雨戸の隙間からすでに赤い光の差す中で、妙に静かに、子供の井斐は母親の手に揺り起こされた、と聞いた時に、三十男が子供の心になって怯えた。土手道を県境の近くまで逃げたところで避難者の群れの足がだんだんに停まったので、河原のほうへすこし降りて、風陰の中で母親の膝にもたれて眠りこんだ後、もう済んだの、と声をかけられて目を開くと、土手の上を大勢がまだ炎のあがる下流《しも》へ向かって引き返しはじめていた、と聞いた時には、もう済んだのというささやきに、さらに怯えが私の胸に動いた。

無事だった家に戻り、着のまま蒲団にもぐって何時間も眠らぬうちに起こされると、朝になっていて、本所まで行こう、伯母さんのところへ、ミッちゃんのところへ、様子を見に行こう、と促されたと聞いた時には、先の怯えと共振れするものがあった。この三度の女親の小声の呼びかけが、一連の話の内で最も甲高い叫びのように、土手道を走った恐怖よりも、土手道の遺体を前にして母親の腹に顔をもろに圧《お》しつけられた苦しさよりも、聞いている私の内へ差しこんだ。そのあまり、今から考えると、話がよくも耳に入っていなかったのかもしれない。

父親の沈黙を井斐が私に伝えたとしたら、自身の沈黙を通してよりほかにない。たしかに井斐の時折の沈黙には、こちらが内から騒いで耳を聾《ろう》しにかかりでもしなければ、際限もなく惹きこまれそうな境があった。四十代から五十代にかけても幾度か、三月十日の話がほかの話題へ飛び火して、端を切って掠めるほどのことはあった。しかし井斐が口をつぐむたびに私の思ったのは、私に聞こえたのは、子供をそっと揺り起こす母親の声だった。眠りへ逃がれようとする子を、怯えさすまいと気づかって、ゆっくりと恐怖の中へ呼んでいる。逃がれられないものならいっそ早目に連れて行こうと覚悟して、いよいよ優しい声になる。子が目を覚ますにつれて、ゆらゆらとうなずいて微笑みかける、その白い顔まで浮かびかけたものだが、これが重病の夫を、子供の父親を家に置き残して走ることに泣いて決心した後のことなら、まさに死物狂いの顔になる。

上空の爆音がおさまってから引き返して来ると、土手下の町が赤い光を浴びて立ち静まっていた。まだ人気《ひとけ》のない路を行く一匹の犬の、影がくっきりと地面に落ちていた。無事の光景があのように禍々しく映ったことは後にもない、と井斐は言った。
土手の上から井斐の母子がおそらく一体になって見つめたものは、町ではなくて、病人の沈黙だったか。

老いの内に熟していく死と、真っ先に内通するのは、髭ではないか、と夜更けに髭をあたりながら、そんな嫌疑をかけた。年々強《こわ》くなり、しぶとくなり、剃るのに手間をかける。人の死んだ後までしばらくは伸びると言われるだけあって、すでに本体から離反しつつあるような不逞の感触がある。寝たきりになった老父の髭を、病院へ通って剃ったのは、二十年も昔のことになる。骨と皮ばかりに枯れた身体の中で、髭ばかりが旺盛だった。剃りに来るたびに手強《てごわ》くなっていく。一週間も伸ばしてしまえば、まず熱いタオルで蒸すことから始めなくてはならない。それから安全カミソリで、衰えた肌を傷めないよう用心しながら、長くなってひらたく粘りついたのをこそげ落とすように大よそに剃った後で、電気カミソリで気長にあたり、最後にまた安全カミソリで仕上げて、見た目には綺麗になるが、撫ぜてみれば髭の根が剛くざらつく。普通の髭剃りの、初めの状態とあまり変わりもない。ここまでタオル蒸しを繰り返して、およそ半時間、さすがに徒労感に負けて、これ以上やれば皮を剝ぐのにひとしいとあきらめて適当に家に帰ることになる。その道々、バスに乗るのも半端なので一時間ほども歩くことにしていたが、気がついて見ると、自分の顎を撫ぜていることがあった。病人の髭の強さにいまさら驚くわけでない。剃り残してきたことを悔むほど癇症にもしていられない。ただ何かを訝るふうだった。

　十二年あまり前の手術の翌日にも、まだ全身麻酔の後遺の抜けきらぬ自己剝離気味の状態の中で、顎の髭をしきりに撫ぜて、やがて撫ぜつのるようなのを、何を考えているのだろう、と自分でまた訝っていた。じつは首を固定するために顎に装具を下からきつくあてがわれて、髭に手をやることもならなかった。あの午後は日の暮れまで、手の届かぬはずの髭を撫ぜながら目を覚まし、訝りながらまた眠りこむということを繰り返し、寝覚めのたびに空間が異って感じられる一夜を過ごした後、翌朝には粥が食べられるまでになっていた。それからひと月あまり、装具ははずせず、髭もあたれなかったのに、髭は苦痛になるほどに伸びなかった。あれは身体がさすがに衰弱していたせいか、それともむしろ生命力がまだよほど旺盛で、衰弱は衰弱なりに一体に束《つか》ねて、髭のひとり背いて生長するのを、抑えていたということか。

　それが今では髭ばかりが盛んに感じられることがある。朝の起き抜けに、と言っても日のとうに高くなった時刻になるが、しっかり剃っておいたのに、夜にはもう何日もあたっていないように伸びている。いつものことではないのがまた不思議だ。晩酌つきの夕食の後、一時間ほど宵寝をする習慣が私には二十何年来ついている。これが寝つけないということを知らない。横になればたちまち眠りこんで、ほぼ定刻にくっきりと覚める。時間の経過をまったく覚えないことがある。寝相もまるで変わらぬ。ほとんど眠れなかったと思って起きあがり、時計を見て怪しむ。そんな時に限って、髭は一度に伸びている。髭が異物に感じられる。夜の残りを過ごすために何かを始めても、その異物感はかすかになりながら失せない。気を散らすほどでないが、髭だけが別の境にあってひとりしんしんと伸びていくようで、その盲目の生長に耳を澄まして、夜の時間が更け難いようになる。あげくには気も詰まり、気晴らしと思い立って、この時刻に、髭を剃りにかかる。

夜更けに髭を剃るのは、人によっては忌むことかもしれないが、莫迦げていて、一種、爽快なものだ。ただし夜更けの髭は、夜につれて髭も更けるわけでもあるまいに、さらに頑固である。剃っても剃っても、剃り残しが剛く手に触れる。剃った跡からすぐに生えてくるかのようだ。やがて根負けして、憮然としたふうに顎を撫ぜている。それがまた、何かをしきりに訝る様子に似てくる。

しきりに訝っているのに、何を訝っているとも、わからない。それだものでいよいよ、放っておけば涯もなくなりそうになる。この対象の空白な訝りはひょっとすると、何事かを感じ当てかけた徴ではないか、とある夜、髭を撫ぜながら思った。思ってすでに逃げ腰になった。事柄によっては、ただ訝る以上のことはできない。沈黙にひとしくなる。自身も事柄も押し黙る。その沈黙のわずかに吐く息のようなものが、訝りか、とそこまで考えた時、自身はもう手の動きを停めているのに、顎を撫ぜつづける顔が、井斐の顔が前に浮かんだ。

井斐が顎を撫ぜるところを、私は見た覚えがない。しかし顔は見えた。顎を撫ぜているような顔つきだった。私を見てはいなかった。目は小座敷の隅のほうへやっていた。挟まった沈黙が長くなっていた。何を考えているのだろう、と私は人の沈黙には立ち入らぬほうだったが、めずらしく首をかしげた。するとそれが向かいに移ったように、井斐の顔に深い訝りの翳が差して、そしていきなり、一度に老けて年寄りの面相になった。

その変貌があまり急激だったので、誰か井斐にとって思いがけぬ人がやって来て、その足音が階段にかかったのを、井斐は聞き取ったのか、とまた唐突なことを私は思って、引き戸の襖のほうへ眼をやったものだ。しかし人の来る気配はなくて、井斐は同じ姿勢のまま、面相がまた変わって、青年を思わせる柔らかな面立ちになっていた。やがて若さと老いと、ふたつの影が重なって、何かの表情が浮かびかけた。それから、井斐はたしかに、うなずいた。部屋の隅へ向かって、二、三度、うなずいていた。眼でもなくて、うなずきそのものが、かすかに笑っていた。風に吹かれるままになっているような笑い、と私は感じた。その記憶に間違いはない。

まもなく部屋を立って狭い階段を降りる時に、先に立った井斐がめずらしく手摺りに頼って、そのくせぱたりぱたりと、投げやりに足を送っていたのも思い出す。店の前の小路に立って、井斐は左右を見渡して、遠いな、とつぶやいた。たしかにどの駅に行くにも半端なところで、それにまたこの店が小路のちょうど中途と来る、と私は取った。井斐とともに別れて郊外の駅から自宅へ向かう路では、遠かったな、と井斐は言わなかったかしら、しかしつくづく遠いと思う心には、遠いと言っても、遠かったと言っても、しょせん同じことか、と回らぬ頭で考えていた。

しかし、小座敷で井斐の面相が老いから若さへ振れた時、私はそこに青年の井斐の面影を見なかった。二十歳前からの間なので、どんなに若いほうへ振れても、小児に戻らぬかぎり、私の内で昔の覚えが動いていたはずだ。途方に暮れたような気持にもならなかっただろう。私が見たのは、若いほうへ振れた面相も、そこへまた老いの重なった面相も、井斐の顔ではあったが、私の見知らぬ顔だった。

その顔で井斐は部屋の隅へ向かってうなずいた。いや、あの呼吸は、うなずき返していた。

いきなり老けこんで眼のまわりから皺ばんだ顔はまだしも、私は知った顔と見た。驚いて襖のほうをうかがった時にもその驚きとは別に、われわれもこの年になれば節々で、どこかから深い訝りが差すそのたびに、一気に老いて人生の涯の面相になっているのだろう、すぐに失せる面相にしても跡に年がもうひとつ刻まれるわけか、と頭から三寸も離れたようなところで、おそろしく悠長に思った覚えがある。見知らぬ顔を前にしては、年寄りの面相へまた振れてくれることを願ったほどだったが、あれほど老いた井斐の顔を、私は二度と見ずになった。

表は止んだようだ、と井斐は顔をあげた。雨の降っていたことを私は思い出して、止んだと、どうしてわかる、とたずねた。それは表を往く人の足音の、響きが違う、と井斐は答えた。

いましがた、止んだところだ、と言った。

雨のあがる間際には、妙な境があるな、と言った。

また耳を澄ます顔になった。

遠くへ聞き耳を立てると、遠くからもこちらへ、聞き耳を立てられているような気がするものだ、と言った。

顎へ手をやった。

一滴の水

内山が死んだという報らせに触れた。詳しいことはわからないがこの夏の間のことだという。電話で伝えた友人もいましがたたまたま知ったようで、内山とはもう十何年も顔を合わせていないと言いながら、興奮して声が弾んでいた。

ひさしぶりに秋の空の晴れ渡った正午前のことだった。風は北に変わり、黄ばみかけた木の葉が一枚ずつ陽の光に透けて若葉の瑞々しさを見せて顫えていた。午後に入ると十月も末にかかるのに日永を感じさせた。仕事を急ぐ間、底まで気前よく陽を浴びる空の石榴が幾度か頭の奥へ列らなった。しかし内山は私にとって、半日と死んでいなかった。日の傾きかかる頃には訂正の電話が入った。同姓の別人のことだったという。私にはほかに内山という知人はいない。その友人にも知人に別の内山はいないそうだが、そのまた友人から「内山」の死を報らされて私にも伝えてから二時間もして首をひねり、あの男は、われわれの知っている内山と、面識はなかったはずだ、と気がついた。電話で確めると、はたして内山違いだった。相手も共通の知人と思いこんだ自分に呆れていた。

俺も惚けたよ、だって、その内山とやらのことをしばらく電話で話していたのだから、と友人こそ憮然とした声になった。耳が利かなくなったんだな、思いこんだようにしか聞こえないのだ、と心細げだったがやがて笑い出して、あんたの内山と、俺の内山と、ほんとうに一緒なんだろうな、嫌ですよ、と冗談で切り上げた。

今年の秋は晴れあがった日でも暮れ方になると曇りかかる。人の死ぬのはいずれ面倒なことだ。すんでのところでその面倒が避けられた気持でまた仕事に向かうと、間違いですよ、すべて間違い、だからやってられるんだ、と遅ればせの相鎚がひとりでに洩れて、しばらく黙った後、子供の頃に見たヨイトマケの男たちもじつは、間違いだア間違いだア、こいつのやけに重いのも間違いだア、と唄っていたのではないかしら、とそんなことを思ううちに、空は俄に暗くなり、荒い風が吹き降ろし、北西の方角に雲の壁が立って、ひとまとまりの積乱ではなくて黒い鱗が無数に重なり、病んだ皮膚のように崩れていく。しかし窓は少々翳った程度で嵐の気配も見えない。あれは昨日の暮れ方のことだった。

勘八雲を見たか、と声がした。内山の声だった。内山から停年退職の通知の届くその何年か前のことになる。井斐とは別の関係の同窓会の折りだった。内山と顔を合わせるのも二十何年ぶりだったはずだ。同窓生たちの話題は高年の健康のことから、老いた親の介護のことへ移っていた。四十代のなかばには双親とも亡くしていた私は、六十近くになっても親のあることを不思議なように聞いていた。それにしても惨憺たる話ばかりだった。年寄りの親の介護を、年寄りになりかけた子がやっているのだから、いまや老・老介護だ、とあげくに叫ぶ者がいて皆を苦笑させた。自分にも寝たきりの老父がいて先が見えない、と内山が話したのもその続きのことだった。

おふくろを引き取ることは若い頃から覚悟していたけれど、まさか最後に父親の面倒を見ることになるとはな、と内山が声を低くした時には、座がいつか散って、人からすこし離れた隅に二人きりになっていた。内山の母親は後添えで兄姉たちは腹違いになる、と二十歳過ぎの頃に内山の話したことを私は思い出して、内山の口調にもあの頃の打明話のなごりのようなものが戻っていたので、郷里との経緯を話すうちにあるいは例の昔の女のことにも触れるかと耳をやると、つい先日、車を運転して父親の病院へ向かう途中で、妙なことがあった、と内山は言った。

この夏前まで内山の父親は入退院を幾度か繰り返したがおおむね家にいた。それまで二年あまり、夫婦は三時間とまとまらぬ眠りをきれぎれにつないで暮らしていた。睡眠不足は常態になると睡気も差さなくなる。睡気なしに眠り、睡気なしに覚める。父親を老人病院へ預けてからは、夜の睡眠時間はとにかく確保された。ところが昼間の半端な時に睡気におそわれる。とくに一人で車を運転している最中だ。近頃では休みの日に病院へ通う時よりほかに車を使っていないが、その途中が危い。これには十分に用心している。間違いはなかったつもりだ。先日も間違いはなかった。眼はよく見えていた。手もとはあくまでも確かだった。しかし、遠くのほうと、問答しているのだ……。

　問答している気持だ、と内山は言い直した。遠くは遠くでも、どちらとも方角はない。相手の声が聞こえるわけでない。顔は見えない。問答と言っても、こちらにまず、尋ねるにしても答えるにしても、言葉も考えもない。怪しみがあれば、幻覚だと思えるのだろうが、それもない。目の前の道路と同じく、何の不思議の念も起こさない。ただ、つくづくと尋ねてつくづくと答えているような気持を振り切れない。ついうなずきそうになる。その間際に留まって、眼はいよいよ冴える。車の走る感触が指先に集まる。恐怖感はなかった。しかし病院に着いて車を置いて父親の病棟まで上がったとたんに、全身から汗が噴き出した。額もべったりと濡れる。病人の眼にどう映るかとおそれて、廊下のベンチに坐って汗の引くのを待った。

　本人はもうすっかり忘れているのだろうか、と私はひそかに思ったものだ。心中という言葉が背すじを撫ぜた。その言葉はさすがに保持できなかったが、内山と女とが夜々、部屋から部屋へ場所を移して交わりながら、無言のうちに絶えず交わしていたのは、その境へもう一歩踏み越すか留まるか、促しと戒めのないまぜになった問答ではなかったか、と三十何年前の内山の打明話が見えてきた。二人が同時に、人をあやめた者の心に身体までなる時、その境はひらく、と女は待っていた。その間合いがつねにすこしずつはずれて、二人とも力の尽きかけた頃になり、孕ませたいという衝動が男の身体に兆し、女のほうもそれを受ける用意を自分の物腰に見たところで、内山を放す決心をしたのではないか。わずかな差でまぬがれた危機の境は何十年も隔たると、事柄も失って、空白となって惹き寄せる。

しかし内山はふいに私の現在の住所を確めて、環八雲を見たか、と尋ねた。車を運転するうちに、あれは足がなくていきなり宙にかかっているが入道雲だと知った、と言った。紫に腫れあがった面相をしてどこまでも車についてくる。いや、先回りして立っている。あんな雲の下で人はよく安閑としていられるものだ、と言って黙り、何をまた切り出すかと思ったら、会場の遠くから合図をする者に手をあげて答えていた。

あれ以来、内山には会っていない。その年の暮れに内山から喪中欠礼の挨拶状が届いた。あの会からひと月足らずの内に、秋の彼岸より前に、内山の父親は亡くなっていた。車で環八を通うことはなくなったわけだ、と私は思った。ところがそれから一年、翌春の賀状を手にするまで、私はなぜだか内山のほうを故人のように、それも一年二年ではなくて、もう四十年も昔に死んだ青年のように思いなしている自分に呆れることがあった。内山にとって、父親が亡くなって女との問答もようやく絶えたのではないか、とあらためて考えた。

環八雲から内山のことをひさしぶりに思い出したのは、井斐の亡くなった後の夏のことだから、つい昨年のことになる。内山は健在であるのに、その内山と併わせて考えると、私にとって井斐の死が何年か遠のく。八月の下旬にかけて井斐がときおり、日の暮れの残照も消える時刻に電話をしてきたのは、亡くなる前々年になる。退院後三ヵ月ばかりの療養中の身だった。ほかの話題もなくて、夕立になりそうでならなかった半日の雲の動きを仔細に話していた。懐かしむような声だった。表は日没の後でもまだ明るいのに家の内が隅から秋めいて暮れて行くのを、私は電話を受けながら眺めていた。その記憶があまりにも鮮明なので、昔のことに思われる。

正午前から上空へ押し出した雷雲の下で、あたりは暗くなったが風はまだ吹かず、細長い白い水槽に睡蓮がぽっかり咲いているのを眺めたのも、つい昨年の夏のことになる。花は咲くものだ、と耳から心地が遠いようになったのは、やはり井斐の亡くなったことを思ってのことだったか。それとも、女とはあれきりもう一年、きっぱりと切れていると内山に告げられた、四十年あまりも昔の夏の気持に返ったか。あるいは、自分のいない夏がわずかに見えたのか。

そう言えばあの水槽はこの夏も睡蓮を咲かせて円い葉の間に目高を快活に泳がせていたが、石棺の形に似ている。うすら寒く曇った日には魚の動きもよほど鈍くなっている。

——わたしは一滴の水となった。滴《しずく》となり大海に失われた。わたしはもはやこの滴すら見出せぬ。

十二年前の病後に読んだ中世イスラムの神秘家の言葉を思い出した。「わたし」の一滴ももはや見出せぬのもまた、ほかならぬ「わたし」ではないか、とまたこだわった。ひとしずくの水となり、海原へこぼれて、もはやどこにあるでもない、と言われれば私にもすんなり通ってしまうところか。

わたしはもう死んでいる、という言葉は人間の口に出る最大の諧謔ではないのか、と思うことがある。狂言のほうで、押しかけてきた男が戸口で怒鳴る、家の内から主人と客たちが声を揃えて、留守ウ、と答える、もともと腰の引けていた男は安心して大言壮語して去る、とそんな場面があるが、この笑いなども同じ諧謔をふくむものなのだろう。これが、自分はもう死んだ腹でいる、というような言い方になると、自己貫徹の意志を伝える。わたしは死んだも同然の者ですから、という言い方も諦めや遜《へりくだ》りの下にしばしば、退けるところまで退いた所からの自己主張をひそませる。どちらにしても、ただの物の言い方でなくて必然の言葉なら、存在と不在との、絶えず交替する境から発せられるものなのだろう。諧謔とは人の置かれた必然そのもののことで、嘲笑苦笑とは、かかわりのないものらしい。私にとっては、さしあたり、不要不急のことだ。そう思ってずるずる年を取っていくのも是非もない。

それにしても、あれは何だ。屍体墓像、トランシと呼ばれる。トランシとは、凍えた、こわばった、すくんだなどの意味になるそうだ。とにかく死後の硬直から腐乱のすでに始まった屍体の横臥像が、壮年の盛りの等身大に、克明に棺の蓋に彫刻されている。身分は王と王妃である。かねてから話には聞いていたが訪ねる折りのなかったところへ、この初秋の旅行の最後に半日の閑が余ったので、年を取って感覚もよほど鈍磨した頃合いかと踏んで、当地在住の若い夫婦に案内を頼んで郊外の大聖堂まで地下鉄を乗り継いでやって来た。祭壇の奥になる後陣の、周歩廊から階段に沿って屍体墓像をまともに見降ろした時、神経こそ騒ぎはしなかったが、一体、どんな意志から出たことか、という訝りに捉えられた。

「死を思え」という教訓だとしたらやりすぎだ。過剰なものは始めの意に反したはたらきを及ぼしかねない。復活の待望だとしても、神が人間を救うのは、生前の苦難からではないか。十六世紀の中頃のことになるそうだが、王権と教権の確執をここに見ることもできる。教権の一時の勝利、王権の屈服になるか。中世末のゴチック建築や磔刑《たっけい》像の尖鋭化と軌を一にすることでもあるのだろう。時代の断末の肥大が曙光となって未来へ差す。

しかし、これを彫った職人たちがいたわけだ。人間の肉体は死ねば生前の如何にかかわらず等しなみになるという、条理になるのか不条理になるのか、この事実に面と向かえば、人はどうしても諧謔へ傾きがちになる。鋭利な諧謔もあれば、重厚な諧謔もある。この屍体墓像の、歴史もふくめた全体を諧謔の極致と見る人もあるだろうが、職人たちの手には何の諧謔の痕跡も、私の眼には見えなかった。

戸外にさらされた屍体のありさまに熟知した時代のことだったのだろう。それにしても、死後の変化の進みがひとつの像に表わされているところを見ると、ある期間、日々に棺の仮蓋をあげて観察しては、揺がず狂わず、実直な手で順々に模していったものと思われる。この日常の反復こそ、古代の石棺を眺めて近代の詩人が感嘆した沈黙にまさる、生きながらの沈黙ではないか、とその場を離れる時には思ったが、あれ以来、ふた月近く、旅行から私の内に細々と持ち越されたのはやはり古代の石棺の、溢れる用水を、渡された樋に伝わせて次から次へ送る、実際に見たわけでなく、実際にあったかどうかも知らぬ光景だった。

寝覚めに思い浮かべると、流れる水がまた眼に青いように染みて、その眼も空洞になり、無礙《むげ》の通路になり、私のすでにいない時を刻々、遠くまで送り出す。その間に医者から、眼の障害の兆候がまた進んでいることを知らされていた。検査の結果をこの春と秋とで較べると、視野の端のほうの盲点の集まりがひろがった。検査図を見れば、明暗逆だが星雲のようなものが、天頂のほうへ推し出しかけている。もともと、五年前の網膜の手術の後から、自分の視野にはつねにどこかしらに、あるいはどことも定まらず、小さな盲点が遺ったようなのは感じていた。まばらな散在か、緩慢な浮游のようなものだ。それで格別に不自由もなく、年を取ると眼で対象を捉えるのにひと呼吸ほども遅れるものだと呆れるまでだが、それでも何かのはずみで、眼の動かしようによっては、視野の内にまともに入ったはずの、人ひとりの姿ほどのものが、ぎりぎりまで見えていないというようなこともあるだろうと、網膜を傷めていた時にそれに類したこともあったので、日頃から用心している。

時折、視野のいまにも欠けそうな予感のすることがある。おそれて眼を瞠るわけでなく、なるがままにまかせていると、それにつれて不思議な明視感が生じる。欠落感と明視感と、じつはどちらが先か、わからない。欠落感もくっきりと留まる。明視と意識されるが、明聴感にも紛らわしい。何かの物音が際立って聞こえているわけでもない。澄んだ眼をして、もう何も見ていない、何も見えていない、見知らぬ顔が浮かぶ。

わたしは一滴の水となった、滴となり大海に失われた、わたしはもはやこの滴すら見出せぬ、という言葉をまた何日かして、晴れ渡った正午前の、雑木林を抜ける道で思った。わたしでも、わたしよりほかの者でもなくなった、わたし自身のことを話すなら、という切り出しであったことがついでに思い出されて、我でも我以外の者でもなくなったわたしと、その自身のことを話すわたしは、また一段、次元を異にするのか。わたしの滴すらもはや見出せぬわたしも、すでに異ったわたししか。最後のわたしとは言葉のことか、言葉となりわずかに留まって、わたし自身のことを語りながら消えていくのか。あるいは最後のわたしとは、解体消滅の際《きわ》にあるのではなくて、いまここに、また反復の日常の内にあるわたし、いや、ここにあるわたしをまた見出すという、安堵と呼ぼうと絶望と呼ぼうと、そのことなのかもしれない、と考えた時、日の光を透かせて一枚ずつ細かく顫えていた黄葉がその動きを一斉に停めた。階段をあがってくる井斐と、踊り場のところでうなずきあってすれ違った。そのまま私はつぎの踊り場まで降りて、足音が共鳴しているように感じて立ち停まった。

屋上のあたりで足音の絶えた跡の静まりに惹き寄せられた。十八歳になるかならぬかの頃のことだ。土曜の放課後もだいぶ時間が経って、校内は閑散としていた。初めはためらいがちに階段を引き返す足が途中から駆けていた。

息せき切って屋上へ飛び出すことになった。その足音を聞きつけて井斐はこちらを見た。胸壁を両手で突っ張っていたのが、そのとたんに力が抜けたように、胸からもたれこんで、顔まで腕に伏せそうになったが、また向き直って、苦笑しながら、そばへ来るよう目配せした。並んで胸壁に寄ると、校庭の隅のほうへ頤をしゃくって見せた。黄葉の極まった銀杏の大木が樹冠に西日を浴びていた。井斐はいまにも何事かの起こるのを待つ眼で一心に見つめた。つられて私も眼を凝らしたが、あざやかな黄葉というほかに、何事もない。いつまでしても、何事も起こらない。葉一枚も動かない。夕日の光さえ樹冠に吸いこまれて燃えあがらない。刻々と無事なのが苦しくて、見つめるあまり樹木全体が忽然と掻き消されそうで、話しかけようとすると、井斐が私の視線を払ったのと同時に、風も吹かないのに、葉が一斉に散りはじめた。揺らぎもせず、まっすぐに落ちた。ひきもきらずに落ちる。すべてを巻きこむように、ひたむきに降った。

長かったな、と井斐は落葉がおさまるとつぶやいた。宥めるような声音をふくんでいた。それ以上、何も言わなかった。葉の降る間は何も聞こえていなかったが、遠い潮騒のような音の影が私の耳の内に遺った。

長かった、とあれから五十年近く隔てて、結局は一斉に降りもせずまたちらちらと顫えはじめた黄葉を見あげた。数年前までは屋上から生徒の身投げが続いたものだ、と聞かされていた。あの銀杏の大木はおそらく、飛ぶ者の眼に、最後に立った。この季節のことでたまたまあの一斉の落葉に会ったとしたら、葉の沈黙から落下の絶えるまで見つめた者は、その間に生涯を尽した。生涯を尽して、それで生きながらえた者もあるだろう。井斐も私も、あの限りで、生涯を尽したと言えるのかもしれない。二人が老年の境まで、井斐の亡くなるまで、二十年も三十年も間遠ながら絶え切りにもならず顔を合わせることになった、縁の初めではあった。どうかすると何年も間を置いているのに先月の続きのような口調で交わされた話も、じつはすべてあの屋上で無言のうちに済んでいて、その名残りの、お互いに取りなしの、機嫌直しの小宴のようなものだったか。

誰でもそれぞれの死後を今に生きている。

木の葉の顫えが盛んになり、風が出てきたようで、散るでもなく同じ方向へ流れ出し、その一枚一枚の光に人の生命も分散して走るようで、石棺から石棺へ伝う水にまた通り抜けられる心地になり歩き出した時、同じ風に吹かれてゆらゆらと燃えあがるように、厚い胸から反りかえり、腹はすでに膨れあがり、両脚は筋肉をひとすじごとに硬直させてでんでの向きに突っ張る、横臥像が見えた。

あの屍体墓像こそ、言葉にすれば、俺は死んでいるぞ、という叫びではないか、と思った。意志の表示だ。やはり意志のことだ。誰の意志か、本人の生前の意志だ。死と正面向かいあって生きる、今に生きようとする意志だ。不死への欲求などではない。かりに遺言が用いられず、屍体墓像が実現を見ないことになっても、知ったことではない。いかに凄惨なありさまを死後に人の眼にさらしたところで、生死の苦に服することにくらべれば、神への遜りにもならない。

しかし遺された者たちは、どんな心で事を運んだことか。遺された者たちこそそこわばりすくんで、そこまでのことを生者がおこなうのはかえって不遜になりはしないかとそれぞれ恐れながら、お互いの間では死者の意志に、死後には無言となった生前の意志に、支配されたか。あるいは遺言すらなくて、生前の存在そのものの発した意志の、死後の沈黙が声よりも重く館の隅々にまでわたって、遺された者たちを追いつめたか。

意志の沈黙を死の中におさめるために、屍体墓像を彫らせることになったのかもしれない。職人たちがこれを人間の遜りと実直に受け止めて克明に彫っていった。

前夜に風が吹いて落葉を地面に散り敷いた晴天の午前に、並木路のあちこちで幼い子供たちが母親に付き添われて、落葉と一心に遊んでいた。路上にしゃがみこんで小さな手で落葉を集められるだけ集めては風の中へ放る。はらはらと落ちる葉を追って、短い両腕を差しのべて駆けまわる。その喜悦の声が澄んだ空へ昇るようだった。

日々の改まりというものが井斐にはもうない、死者にはもう無用なのだ、と驚いたのは井斐の亡くなった直後になる。それにつけても、日々に飽きもせず繰り返される、心身の少々の改まりを、愚直で可憐なほどのものだと感嘆したものだった。それと同時に、そんな尋常なことに愛惜のごときを覚える自分も、いささか死者の境へ足を踏みこんでいるのではないか、と疑いもした。あれから一年半あまりも経って、今の私にとって日々の改まりは無用になりつつあるのか、それとも、いよいよ切り詰った改まりにそれだけよけいに頼るようになったのか、と日が高くなって目を覚ます時ではなくて、夜半をだいぶ回って床に就く時に考える。今日は大事のありげな様子で起き出す自分も見えれば、ただの反復になったところで寝起きにはどうということもないと伸びをする自分も見えるが、どちらにしても、これから眠る自分と、かならずしも、ひとすじにつながってはいない。間にいずれ寝覚めがはさまる。

今までは明日のために眠っていたんだ、と井斐は最後に会った日に言った。あれで気合いをつけて眠っていたんだ、と苦笑していた。それでは寝覚めは、その気力が掠れたということか、と私がたずねると、寝覚めはすっかり楽になったよ、安楽と言えるほどだ、とまさに楽しそうに受けた。明日も昨日もない、このまま昔になっていても驚かない、ここで寝ているのがもう自分でなくても騒ぐことはない、と言った。聞いて私は自身の、眠りに逃げられた夜に、苛立たしさも尽き、明日にも拒まれて、寝床の中でひとりはしゃぎだすことのあるのを思った。声に出すわけでなく、手を拍《う》つでも足を跳ねるまでもなく、恨むように静まり返った寝相から自分で自分を囃し立て、ひとりで騒ぎまくる心になる。そのまた一方では、高年に用心しなくてはならないのは鬱に沈みこむことだが、それより剣呑なのは躁へ跳ね返る時だ、無害な空騒ぎでも、あまり昂じれば、どこかに破れが生じて、そこからどんな怪しいものがあらわれるか知れない、と戒めていた。しかし近頃になって気がついてみれば、井斐の亡くなった後のことになるが、いつ頃からか、そんな不眠の狂躁は絶えて無くなった。

寝覚めは私にとってもよほど安楽なものになっている。井斐の話したのとは違って、昨日もあり明日もあり、眠らなくてはならないとも思い、今が宙へ浮いて昔になるということもないが、寝覚めそのものが、覚めているのは私であるのに、その私に構わずひろがっていく。ひろがりきったところで、眠るらしい。

井斐の生前の夢の、野川に沿って客たちが集まって来る。その足音へゆるく耳をやっている。井斐も夢に見たのではなくて、こうして耳をやっていたのではないか、と思われた。同じ寝覚めでも、生涯の寝覚めともいう境があるのかもしれない。長かった沈黙が、たった一人の沈黙がどこかで解ける時《ほど》、大勢の叫びが止んだ時にも増して、あたりは閑散となる。閑散となりやがて賑わう。

客たちを呼んだのは井斐にほかならない。久しく呼んでいたが、この寝覚めにようやく、声が遠くへ通じて、客たちは集まってきた。本人は床に就いたきり接待も指図もせず、客たちは勝手知って仕度に歩き回っている様子だが、井斐こそ主人だ。いや、自分のために客を呼んだのではない。施主の役だ。

やがて家の内に男女の忍んで交わる声が流れ、客たちは静まって交わりの床のまわりに寄り、供養している。土手道をさらに客たちが急ぎ足で近づいてくる。沈黙はどこにもわだかまっていない。

風に騒ぐ蓮の葉を渡って笛太鼓に鉦の囃す音が伝わってくる。誰もいない屋敷の、ほとんど暮れた階段のすぐ下で男と女が抱きあっている。長い間交わった末にまだ抱きあったまま死んだように眠りながら、ときおり遠くの囃子にうながされて、ゆるゆると愛撫しあう。古家の廊下がそこかしこで軋む未明には、大勢の交わりを、一部屋で交わっていた。女は男に身体をまかせながら、自分を殺しに来る者を呼んでいる。男は女を、永遠の反復に堪えて、孕ませにかかる。わずかなところで炎から免れた家の、庭に掘った防空壕の中で、逃げた住人が朝になり戻って来ると、見知らぬ男女が縋りあって、火傷ひとつなく死んでいた。

灯火管制の黒い布を笠のまわりから垂らした電灯の下で、まだ三十歳を過ぎたばかりの女が、子供はとうに眠ったと思って、啜り泣いている。別の部屋に結核の重《おも》った夫が寝ている。もしもの時には迷わず俺を置いて、子供を連れて逃げろ、と申し渡されて黙りこまれた後のことだったか。土手に沿って風の走るのが、土手そのものが風上へ向かって走っているように聞こえる。その力に引かれて家々の軒も順々に傾いで、やっと踏み留まっている。そのまま町全体がずるずると押し流されかける。しかし風の間には恐ろしい静まりがある。今夜はまだ警報のサイレンが鳴っていない。病人の身を思って、病人のことを世間に憚って、警報が出ても町内の防空壕に入らず家に留まることにしている。わたしたち、わたしもあの子もどのみち、もう助からないのですよ、と声が洩れる。

おとなしい子供だね、と私はたずねていた。

これでもすこしずつ元気になっていくよ、と井斐は答えた。人の絶えた土手道を、子の手を引いて、役目を済ました姿で上流《かみ》のほうに帰って行く。遠い雑木林の上で空が明けはじめた。子供が私を振り仰いで、やつれた顔で笑って見せた。その顔に明けの光がほのかに差した。川に沿って風になびく枯草の穂もかすかに赤く染まった。夜通しの宴会のおひらきらしく一斉に唄い囃す声がきれぎれに、長閑《のどか》になって渡ってくる。父親に追いついたよ、と井斐は言った。追われていると思っていたが、追っていたんだ、と笑った。

無事だったか、とたった一言、空襲の夜の白みかける頃に家に戻った妻子の顔を見て寝床の中からたずねた父親の、声になって寝覚めた。家の中を風が吹き抜けていた。一人で何を思っていたの、と今になって初めてたずねた。お母さんと、もう一度寝たいと思った、と父親は答えた。まだ四十手前の男だった。そう言って井斐は数えるような顔をしばらく風にあずけてから、子の肩をうながして歩き出した。

影になりかけて振り返り、土手の薄暗がりに顔だけがくっきりと浮かんで、この未明に年寄りの運転する乗用車が高速道路を逆走した、大型トラックに正面衝突して即死だった、死ねと叫んでその一時間前に家を飛び出した、と報らせて形相が変わりかけ、同じようなことが昨日もあった、明日もあるだろう、この俺だったかもしれない、と一人でうなずいて子と一緒に寛いだ背になり遠くなった。

数日して、私は十人ほどの壮年の人たちと連れ立って、宵の酉の市を歩いていた。あちこちの見世から立つ祝儀の手締めの音やら、屋台の呼び声やら、笛太鼓の囃子やらをほろ酔いの身体へ通るにまかせて、聞くところによれば祭りの景気は過去に飢饉や疫病で往った死者たちの霊を宥めたいとの願いもふくむものだそうで、そう言えばこの声と音の賑わいは人の心を浮き立たせると同時に、その相間から遠くの沈黙へ耳を誘うところがある、とそんなことを考えるうちに、誰かの提案で金を出しあって熊手をこれからまた戻る酒場に贈ることになり、最年長の私が派手に目出度い熊手を持って見世の前に立たされ、三三七の手拍子と竹を鳴らす音を受けるその間、こうして機嫌良く寛いでいても自分は、同行の壮年者たちほどにはしっかりと、いまここにいないのではないかと思われた。折角の熊手を高くもたげて見世の間の人込みを抜ける間も、重くはないかとまわりはしきりに心配してくれたけれど、手は不思議に軽くて、足も半端にしか地を踏んでいないように感じられて、季節はずれの花の下を往く心地になった。境内を出たところで一同揃って、嬉しそうに熊手を掲げる年寄りを中にして、写真におさまることになった。

その辺の角に、とうに迎えに来た馬がつながれているような気がした。

野川をたどる

古井由吉

　このたび講談社から出版されることになった私の長篇小説「野川」は、平成十三年、二〇〇一年十二月二十三日の中山競馬場の有馬記念から始まる。あの日、勝ったのは人気馬のマンハッタンカフェだったが、二着に来たのがアメリカンボスという名のダークホースで、マンハッタンとアメリカンと、その符合に人は呆れたものだ。同時テロが起こってから三ヵ月ほど後のことである。

　翌平成十四年、二〇〇二年が午年になる。それで、秩父に住まう人が有馬記念の始まる前に、来年の縁起にと、土地の素焼の、さまざまな形の小さな馬を小袋に入れて仲間に配ってくれたその中から、私に当たったのが埴輪の馬だった。翌朝、机の隅に置かれたその馬をつくづく眺めて、その大まじめなような、とぼけたような姿が気に入った。夜になりその沈黙が、素焼の馬が口を利くわけもないが、なにか身に染みた。その程度のことで私は作品を起こす者である。

「群像」に連載として始めたのはその春、四月締切りの六月号からになる。ついその五ヵ月前に短篇連作を終えたばかりなのに、また漕ぎ出すのか、と溜息が洩れないでもなかった。前途が見えない。年末に埴輪の馬を見て何を考えたのか、あれは前の仕事をどうにか仕舞えてからわずかひと月後のことではないか、と自分で怪しんだ。表題は「青い眼薬」とした。眼を爽やかに澄ませ開かせる妙薬に、作品を進めるうちに出会うことになるかもしれない、という期待からであったらしい。

長目の仕事にかかる時、始めの構想らしきものに私は自分であまり信が置けなくなっている。作品の進行中に、我身に何が起こるか知れない。作家というものになった三十代の初めから、六十歳になるまで、私は肉親を四人、四親等内の縁者を四人、亡くしている。祖父祖母たちはとうに亡くした上でのことである。その不幸がたいてい、私の長目の仕事の時期にかかる。中年から高年に入れば不思議はないことであり、どんな職業でも避け難い巡り合わせだが、私の場合は、それを境に、書くものが変質する。始めの構想を忘れてしまうこともある。

長篇連載をあと二回余したところで、自身が手術台に上がったこともある。入院と予後の休養もふくめて半年ぶりに仕事を再開すると、これが心身にとって、始まりとなっている。始まりであるのに、大病の予感もなしに積み重ねて来たことを、すぐに終りにしなくてはならない、と妙なことになった。短篇の連作中に、これも病気の治療というよりも故障の修繕のようなものだが、五回も入院を繰り返したこともある。執筆は仕事だが、入院はなにか、むしろ魂の事柄のように感じられた。故障の始末がついて、連作も了えると、還暦を越していた。

まして六十代に深く入れば、連載なり連作なりの構想を立てるにも、この先、月々の自分も知れない。一寸先は闇、などと突き詰めたことを考えるのではなくて、めっきり季節に、心身から筆までが、影響されやすくなっている。季節とは私にとって四季ではなくて、花札ではないが、年に十二ある。それぞれ違った匂いがあり、違った記憶を惹き寄せて来る。記憶には自身の体験もあるが、いつだか人から聞いた話や、本で読んだ断片がいまになりふくらむこともある。それに逆らえなくなった。旅行があらためて季節を呼び出す。季節が暦の先のほうまで飛火して、春よりも春めき、夏よりも夏めく。作品が後半へかかった頃には、自分が月々書いているのではなくて、月々が書いているのではないか、とさえ思うことがあった。

眼の濁りを覚ます青い眼薬がいつか、どこまでも続く土手道に変わっていた。長篇の連載を四月から始めると約束した後、じつは三月の十日頃の風の吹く夜に、いまさら長いものを書くのも徒労に感じられて、そのつどの短篇をつらねることで勘弁してもらおうか、と分別しかけたことがある。それが連載の二回目で唐突なノーエ節が聞こえたかと思うと、三回目の終りで、昭和二十年三月十日の東京下町大空襲の朝の、荒川の土手道が目の前から伸びた。こんなところに来て、どこへ行くつもりか、と途方に暮れかけたが、月が改まれば何とかなるだろう、と呑気なことを言って先送りした。

一夜の死者が十万に及ぶと数えられ、史上最も凄惨な大空襲である。その夜、満で八歳にもならぬ私は西南の郊外から、頭上に満ちた敵機の爆音に怯えて防空壕の底にうずくまり、爆音が止むと外へ出て、紅く焼けた空に目を瞠った。現場にいた者ではない。しかしそれから、五月の末に家を焼かれて走るまで、遠く近くの空襲を防空壕の闇の中からただ耳だけになって聞くたびに、三月十日の恐怖を思った。三月十日を、幾度にもわたって、分有したことになる。作家というものになってから、自分に課せられた物語はこの「三月十日」よりほかになく、これが書けずにいるとは、何を書いても徒労のように思われることもあった。しかし生涯、できそうにもない。

荒川はむろん野川でない。野川というのも私にとってはまず普通名詞、野を流れる小さな川のことである。どこにでもあったものだ。作中の「私」も初めにそう取った。それがやがて、荒川の延長線上に見えるようになった。むしろ、野川に沿って行くその背を、後から荒川が惹く。荒川がついて来る。

三月十日の大空襲明けの朝の荒川の土手道が、晩年の野川の土手道へどうつながるか、そして生涯の道となって続くか、著者の根気はそこに掛かることになった。前途はすくなく、後方は縹渺《ひょうびょう》として、背後へ耳を澄ましながらの、いわば背中でたどる道である。途方に暮れかかる時、さまざまな声が、死者たちの声がそのつどかすかな、導《しるべ》となって聞こえる。作中、「私」のほかに登場人物らしきものは三人ほどしかいないが、死者たちはひしめいたようだ。

老人小説、と連載中に人から言われて、はてと考えることがあった。作中の「私」はそれこそ月ごとに老境に入りつつあるが、著者には以前から自分なりの、年齢の受け止め方がある。すべて過ぎ去り、しかも留まる、と思うのだ。人は幼少期から青年期、壮年期、老年期まで同時に、いまこの時に運んでいる。それでは青年はどうかと言えば、青年も自身の老年をすでに携えている、と考える。私などは戦災の脅威の下にあった自身の幼少の顔をふっと感じ取って、今よりもよほど老年だ、と驚くことがある。並んでついて来るさまざまな年齢の、どれかが折りによりひときわふくらんで匂う。甘い匂いもあれば、恐怖の匂いもある。老年こそ年齢の境はゆるくなる。その点ではたしかに、人の言うとおり、これは老人小説である。

しかしまた考えみれば、われわれはもうひとつの戦争を経て来た。戦後復興と呼ぼうと、高度経済成長と呼ぼうと、その前の戦争に劣らぬ、徹底ということではそれに勝る、大動員の時代が続いた。破壊も犠牲も数知れない。死屍累々の上に無事平穏がある、と言えるほどのものだ。さらに大動員の時代は、現役を退いた老兵たちから、老熟すら奪いかねない。骸骨ヲ乞フ、とは致仕（辞職）の心で、せめて骸骨をお返し頂きたい、というほどの意味になり、これはこれで豪気な物言いであるが、さて受け取った骸骨を改めてみたら、歳月も吸い取られていたとなると、龍宮に行った覚えはないが今浦島である。笑《わらい》尉《じょう》になろうと悪尉《あくじょう》になろうと、玉手箱を開けるよりほかにない。

（「本」二〇〇四年六月号）

置き残してきた戦後、かすめ取られた記憶

解説

佐伯一麦

本作の冒頭作「埴輪の馬」の、〈私の机の上に馬がいる。掌の内に納まるほどの、埴輪の馬である。昨年の暮れの中山の競馬場で、秩父に住まう人が土地の土産にさまざまな馬の形の素焼の飾り物を、来春の午年の縁起にそれぞれ小袋に入れて配ってくれたその中から、この馬が私に当たった〉という書き出しを、初出の文芸誌で読んで、私がまず思い起こしたのが、〈酔って夜明けに自宅近くの角で車を降りると目の前を馬が通る。大きな図体が、ふらりと路上に立って吐気を出し抜くその鼻先をおもむろに横切る。目を瞠るうちにまた一頭、太い腹を揺すって過ぎる。毛が生えている、けものの臭いがする。ことに夏場は明けるとまもなく暑さが兆して、空は白く濁り、酒の残る肌には汗が滲み出す。行く馬の肌が、赤光をはらんで、ほの赤く照るように感じられる〉と書き出される短篇「明けの赤馬」だった。同時期に執筆されて高い評価を得た『山躁賦』や『槿』に隠れて、論じ

られる機会が少なかったように思われるが、「明けの赤馬」が表題作として収録された同名の短篇集を、私はひそかに偏愛してきた。

「明けの赤馬」は一九八〇年十月号の「新潮」に、「埴輪の馬」は二〇〇二年六月号の「群像」に掲載され、著者四十二歳と六十四歳のときの作となる。厄年の頃と還暦を過ぎた年回りは、自ずと双方の作に反映されており、前者にとっての馬は、作者が住む集合住宅に隣接している馬事公苑に向かう現実の馬であるにもかかわらず、続けて〈こんなものを夢現実《うつつ》に見るようでは、そろそろ気をつけなくてはならんぞ〉と戒めの言葉が放たれるように、中年の身の、労苦で目一杯の日々に浮かぶ幻覚めいて捉えられていた。いっぽう、二十二年の歳月を隔てての後者では、馬は生きものではなく、置物の埴輪の馬でありながら、〈主人を乗せて出かけるのを待っているような様子〉を感じさせ、芭蕉が『野ざらし紀行』の旅のときに尾張で巻いた歌仙「冬の日」で、荷兮が詠んだ「有明の主水《もんど》に酒屋つくらせて」の句に重五が付けた「頭《かしら》の露をふるふ赤馬《あかむま》」という古句につながる軽みの趣がある。

その二十二年の歳月のあいだに、著者の身に変化をもたらした最大の要因は、ちょうど半ばにあたる一九九一年二月に、〈頸椎間板ヘルニアにより約五〇日間の入院手術を余儀なくされる〉と著者編の年譜にも記述のある病の体験だろう。五十三歳、「楽天記」の連載が終盤に差しかかったさなかのことだった。この病から恢復して以降、古井由吉は老いの表現へと踏み入ることとなり、多く書かれている小説のように、起こった・起こらなかった、ということを定めて書き進める完全過去の精神をはずして、起こる・起こらない、の未定の状態の中で小説を持続させる、『仮往生伝試文』などでも試みられていたエッセイズムをより強く打ち出すようになった。その代わりに、『槿』のような小説らしい結構を備えた小説からは、作者自身が「最後のご奉公」という言い方で、離れることとなり、先の『明けの赤馬』に収められた、生活の鬼気を漂わせた中年の心境小説風の八〇年代初期の諸短篇は、分かれ道に直面していたと想像される時期の作者の様々な模索が窺えて、実作者としては興味深いものではあった。

さて、埴輪の馬はまた、深夜に仕事を済ませて机の上を片付けるときにその姿が目に立つと、机の上が野とひろがり、さらに、風に靡く草原が伸びて、良き旅立ちへの約束を感じさせて、床に就く前に気が暢びる心地へと誘う。そして、十一年前の頸椎の大病の後に初めて読んだという、十二世紀から十三世紀のイスラムの神秘家詩人の〈眼を打ち開いて眺めよ。青い眼薬を塗れ〉という声が起こる。〈昨年の暮れの中山の競馬場〉とあるのは、二〇〇一年の有馬記念のことで、勝ったのは三番人気のマンハッタンカフェ、二着にはダークホースのアメリカンボスが入って、馬連が四八六五〇円を記録する大波乱となり、マンハッタンの高層ビルに旅客機が衝突した九・一一のテロの直後だっただけに、皮肉なアメリカ馬券となった。イスラムの詩人の登場には、そんな世相の反映も窺えるようだ。

さらに、「青い眼薬」とは、一九九八年から翌年にかけて、今度は、網膜に微小の孔があく黄斑円孔と、それに伴う白内障の手術のために、五度の入院を繰り返した作者の身を想えば、〈言葉だけでも眼に染みた〉とはさもありなん、と思わされる。眼を爽やかに澄ませ開かせる妙薬を願うの心か、本作『野川』が、文芸誌に連載されていたときの連作名は「青い眼薬」だった。ともあれ、はじめに馬ありき、という「私」的な契機からエッセイズムによる連作は始まったものらしい。

十一年前の頸椎手術のときのことに思いを巡らせながら、啓蟄から満開の桜の時季までがたどられる「埴輪の馬」以降、「石の地蔵さん」「野川」「背中から」「忘れ水」「睡蓮」「彼岸」「旅のうち」「紫の蔓」「子守り」「花見」「徴」「森の中」「蟬の道」「夜の髭」「一滴の水」と十六の章がならぶ作品の続き具合は、生と死を媒介させる季節の記憶を惹き寄せつつ、先送りしていくという、作中にも取り入れられている連句風なはこびとなる。全体の構想は立てずに、一回、一回、ゆるめの短篇を書き継ぐうちに、青い眼薬から、野川のどこまでも続く土手道になり、昭和二十年三月十日の東京下町大空襲の荒川の土手道へとつながる。途中、「彼岸」と「旅のうち」のあいだに、海外への旅などもはさまり、異国の螺旋階段を昇る足取りの向こうに、大学時代の友人が昇る古アパートの階段が浮かびもする。そして、連載の月日の経過通りに、冒頭からおよそ一年八か月ほど経った初冬の酉の市で、〈その辺の角に、とうに迎えに来た馬がつながれているような気がした〉と挙句のような一節で小説は締めくくられる。

「石の地蔵さん」で、若年の頃に読んだリルケの『マルテの手記』に導かれたように登場する井斐《いび》は、「私」と、十八歳になるかならぬかの頃に出会い、老年の境まで、間遠ながら絶え切りにもならず顔を合わせることとなった同年代の人物として描かれる。病院に見舞いに訪れた「私」に、「富士の白雪ァノーエ」から始まり、歌詞の尻が頭につながっていくらでも繰り返されるノーエ節のことをたずねて会話を交わす井斐は、定年まで勤め上げた身であり、三十年前から家で物を書く暮らしに入っている「私」とは、対照的な生き方を送ってきたが、定年となったのを機に、外で昼飯でも喰おうや、と誘いあうような付き合いとなる。

今回、私も六十の身空で再読することとなり、その年回りがやはり心にこたえるようで、「私」と井斐が、午後の蕎麦屋で昼飯を食いながらの、眠りについての問答が身につまされて感じられた。〈眠れても眠れなくても、もうかまわないではないか、明日も昨日もないんだ、このまま昔になっていたって驚きもしない、ここで寝ているのがもう俺じゃなくたって騒ぐことはない〉と井斐は話す。その後、電話で話すことはあったが、二人が会うのはそれが最後となり、予兆めいた言葉をのこした井斐はあっけなく一年後に死ぬ。還暦を迎えると、同年代の近しい者たちの不意の訃報に接することが避けられなくなる覚えは私にもある。その死が謎となり、死してなお、存在感がうしなわれずに、むしろ濃くなる、ということも。

それはおいて、井斐とのやりとりに私は、古井由吉が一九九四年に五十六歳で発表した重要な短篇「背中ばかりが暮れ残る」を振り返る思いとなった。「埴輪の馬」の冒頭近くに、〈一軒手前のお宅の前を通り過ぎる時、もう十年ほども昔、同じ年の瀬の日曜の中山からの帰りに、そこの扉から忌中の札が目に止まって、はてと首をかしげながら家に入り仕事部屋の机の脇やら棚の上やらを掻き回すと、つい何日か前に届いた、千葉の先のほうに再入院中のその人からの、葉書が見つかった、ということのあったことを思い出した〉とあり、続けて、故人からの実直な人柄を想わせる文面が紹介されているが、そのエピソードが既に「背中ばかりが暮れ残る」の末尾で語られていたことにもよる。

国木田独歩の「忘れえぬ人々」と梶井基次郎の「闇の絵巻」を併せてエッセイズムの精神で語り直したような作である「背中ばかりが暮れ残る」は、〈高天原景気に、なべそこ景気に、岩戸景気に、再三繰り返される公定歩合の上げ下げも〉、いずれよそに聞く話、と感じられていた「私」が、心の中にいつも宿っている人の「背中」について考察した作品である。〈たとえば、「神武景気ねえ」といきなりなつぶやきとともに、男は存在しはじめる〉という。ひと間と少々の古アパートで、終日変わらず、年中変わらず机に向かって坐っている。一文も稼がず、女に養われている。「私」には、当初、世間に背を向けたようなその背中は、自身の分身ではなく、別人格としてとらえられていた。また、三十年前に日帰りの登山の帰り際に、まだ学生だった「私」を料理屋でご馳走してくれた四、五歳ほど上の行きずりの男があり、〈われわれは、局地局地につっこまれた兵隊ですから〉〈今から振り返ると、僕など若手が見ても、おそろしいように高いところまで昇ってきたものだ〉などと酒を呑みながら口にした後、このまま下りの寝台で仕事へ回る、と別れた、企業戦士を想わせるその姿が、後々まで「私」の内に残った、ということがあった。

そして、老いを意識するようになった「私」はある夜、〈あれは自己投影どころか、自分の背中そのものではないか。行き着く先の老耄の背に、まもなく寸分違わず重なる生涯の背中だ。何をしようと、いかに走りまわろうと、背後から見ればいつでもあんなだった〉と考えるに至る。古井は、その作品を翻訳することが出発点となったムージルの文学について、〈虚なるものを通じて現実を正す作家である〉（「ムージルと虚なるもの」）ととらえていたが、その流儀での虚なる背中の向こうに、井斐という人物が現れ、さらに内山も現れたように私には思われる。本作中にも背中の老いに思いを巡らす「背中から」なる一章がある。

古井由吉は、本作の連載中に行われた「戦後の日米関係と日本文学」（「すばる」二〇〇三年一月号、他の出席者は小田実、井上ひさし、小森陽一）という座談会で、大学卒業後、企業に入らずに大学院に進むという選択をしたことについて、〈高度経済成長にちょっと背を向けて、という感じでした。一九六〇年卒業というのは、日本の経済成長の本当に兵士たちになるんですよ。兵隊から下士官へ、そして、下級将校、上級将校というのと同じです〉〈あの中に一度入ったら、戦い続けなければならない。そういう感じがあった。ただし、大企業に就職した連中も、当時の大企業に対する信頼度は低かった。つまり、自分の企業がその先ももつのかどうかがわからない。だから余計働いたんですよ。僕はここで大企業に入ったら一兵士にならざるをえないと思ったので、時間稼ぎをしたんです。（略）結局、十年も残ってしまった〉と述べていた。

高度成長に背を向けて、と言いながらも、しかし古井は、高度成長の先兵となった同年代の者たちを意識することは絶やさなかった。そればかりか、彼らとの緊張感を常に持ち続けて、その対比で自分をつかまえようとするところがあり、本作でも同窓会や賀状の挨拶は重要な意味を持たされている。担当の編集者から伺った話では、一貫して日経新聞を取っていたというのも頷ける。（余談だが、私が若い頃に経済成長期の土建の末端で働いたことにも、古井氏は関心を抱いておられ、〈アスベストの埃を長年吸いこんで一時苦しんだそうですが、時代のさまざまな死角も、あなたの胸の奥に引き込まれているはずです〉と、一九九七年から一年半の間交わした往復書簡に綴っていた）

座談会では、そのテーマから、戦争体験がそれぞれの出席者たちの立場から語られることとなり、古井は、幼年期に経験したアメリカ軍の絨毯爆撃による空襲がもたらしたものについて、〈インダストリアルなものにやられて、思考停止状態になっていた〉〈その後、日本人は工業生産的なもの、経済的なものに対して甚だ弱くなった。(略) それが今に至っているのかもしれません〉と発言していた。たしかに、一九五〇年に起こった朝鮮戦争、一九六一年に始まるベトナム戦争の特需により、一気に東京オリンピックをはさんだ高度成長がピークに達していく時期に、日本は敗戦を後ろに残して歩んできたが、そのことによって、戦後をかすめ取られ、絨毯爆撃に倣ったかのような大量生産、大量消費によって均一化が進んだ社会の中で、大衆として心理的に順応させられてしまい「私性」を捨ててしまった。戦時中の強制疎開に端を発する大都市の区画整理によっても、人々は記憶をうしなっていった。さらに、大動員され、自分がいるべきところではないという思いがかえって勤勉にさせた末に、現役を退いた者たちの老熟すら奪いかねない……。

そんな状況にあって、古井が『野川』で試みたのは、追い込まれた「老い」を定点とすることで、前に回り込んで見えてくることがある、置き残してきた戦後、かすめ取られた記憶を捉え直すことだったのではないか。具体的には、一つは、生前の井斐が、口ごもりながら何度か語ろうとした――三月十日の空襲で、結核の重病人の父親を置いて、母とその子供である井斐が逃げる、という賭けの記憶である。父親は、そのときは無事だったが、四月に亡くなり、生き残った者には、迫る火の中で病人が過ごした時間は、生涯始末のつかない時間として蟠《わだかま》ることとなる。同じような時間と記憶は、東日本大震災をはじめとする災厄のなかでも生じたことだろう。

もう一つ、「私」の大学時代の友人で実直な性格の内山の、精神を病む下宿の女主人との現実とも妄想ともつかないエロティックな交わりの記憶がある。情死に引き込まれるような際もあったようにも窺えるが、ともかく無事だった内山は、井斐同様に長年の勤めを済ませて、「お蔭様で」と息災を伝える賀状を寄越すようになっている。四十余年の歳月を経て、その実態はいっそう曖昧なものとなり、死角に入り込んでいるかにみえるが、〈しかし蟬の声へ耳をやっていると、納戸のようなところで抱き合う若い男女の、肌がいつか白んで、それにつれてお互いの髪も白くなり、身体はもう一度瑞々しくなるような、怪しさが見えかかる〉と「私」は感じる。青年の中にも老年があり、老年の中にも青年がいるようだ。飯の炊けるにおいの流れるなかで抱き合う姿は、「背中ばかりが暮れ残る」で女に養われている男にも、戦争中に防空壕のなかでも中年の男女が抱き合って死んでいたという姿にも通じるようだ。〈現代のエロティシズムというものも、本当は探らなければいけないわけですよ〉〈戦後のエロティシズムには、アメリカに対する妙な憧れがありますから〉とも、先の座談会で古井由吉は語っていた。

なお、埴輪の馬によってもたらされた〈眼を打ち開いて眺めよ。青い眼薬を塗れ〉と気合いを掛ける言葉の前には、〈虚無の外套《マント》を纏い、滅却の盃を干し、消失への欲求の胸当てを着け、非在の頭巾《フード》を被れ。絶対無条件の断念の鐙《あぶみ》に足を掛け、何ひとつ無き境へ決然と駒を進めよ。中心の内にあろうと中心の外にあろうと、下へ沈もうと上へ漂おうと、万物の一体に付いて、脱・生成の帯を腰に巻きつけよ〉の文言があった。それは、かつて大学教師時代の三十になるかならぬかだった古井が、昭和四十二年に「立教大学ドイツ文学科論集」に発表した「ノヴァーリスのガイストについて」という論文に、〈ガイストなるものはきわめて個性的なものでありながらも、同時にまた個人的なものにつなぎとめられず、あらゆるものの上方に自由に漂い、あらゆるものの内に身を置くことのできる霊的な存在をどこか思わせなくてはならない〉と記していたエコーのようにも響いて聞こえる。

さらに若き古井は、同論文で、〈エッセイズムとは、つきつめて言えば、精神の自由を描き出す芸 kunst にほかならない〉とし、それはガイスト Geist の芸術であり、ノヴァーリスのガイストは、ひとつの言葉のうちに我と汝（自我と非我）を同時にふくんでおり、その〈もっともひそやかな願望とは、（略）無機的なもののなかに霊妙な生命を吹きこむことにある〉とも述べていた。

思えば、古井由吉にとっての試みとしてのエッセイズムは、そのとき既に胚胎しており、長い歳月と実作の経験を経て、心の内へと生い育ってゆき、還暦を過ぎて出会った、無機的な埴輪の馬に霊妙な生命を吹き込むことによって、『野川』という小説となって成就されたのである。

年譜

古井由吉

一九三七年（昭和一二年）

一一月一九日、父英吉、母鈴の三男として、東京都荏原区平塚七丁目（現、品川区旗の台六丁目）に生まれる。父母ともに岐阜県出身。本籍地は岐阜県不破郡垂井町。祖父由之は、明治末、地元の大垣共立銀行の経営立て直しにもかかわった岐阜県選出の代議士であった。

一九四四年（昭和一九年）　七歳

四月、第二延山国民学校に入学。

一九四五年（昭和二〇年）　八歳

五月二四日未明の山手大空襲により罹災、父の実家、岐阜県大垣市郭町に疎開。七月、同市も罹災し、母の郷里、岐阜県武儀郡美濃町（現、美濃市）に移り、そこで終戦を迎える。一〇月、東京都八王子市子安町二丁目に転居。八王子第四小学校に転入。

一九四八年（昭和二三年）　一一歳

二月、東京都港区白金台町二丁目に転居。

一九五〇年（昭和二五年）　一三歳

三月、東京都港区立白金小学校を卒業。四月、港区立高松中学校に入学。

一九五二年（昭和二七年）　一五歳

九月、東京都品川区北品川四丁目（御殿山）に転居。

一九五三年（昭和二八年）　一六歳

三月、虫垂炎をこじらせて腹膜炎で四〇日入院。同月、高松中学校を卒業。四月、独協高校に入学、ドイツ語を学ぶ。九月、都立日比谷高校に転校。同じ学年に福田章二（庄司薫）、塩野七生、一級上に坂上弘がいた。
一九五四年（昭和二九年）一七歳
日比谷高校の文学同人誌『驚起』に加わり、小説一編を書く。この頃、倒産出版社のゾッキ本により、内外の小説を乱読する。
一九五六年（昭和三一年）一九歳
三月、日比谷高校を卒業。四月、東京大学文科二類に入学。「歴史学研究会」に所属、明治維新研究グループに加わる。アルバイトにデパートの売り子などをした。七月、登山の初心者だったが、いきなり北アルプスの針ノ木雪渓に登らされた。
一九六〇年（昭和三五年）二三歳
三月、東京大学文学部ドイツ文学科を卒業。卒業論文はカフカ、主に「日記」を題材とした。四月、同大学大学院修士課程に進む。
一九六二年（昭和三七年）二五歳
三月、大学院修士課程を修了。修士論文はヘルマン・ブロッホ。四月、助手として金沢大学に赴任、金沢市材木町七丁目（現、橋場町五番）の中村印房に下宿。土地柄、酒に親しむようになった。『金沢大学法文学部論集』に「『死刑判決』に至るまでのカフカ」を載せる。岩手、秋田の国境の山を歩いた。
一九六三年（昭和三八年）二六歳
一月、北陸大豪雪（三八豪雪）に遭う。半日屋根に上がって雪を降ろし、夜は酒を呑んで四膳飯を食うという生活が一週間ほど続いた。銭湯でしばしば学生に試験のことをたずねられて閉口した。ピアノの稽古を始めて、ふた月でやめる。夏、白山に登る。
一九六四年（昭和三九年）二七歳
一一月、岡崎睿子と結婚、金沢市花園町に住む。ロベルト・ムージルについての小論文を学会誌に発表。
一九六五年（昭和四〇年）　二八歳
四月、立教大学に転任、教養課程でドイツ語を教える。ヘルマン・ブロッホ、ノヴァーリス、ニーチェについて、それぞれ小論文を立教大学紀要および論文集に発表。東京都北多摩郡保谷市に住む。
一九六六年（昭和四一年）　二九歳
文学同人「白描の会」に参加。同人に、平岡篤頼・高橋たか子・近藤信行・米村晃多郎らがいた。一二月、エッセイ「実体のない影」を『白描』七号に発表。この年はもっぱら翻訳に励み、また一般向けの自然科学書をよく読んでいた。
一九六七年（昭和四二年）　三〇歳
四月、ヘルマン・ブロッホの長編小説「誘惑者」を翻訳して筑摩書房版『世界文学全集56 ブロッホ』に収めて刊行。／九月、長女麻子生まれる。ギリシャ語の入門文法をひと通り
さらったが、後年続かず、この夏から手を染めた競馬のほうは続くことになった。
一九六八年（昭和四三年）　三一歳
一月、処女作「木曜日に」を『白描』八号、一一月「先導獣の話」を同誌九号に発表。／一〇月、ロベルト・ムージルの「愛の完成」「静かなヴェロニカの誘惑」を翻訳、筑摩書房版『世界文学全集49 リルケ　ムージル』に収めて刊行。／九月、世田谷区用賀二丁目に転居。一二月、虫歯の治療をまとめておこない、初めて医者から、老化ということをほのめかされた。
一九六九年（昭和四四年）　三二歳
七月「菫色の空に」を『早稲田文学』、八月「円陣を組む女たち」を『海』創刊号、一一月「私のエッセイズム」を『新潮』、「子供たちの道」を『群像』、「雪の下の蟹」を『白描』一〇号に発表。『白描』への掲載はこの号でひとまず終了。／四月、八木岡英治の推

輓で、学芸書林版『全集・現代文学の発見』別巻『孤独のたたかい』に「先導獣の話」が収められる。／一〇月、次女有子が生まれる。この年、大学紛争盛ん。

一九七〇年（昭和四五年）　三三歳

二月「不眠の祭り」を『海』、五月「男たちの円居」を『新潮』、八月「杳子」を『文芸』、一一月「妻隠」を『群像』に発表。／六月、第一作品集『円陣を組む女たち』（中央公論社）、七月『男たちの円居』（講談社）を刊行。／三月、立教大学を助教授で退職。八年続いた教師生活をやめる。この年、『文芸』などの仕事により阿部昭・黒井千次・後藤明生らを知る。作家たちと話した初めての体験であった。一一月、母親の急病の知らせに駆けつけると、ちょうど三島由紀夫死去のニュースが入った。

一九七一年（昭和四六年）　三四歳

二月より『文芸』に「行隠れ」の連作を開始（一一月まで全五編で完結）。三月「影」を『文学界』に発表。／一月『杳子・妻隠』（河出書房新社）を刊行。一一月、「新鋭作家叢書」全一八巻の一冊として『古井由吉集』を河出書房新社より刊行。／一月「杳子」により第六四回芥川賞を受賞。二月、母鈴死去。六二歳。親類たちに悔やみと祝いを一緒に言われることになった。五月、平戸から長崎まで、小説の《現場検証》のため旅行。

一九七二年（昭和四七年）　三五歳

二月「街道の際」を『新潮』、四月「水」を『季刊芸術』春季号、九月「狐」を『文学界』、一一月「衣」を『文芸』に発表。／三月『行隠れ』（河出書房新社）を刊行。一一月、講談社版『現代の文学36』に李恢成・丸山健二・高井有一とともに作品が収録される。／一月、山陰旅行。八月、金沢再訪。一二月、土佐高知に旅行、雪に降られる。

一九七三年（昭和四八年）　三六歳

一月「弟」を『文芸』、「谷」を『新潮』、五月「畑の声」を『新潮』に発表。九月より「櫛の火」を『文芸』に連載（七四年九月完結）。／二月『筑摩世界文学大系64 ムージル ブロッホ』に「愛の完成」「静かなヴェロニカの誘惑」「誘惑者」の翻訳を収録刊行。四月『水』（河出書房新社）、六月『雪の下の蟹・男たちの円居』（講談社文庫）を刊行。／三月、奈良へ旅行、東大寺二月堂の修二会のお水取りの行を外陣より見学する。八月、佐渡へ旅行。九月、新潟・秋田・盛岡をまわる。

一九七四年（昭和四九年）　三七歳

三月『円陣を組む女たち』（中公文庫）、一二月『櫛の火』（河出書房新社）を刊行。／二月、京都へ。神社仏閣よりも京都競馬場へ急行した。四月、関西のテレビに天皇賞番組のゲストとして登場する。七月、ダービー観戦記「橙色の帽子を追って」を日本中央競馬会発行の雑誌『優駿』に書く。八月、新潟まで競馬を見に行く。

一九七五年（昭和五〇年）　三八歳

一月「雫石」を『季刊芸術』冬季号、「駆ける女」を『新潮』に発表。同月より「聖」を『波』に連載（一二月完結）。／三月『櫛の火』が日活より神代辰巳監督で映画化される。六月『文芸』で、吉行淳之介と対談。

一九七六年（昭和五一年）　三九歳

一月「櫟馬」を『文芸』、三月「夜の香り」を『新潮』、四月「仁摩」を『季刊芸術』春季号に発表。六月「女たちの家」を『婦人公論』に連載（九月完結）。一〇月「哀原」を『文学界』、一一月「人形」を『太陽』に発表。／五月『聖』（新潮社）を刊行。／この頃から高井有一・後藤明生・坂上弘と寄り合う機会が多くなった。三月、『文芸』で武田泰淳と対談（一〇月、武田泰淳死去）。一一月、九州からの帰りに奈良に寄り、東大寺の三月堂の観音と戒壇院の四天王をつくづく眺めた。

一九七七年（昭和五二年）四〇歳

一月「赤牛」を『文学界』、五月「女人」を『プレイボーイ』、六月「安堵」を『すばる』に発表。九月、後藤明生・坂上弘・高井有一と四人でかねて企画準備中だった同人雑誌『文体』を創刊、「栖」を創刊号に発表。一〇月「池沼」を『文学界』、一二月「肌」を『文体』二号に発表する。／二月『女たちの家』（中央公論社）、一一月『哀原』（文芸春秋）を刊行。／四月、京都東本願寺の職員組合に招かれ、若い僧侶たちと呑む。八月、金沢に旅行して金石・大野あたりの、室生犀星も遊んだはずの、渚と葦原が、埋め立てられて臨海石油基地になっているのを見て唖然とさせられる。帰路、新潟に寄る。

一九七八年（昭和五三年）四一歳

三月「湯」を『文体』三号、四月「椋鳥」を『海』、六月「背」を『文体』四号、七月「親坂」を『世界』、九月「首」を『文体』五号、一一月「子安」を『小説現代』、一二月「子」を『文体』六号に発表。／六月『筑摩現代文学大系96』に黒井千次・李恢成・後藤明生とともに作品が収録される。一〇月『夜の香り』（新潮社）を刊行。／四月、若狭の矢代という漁村に「手杵祭」という祭りを見に行く。一一月、大阪での仕事の帰りに京都・奈良に寄る。同月、美濃・近江・若狭をめぐる。さまざまな観音像に出会った。この旅により菊地信義を知る。

一九七九年（昭和五四年）四二歳

一月「咳花」を『文学界』、三月「道」を『文体』七号、六月「葛」を『文体』八号、七月「牛男」を『新潮』、九月「宿」を『文体』九号、一〇月「痩女」を『海』、一二月「雨」を『文体』一〇号に発表。／九月『女たちの家』（中公文庫）、一〇月『行隠れ』

（集英社文庫）、一一月『栖』（平凡社）、一二月『杳子・妻隠』（新潮文庫）を刊行。／この頃から、芭蕉たちの連句、心敬・宗祇らの連歌、さらに八代集へと、逆繰り式に惹かれるようになった。三月、丹波・丹後へ車旅。六月、郡上八幡、九頭竜川、越前大野、白山、白川郷、礪波、金沢、福井まで車旅、大江山を越える。八月、久しぶりの登山、安達太良山に登ったが、小学生たちにずんずん先を行かれた。一〇月、北海道へ車旅、根釧湿原のほとりに立つ。一二月、新宿のさる酒場で文芸編集者たちの歌謡大会の審査員をつとめた。この頃から『文体』の編集責任の番が回ってきたので、自身も素人編集者として忙しく出歩いた。

一九八〇年（昭和五五年）　四三歳

一月「あなたのし」を『文学界』に発表。エッセイ「一九八〇年のつぶやき」を『日本経済新聞』に全二四回連載（六月まで）。三月「声」を『文体』一一号、四月「あなおもしろ」を『海』に発表。五月より「無言のうちは」を『青春と読書』に隔月連載（八二年二月完結）。六月「親」を『文体』一二号（終刊号）、一〇月「明けの赤馬」を『新潮』に発表。一一月「槿」を寺田博主幹の『作品』創刊号に連載開始。／二月『水』（集英社文庫）、四月～六月『全エッセイ』全三巻（作品社）、四月『山に行く心』、五月『言葉の呪術』、六月『日常の〝変身〟』（中央公論社）、一二月『親』（平凡社）を刊行。／二月、比叡山に登り雪に降られる。帰ってきて山の祟りか高熱をだした。五月、近江の石塔寺、信楽、伊賀上野、室生寺、聖林寺まで旅行した。その四日後のダービーの翌日、一二年来の栖を移り、同じ棟の七階から二階へ下ってきた。半月後に、腰に鈴を付けて大峰山に登る。五月『栖』により第一二回日本文学大賞を受賞。鮎川信夫と対談。六月

『文体』が一二号をもって終刊となる。一〇月、高野山から和歌浦、四国へ渡って讃岐の弥谷山まで旅行。

一九八一年（昭和五六年）　四四歳

一月「家のにおい」を『文学界』、二月「静かさや」を『文芸春秋』、四月「団欒」を『群像』、六月「冬至過ぎ」を『すばる』、一〇月「蛍の里」を『群像』、一一月「芋の月」を『すばる』に発表。一二月「知らぬおきなに」を『新潮』に発表。／六月『新潮現代文学80　聖・妻隠』（新潮社）、一二月『櫛の火』（新潮文庫）を刊行。／一月、成人の日に栗津則雄宅に、吉増剛造・菊地信義と集まり連句を始める。ずぶの初心者が発句を吟《よ》まされる。「越の梅初午近き円居かな」。二月、京都・伏見・鞍馬・小塩・水無瀬・石清水などをまわる。六月、福井から敦賀、色の浜、近江、大垣まで「奥の細道」の最後の道のりをたどる。また、雨の比叡山に時鳥の声を聞きに行き、ついで朽木から小浜まで足をのばし、また峠越えに叡山までもどる。同じく六月、東京のすぐ近辺で蛍の群れるところを見た。七月、父親が入院、病院通いが始まった。

一九八二年（昭和五七年）　四五歳

一月『作品』の休刊により中断していた「槿」の連載を新雑誌『海燕』で再開（八三年四月完結）。同月「囀りながら」を『海』、エッセイ「風雅和歌集」を『読売新聞』（一一～一四、一六日）に発表。二月『青春と読書』に隔月で連載した作品が第一二回「帰る小坂の」で完結（『山躁賦』としてまとめられる）。四月「陽気な夜まわり」を『群像』、七月「飯を喰らう男」を同じく『群像』に発表。同月『図書』に連載エッセイ「私の《東京物語》考」を始める（八三年八月まで）。／四月『山躁賦』（集英社）を刊行。九月、文芸春秋『芥川賞全集』第八巻に「杳子」を収録刊行。同月より『古井由吉 作品』全七巻を河出書房新社より毎月一巻刊行開始（八三年三月完結）。／六月、『優駿』の依頼で、北海道は浦河の奥、杵臼の斎藤牧場まで行き、天皇賞馬モンテプリンス号の育成の苦楽を斎藤氏一家にたずねるうちに、父英吉死去の知らせが入った。八〇歳。

一九八三年（昭和五八年）　四六歳

一月より「一九八三年のぼやき」を共同通信配信の各紙において全一二回連載。四月二五日より八四年三月二七日まで、『朝日新聞』の「文芸時評」を全二四回連載。八月『図書』連載の「私の《東京物語》考」完結。一二月、菊地信義と対談「本が発信する物としての力」を『海』に載せる。／六月『槿』（福武書店）、一〇月『椋鳥』（中公文庫）を刊行。／九月、仲間が作品集完結祝いをしてくれる。同月『槿』で第一九回谷崎潤一郎賞を受賞。

一九八四年（昭和五九年）　四七歳

一月「裸々虫記」を『小説現代』に連載（八五年一二月完結）。九月「新開地より」を『群像』に発表。一〇月「客あり客あり」を『海燕』、一一月、吉本隆明と対談「現在における差異」を『海燕』に掲載。一二月「夜はいま――」を『潭』一号に発表。／三月『東京物語考』（岩波書店）、四月『グリム幻想』（PARCO出版局、東逸子と共著）、一一月、エッセイ集『招魂のささやき』（福武書店）を刊行。／六月、北海道の牧場をめぐる。九月『海燕』新人文学賞選考委員をつとめる（八九年まで）。一〇月、二週間の中国旅行、ウルムチ、トルファンまで行く。一二月、同人誌『潭』創刊。編集同人粟津則雄・入沢康夫・渋沢孝輔・中上健次・古井由吉、デザイナー菊地信義。

一九八五年（昭和六〇年）　四八歳

一月「壁の顔」を『海燕』、二月「邯鄲の」

を『すばる』、四月「叫女」を『潭』二号に発表。『優駿』にエッセイの連載を開始（二〇一九年二月まで）。五月「斧の子」を『三田文学』、六月「眉雨」を『海燕』、八月「道なりに」を『潭』三号、九月「踊り場参り」を『新潮』、一一月「秋の日」を『文学界』、一二月「沼のほとり」を『潭』四号に発表。／三月『明けの赤馬』（福武書店）刊行。／八月、日高牧場めぐり。

一九八六年（昭和六一年）　四九歳

一月「中山坂」を『海燕』に発表。二月、『文芸』春季号に「厠の静まり」を連作『仮往生伝試文』の第一作として発表（八九年五月『文芸』夏季号「また明後日ばかりまゐるべきよし」で完結）。四月「朝夕の春」を『潭』五号に発表。九月「卯の花朽たし」を『潭』六号、エッセイ「変身の宿」を『読売新聞』（一九日）、一二月「椎の風」を『潭』七号に発表。／一月『裸々虫記』（講談社）、二月『眉雨』（福武書店）、『聖・栖』（新潮文庫）、三月『「私」という白道』（トレヴィル）を刊行。／一月、芥川賞選考委員となる（二〇〇五年一月まで）。三月、一ヵ月にわたり粟津則雄・菊地信義・吉増剛造らとヨーロッパ旅行。吉増剛造運転の車により六〇〇〇キロほど走る。一〇月岐阜市、一一月船橋市にて、前記の三氏と公開連句を行う。

一九八七年（昭和六二年）　五〇歳

一月「来る日も」を『文学界』、「年の道」を『海燕』、二月「正月の風」を『青春と読書』、「大きな家に」を『潭』八号、八月「露地の奥に」を『新潮』、九月「往来」を『潭』九号に発表。一〇月、エッセイ「二十年ぶりの対面」を『読売新聞』（三一日）に掲載。一一月「長い町の眠り」を『石川近代文学全集10』に書き下ろす。／三月『夜はいま』（福武書店）、四月『山躁賦』（集英社文庫）、八月『フェティッシュな時代』（トレヴィル、田中康夫と共著）、九月、吉田健一・福永武彦・丸谷才一・三浦哲郎とともに『昭和文学全集23』（小学館）、一一月『石川近代文学全集10 曾野綾子・五木寛之・古井由吉』（石川近代文学館）、『夜の香り』（福武文庫）、一二月、ムージルの旧訳を改訂した『愛の完成・静かなヴェロニカの誘惑』（岩波文庫）を刊行。／一月、備前、牛窓に旅行。二月、熊野の火祭に参加、ついで木津川、奈良、京都、近江湖北をめぐる。四月「中山坂」で第一四回川端康成文学賞受賞。八月、姉柳沢愛子死去。

一九八八年（昭和六三年）　五一歳

一月「庭の音」を『海燕』、随筆「道路」を『文学界』、四月「閑の頃」を『海燕』に発表。『すばる』臨時増刊《石川淳追悼記念号》に「石川淳の世界　五千年の涯」を載せる。五月「風邪の日」を『新潮』に、七月「畑の縁」を『海燕』に、一〇月「瀬田の先」を『文学界』に発表。／二月『雪の下の蟹・男たちの円居』（講談社文芸文庫）、四月、随想集『日や月や』（福武書店）、七月『ムージル 観念のエロス』（岩波書店）、『槿』（福武文庫）、一一月、古井由吉編『日本の名随筆73 火』（作品社）を刊行。／一〇月、カフカ生誕の地、チェコの首都プラハなどに旅行。

一九八九年（昭和六四年・平成元年）　五二歳

一月「息災」を『海燕』に、三月「髭の子」を『文学界』に発表。四月「旅のフィールド・ノート〈オーストラリア〉」を『中央公論』に連載（七月まで）。七月「わずか十九年」を『海燕』阿部昭追悼特集に、「昭和の記憶　安堵と不逞と」を『太陽』に発表。八月『毎日新聞』に掌編小説「おとなり」（二日）を載せる。一〇月まで「読書ノート」を『文学界』に連載。一一月「影くらべ」を『群像』に発表。『すばる』に「インタビュー

文芸時評　古井由吉と『仮往生伝試文』」（聞き手　富岡幸一郎）が載る。／五月『長い町の眠り』（福武書店）、九月『仮往生伝試文』（河出書房新社）、一〇月『眉雨』（福武文庫）を刊行。／二月、『中央公論』の連載のためオーストラリアに旅行。

一九九〇年（平成二年）　五三歳

一月『新潮』に「楽天記」の連載を開始（九一年九月完結）。五月、随筆「つゆしらず」を『文学界』、八月「夏休みのたそがれ時」を『日本経済新聞』（一九日）、九月「読書日記」を『中央公論』に発表。／三月『東京物語考』を同時代ライブラリーとして岩波書店より刊行。／二月、第四一回読売文学賞小説賞（平成元年度）を『仮往生伝試文』によって受賞。九月末からヨーロッパ旅行。一〇月初め、フランクフルトで開かれた日本文学とヨーロッパに関する国際シンポジウムに大江健三郎、安部公房らと出席。折しも、東西両ドイツ統合の時にいあわせる。その後、ドイツ国内、ウィーン、プラハを訪れる。

一九九一年（平成三年）　五四歳

一月「文明を歩く——統一の秋の風景」を『読売新聞』（二一～三〇日）に連載。二月「平成紀行」を『文芸春秋』に発表。『青春と読書』に「都市を旅する　プラハ」を連載（八月まで四回）。三月、エッセイ「男の文章」を『文学界』に発表。六月「天井を眺めて」を『日本経済新聞』（三〇日）に掲載。九月「楽天記」（『新潮』）完結。一一月より九二年二月まで『すばる』にエッセイを連載。／三月、新潮古典文学アルバム21『与謝蕪村・小林一茶』（新潮社、藤田真一と共著）を刊行。／二月、頸椎間板ヘルニアにより約五〇日間の入院手術を余儀なくされる。四月退院。一〇月、長兄死去。

一九九二年（平成四年）　五五歳

一月『海燕』に連載を開始（第一回「寝床の

上から」)。二月「蝙蝠ではないけれど」を『文学界』に発表。三月、養老孟司との対談「身体を言語化すると……」を『波』、四月、江藤淳と対談「病気について」を『海燕』、松浦寿輝と対談「『私』と『言語』の間で」を『ルプレザンタシオン』春号に載せる。『朝日新聞』(六～一〇日)に「出あいの風景」を執筆。五月、平出隆と対談「『楽天』を生きる」を『新潮』、六月、エッセイ「だから競馬は面白い」を『文芸春秋』、七月「昭和二十一年八月一日」を『中央公論』、九月、吉本隆明と対談「漱石的時間の生命力」を『新潮』に掲載。／一月『招魂としての表現』(福武文庫)、三月『楽天記』(新潮社)を刊行。

一九九三年(平成五年)　五十六歳

一月、大江健三郎と対談「小説・死と再生」を『群像』、随筆「この八年」を『新潮』、「無知は無垢」を『青春と読書』に載せる。『文芸春秋』に美術随想「聖なるものを訪ねて」を十二月まで連載。五月、「魂の日」(連載最終回)を『海燕』に発表。七月、創作「木犀の日」と評論「凝滞する時間」を『文学界』に発表。同月四日から十二月二十六日までの各日曜日に『日本経済新聞』に「こころ」と題して随想を連載。八月「初めの言葉として《わたくし》」を『群像』に、「鏡を避けて」を『文芸』秋季号に発表。九月、吉本隆明と対談「心の病いの時代」を『中央公論文芸特集』に載せる。／八月『魂の日』(福武書店)、十二月『小説家の帰還　古井由吉対談集』(講談社)を刊行。／夏、柏原兵三の遺児光太郎君とベルリンを歩く。

一九九四年(平成六年)　五十七歳

一月「鳥の眠り」を『群像』、江藤淳と対談「文学＝隠蔽から告白へ――『漱石とその時代　第三部』について」を『新潮』、二月「追悼野口冨士男　四月一日晴れ」を『文芸』春季号、随筆「赤い門」を『文学界』、「ボケへの恐怖」を『新潮45』、三月「背中ばかりが暮れ残る」を『群像』、奥泉光と対談「超越への回路」を『文学界』に掲載。七月『新潮』に「白髪の唄」の連載を始める（九六年五月まで）。七月四日より一二月一九日まで『読売新聞』の「森の散策」にエッセイを寄稿。九月「陰気でもない十二年」を『本』に、一〇月『世界』に「日暮れて道草」の連載を開始（九六年一月まで）。／四月、随想集『半日寂寞』（講談社）、『水』（講談社文芸文庫）、八月『陽気な夜まわり』（講談社）、一二月、古井由吉編『馬の文化叢書9 文学 馬と近代文学』（馬事文化財団）を刊行。

一九九五年（平成七年） 五八歳

一月「地震のあとさき」を『すばる』、「新宿から山登り」を『青春と読書』、二月、柳瀬尚紀と対談「ポエジーの『形』がない時代の表現」を『海燕』、「震災で心に抱えこむいらだちと静まり」を『朝日新聞』（一六日）、四月、高橋源一郎と対談「表現の日本語」を『群像』、八月「『内向の世代』のひとたち」（講演記録）を『三田文学』に掲載。／五月『ムージル著作集』（松籟社刊）第七巻に「静かなヴェロニカの誘惑」「愛の完成」を収録。一〇月、競馬随想『折々の馬たち』（角川春樹事務所）、一一月『楽天記』（新潮文庫）を刊行。

一九九六年（平成八年） 五九歳

一月「日暮れて道草」（『世界』）の連載完結。五月「白髪の唄」（『新潮』）の連載完結。六月、福田和也と対談「言語欺瞞に満ちた時代に小説を書くということ」を『海燕』、同月「信仰の外から」を『東京新聞』（七日）、七月、大江健三郎と対談「百年の短編小説を読む」を『新潮』臨時増刊、八月『早稲田文学』に小島信夫・後藤明生・平岡篤頼らと座談会「われらの世紀の文学は」を掲載。一一月『群像』に連作「死者たちの言葉」の連載を開始。一二月、「クレーンクレーン」（連作　その二）を『群像』に、江藤淳との対談「小説記者夏目漱石――『漱石とその時代　第四部』をめぐって」を『新潮』に掲載。／六月『神秘の人びと』（岩波書店、「日暮れて道草」の改題）、八月『白髪の唄』（新潮社）、『山に彷徨う心』（アリアドネ企画）を刊行。

一九九七年（平成九年）　六〇歳

一月『群像』に、連作「島の日（死者たちの言葉　その三）」（以下、三月「火男」、四月「不軽」、五月「山の日」、七月「草原」、八月「百鬼」、九月「ホトトギス」、一一月「通夜坂」、一二月「夜明けの家」、九八年二月「死者のように」で完結）を発表。同月、中村真一郎との対談「日本語の連続と非連続」を『新潮』、随筆「姉の本棚　謎の書き込み」を『文学界』に掲載。二月「午の春に」（随筆）を『文芸』春季号に発表。六月「詩への小路」を『るしおる』（書肆山田）に連載開始（二〇〇五年三月まで）。七月「《追悼石和鷹》気をつけてお帰りください　石和鷹の声」を『すばる』に発表。一二月、西谷修と対談「全面内部状況からの出発」を『新潮』に掲載。／一月『白髪の唄』により第三七回毎日芸術賞受賞。

一九九八年（平成一〇年）　六一歳

二月「死者のように」を『群像』に掲載。八月、津島佑子と対談「生と死の往還」を『群像』に掲載。八月より、佐伯一麦との往復書簡を『波』に連載（翌年五月まで）。一〇月、藤沢周と対談「言葉を響かせる」を『文学界』に掲載。／二月『木犀の日　古井由吉自選短篇集』（講談社文芸文庫）、四月、短篇集『夜明けの家』（講談社）を刊行。／三月五日から一七日、右眼の黄斑円孔（網膜の黄斑部に微小の孔があく）の手術のため東大病院に入院。四月、河内長野の観心寺を再訪、如意輪観音の開帳に会う。同行、菊地信義。五月一四日から二五日、再入院再手術。七月、国東半島および臼杵《うすき》に、九月、韓国全羅南道の雲住寺に、石仏を訪ねる。一一月五日から一一日、右眼の網膜治療に伴う白内障の手術のため東大病院に入院。

一九九九年（平成一一年）六二歳

一月、花村萬月と対談「宗教発生域」を『新潮』に掲載。二月より「夜明けまで」に始まる連作を『群像』に発表（以下、三月「晴れた眼」、五月「白い糸杉」、六月「犬の道」、八月「朝の客」、九月「日や月や」、一一月「苺」、二〇〇〇年二月「初時雨」、同三月「年末」、同四月「火の手」、同六月「知らぬ唄」、同七月「聖耳」で完結）。／一〇月、佐伯一麦との往復書簡集『遠くからの声』（新潮社）、『白髪の唄』（新潮文庫）を刊行。／二月一五日から二三日、左眼に黄斑円孔発症、前年の執刀医の転勤を追って、東京医科歯科大病院に入院。同じ手術を受ける。五月六日から一一日、左眼網膜治療に伴う白内障手術のため東大病院に入院。以後、右眼左眼ともに健全。八月五、六日、大阪に行き、後藤明生の通夜告別式に参列、弔辞を読む。一〇月一〇日から三〇日、野間国際文芸翻訳賞の授賞式に選考委員として出席のためにフランクフルトに行き、ついでに南ドイツからコルマール、ストラスブールをまわる。

二〇〇〇年（平成一二年）六三歳

九月、松浦寿輝と対談「いま文学の美は何処にあるか」を『文学界』に、一〇月、山城むつみと対談「静まりと煽動の言語」を『群像』に、一一月、島田雅彦、平野啓一郎と鼎談「三島由紀夫不在の三十年」を『新潮』臨時増刊に掲載。／九月、連作短篇集『聖耳』（講談社）を刊行。一〇月、『二〇世紀の定義

1　二〇世紀への問い』（岩波書店）のなかに、「二〇世紀の岬を回り」を書く。／一〇月、長女麻子結婚。一一月、新宿の酒場「風花」で朗読会。以後、三ヵ月ほどの間隔で定期的に、毎回ホスト役をつとめ、ゲストを一人ずつ招いて続ける（二〇一〇年四月終了）。

二〇〇一年（平成一三年）　六四歳

一月より、「八人目の老人」に始まる連作を『新潮』に発表（以下、二月「槌の音」、三月「白湯」、四月「巫女さん」、五月「枯れし林に」、六月「春の日」、八月「或る朝」、九月「天躁」、一〇月「峯の嵐か」、一一月「この日警報を聞かず」、一二月「坂の子」、二〇〇二年一月「忿翁」で完結）。一〇月から『毎日新聞』で松浦寿輝と往復書簡「時代のあわいにて」を交互隔月に翌年一一月まで連載。／五月、『二〇世紀の定義7　生きること死ぬこと』（岩波書店）に「『時』の沈黙」を書く。／三月三日、風花朗読会が旧知の河出書房新社編集者、飯田貴司の通夜にあたり、焼香の後風花に駆けつけ、ネクタイを換えて朗読に臨む。一一月、次女有子結婚。

二〇〇二年（平成一四年）　六五歳

三月、齋藤孝と対談「声と身体に日本語が宿る」を『文学界』に、四月、養老孟司と対談「日本語と自我」を『群像』に、同月、奥山民枝と対談「怒れる翁とめでたい翁」を『波』に掲載。六月、連作「青い眼薬」を『群像』に連載開始（六月「1・埴輪の馬」、七月「2・石の地蔵さん」、八月「3・野川」、九月「4・背中から」、一〇月「5・忘れ水」、一一月「6・睡蓮」、一二月「7・彼岸」）。一〇月、中沢新一、平出隆と鼎談「正岡子規没後百年」を『新潮』に掲載。／三月、短篇集『忿翁』（新潮社）を刊行。／九月、長女麻子に長男生まれる。一一月四日から二〇日、朗読とシンポジウムのため、ナント、パリ、ウィーン、インスブルック、メラノに行く。二一日から二九日、ウィーンで休暇。

二〇〇三年（平成一五年）六六歳

一月、小田実、井上ひさし、小森陽一と座談会「戦後の日米関係と日本文学」を『すばる』に掲載。一月五日から日曜毎に、随筆「東京の声・東京の音」を『日本経済新聞』に連載（一二月まで）。三月、連作「青い眼薬」を『群像』に掲載（三月「8・旅のうち」、四月「9・紫の蔓」、五月「10・子守り」、六月「11・花見」、七月「12・徴《しるし》」、九月「13・森の中」、一〇月「14・蟬の道」、一二月「15・夜の髭」）。四月、高橋源一郎と対談「文学の成熟曲線」を『新潮』に掲載。／一五月『槿』（講談社文芸文庫）を刊行。／一月二三日から三〇日、NHK・BS「わが心の旅」の取材のため、リーメンシュナイダーの祭壇彫刻を求め、かたわら中世末の《聖女》マルガレータ・フォン・エブナーの跡をたずね、ヴュルツブルク、ローテンブルク、メディンゲンなどを歩く。九月、南フランスでシンポジウム。

二〇〇四年（平成一六年）六七歳

一月、『群像』に連作「青い眼薬」の完結篇「16・一滴の水」を発表。六月、高橋源一郎、島田雅彦と座談会「罰当たりな文士の懺悔」を『新潮』に掲載。七月、「辻」に始まる連作を『新潮』に発表（以下、八月「風」、九月「役」、一一月「割符」、一二月「受胎」）。八月、平出隆と対談「小説の深淵に流れるもの」を『群像』に掲載。／五月『野川』（講談社）、一〇月、随筆集『ひととせの東京の声と音』（日本経済新聞社）、一二月、新装新版『仮往生伝試文』（河出書房新社）を刊行。

二〇〇五年（平成一七年）六八歳

一月、連作「辻」を『新潮』に不定期連載（一月「草原」、三月「暖かい髭」、四月「林の声」、五月「雪明かり」、七月「半日の花」、八月「白い軒」、九月「始まり」で完結)。五月、寺田博と対談「「かろうじて」の文学」を『早稲田文学』に掲載。／一月『聖なるものを訪ねて』(ホーム社・集英社発売)刊行。一二月、一九九七年六月から二〇〇五年三月まで『るしおる』に二五回にわたって連載した『詩への小路』(書肆山田)を刊行(ライナー・マリア・リルケ「ドゥイノの悲歌」の試訳をふくむ)。／一〇月、長女麻子に長女生まれる。

二〇〇六年(平成一八年)六九歳

一月「休暇中」を『新潮』に発表。三月、蓮實重彦と対談「終わらない世界へ」を『新潮』に掲載。四月、連作「黙躁」を『群像』に連載開始(四月「1・白い男〈『白暗淵』収録にあたって「朝の男」と改題〉」、五月「2・地に伏す女」、六月「3・繰越坂」、八月「4・雨宿り」、九月「5・白暗淵」、一〇月「6・野晒し」、一二月「7・無音のおとずれ」)。七月、高橋源一郎、山田詠美との座談会「権威には生贄が必要」を『群像』に掲載。一二月「年越し」を『日本経済新聞』(三一日)に掲載。／一月、連作短篇集『辻』(新潮社)、九月『山躁賦』(講談社文芸文庫)を刊行。／四月、次女有子に長男生まれる。

二〇〇七年(平成一九年)七〇歳

一月、連作「黙躁」を『群像』に掲載(一月「8・餓鬼の道」、二月「9・撫子遊ぶ」、四月「10・潮の変わり目」、五月「11・糸遊」、六月「12・鳥の声」で一二篇完結)。三月、『群像』誌上で松浦寿輝と対談。／八月、松浦寿輝との往復書簡集『色と空のあわいで』(講談社)、『野川』(講談社文庫)、九月、エッセイ集『始まりの言葉』(岩波書店)、一二月、連作短篇集『白暗淵』(講談社)を刊行。／七月、関東中央病院に検査入院。八月六日、日赤医療センターに入院。八日、頸椎を手術、一六年前と同じ主治医による。二三日、退院。

二〇〇八年（平成二〇年）七一歳

一月、福田和也との対談「平成の文学について」を『新潮』に掲載。二月、岩波書店の連続講演「漱石の漢詩を読む」を行う（週一回で計四回）。同月、『毎日新聞』に月一回のエッセイを連載開始。講演録「書く　生きる」を『すばる』に、三月「小説の言葉」を『言語文化』（同志社大学）に掲載。四月、『新潮』に連作を始める（四月「やすみしほどを」、六月「生垣の女たち」、八月「朝の虹」、一一月「涼風」）。／二月、講演録『ロベルト・ムージル』（岩波書店）を刊行。六月、『不機嫌の椅子　ベスト・エッセイ2008』（光村図書出版）に「人は往来」を収録。九月『夜明けの家』（講談社文芸文庫）、一二月『漱石の漢詩を読む』（岩波書店）を刊行。／この年、七〇代に入ってから二度目の連作にかかり、終わるものだろうかと心細くもなったが、心身好調だった。

二〇〇九年（平成二一年）七二歳

一月、前年からの連作を『新潮』に発表（一月「瓦礫の陰に」、四月「牛の眼」、六月「掌中の針」、八月「やすらい花」）。二月、随筆「招魂としての読書」を『すばる』に掲載。六月「ティベリウス帝『権力者の修辞』［タキトゥス『年代記』］」を『文芸春秋』に掲載。七月から『日本経済新聞』に週一度のエッセイ連載を始める。同月、島田雅彦と対談「恐慌と疫病下の文学」を『文学界』に掲載。／八月、坂本忠雄著『文学の器』（扶桑社）に福田和也との対談「川端康成『雪国』」を収録。一一月、口述をまとめた『人生の色気』（新潮社）を刊行。／この年、新聞のエッセイ連載がふたつ重なり、忙しくなったが、小説のほうにはよい影響を及ぼしたようだった。五月、次女有子に次男生まれる。

二〇一〇年（平成二二年）七三歳
一月、大江健三郎との対談「詩を読む、時を眺める」を『新潮』に、二月、佐伯一麦との対談「変わりゆく時代の『私』」を『すばる』に、三月、「小説家52人の2009年日記リレー」の二〇〇九年一二月二四日〜三一日を担当し『新潮』に掲載する。同月、往年の『文芸』および『海燕』の編集長寺田博氏亡くなる。四月、一〇年ほども新宿の酒場で続けた朗読会を第二九回目で終了。五月より「除夜」に始まる連作を『群像』に発表（以下、七月「明後日になれば」、一〇月「蜩の声」、一二月「尋ね人」）。一二月、佐々木中との対談「ところがどっこい旺盛だ。」を『早稲田文学　増刊π』に掲載。／三月『やすらい花』（新潮社）を刊行。この年、ビデオディスク『私の1冊　人と本との出会い』（アジア・コンテンツ・センター）に『山躁賦』を収録。／この年、初夏から秋にかけて長年の住まいの、築四二年目のマンションが三回目の改修工事に入り、騒音に苦しんで暮らすうちに、住まいというものの年齢を考えさせられた。

二〇一一年（平成二三年）七四歳
一月、随筆「『が』地獄」を『新潮』に掲載。二月、前年からの連作を『群像』に掲載（二月「時雨のように」、四月「年の舞い」、六月「枯木の林」、八月「子供の行方」で完結）。三月「草食系と言うなかれ」を『文芸春秋』に掲載。四月から翌年三月まで、『読売新聞』「にほんご」欄に月一度、随筆（「時字随想」）を連載。六月「ここはひとつ腹を据えて」を『新潮45』に、一〇月、平野啓一郎との対談「震災後の文学の言葉」を『新潮』に、一二月、松浦寿輝との対談「小説家が老いるということ」を『群像』に掲載。／

一〇月『蜩の声』（講談社）刊行。／三月一一日の大震災の時刻は、自宅で「枯木の林」を書いている最中だった。

二〇一二年（平成二四年）　七五歳

一月、随筆「埋もれた歳月」を『文学界』に、片山杜秀との対談「ペシミズムを力に」を『新潮45』に、又吉直樹との対談「災いの後に笑う」を『新潮』に掲載。三月、随筆「紙の子」を『群像』に掲載。五月、「窓の内」に始まる連作を『新潮』に掲載（以下、八月「地蔵丸」、一〇月「明日の空」、一二月「方違え」）。同月「『古井由吉自撰作品』刊行記念連続インタヴュー『40年の試行と思考古井由吉を、今読むということ』（聞き手佐々木中）、『文学は「辻」で生まれる』（聞き手　堀江敏幸）」を『文芸』夏季号に掲載。七月、神奈川県川崎市の桐光学園中学高等学校にて、「言葉について」の特別講座を行う（二〇一三年八月、水曜社より刊行の『問いかける教室　13歳からの大学授業』に収録）。八月、中村文則との対談「予兆を描く文学」を『新潮』に掲載。一二月、一〇月二〇日に東京大学ホームカミングデイの文学部企画講演「翻訳と創作と」を加筆・修正して『群像』に掲載。／三月『古井由吉自撰作品』刊行開始（一〇月、全八巻完結）。『戦時下の青春』（『コレクション　戦争×文学15』）に「赤牛」が収録、集英社から刊行。七月、前年四月一八日からこの年三月二〇日まで『朝日新聞』に連載した佐伯一麦との震災をめぐる往復書簡を『言葉の兆し』として朝日新聞出版から刊行。／思いがけず河出書房新社から作品集を出すことになった。

二〇一三年（平成二五年）　七六歳

三月、前年からの連作を『新潮』に掲載（三月「鐘の渡り」、五月「水こほる聲」、七月「八ッ山」、九月「机の四隅」で完結）。／六月『聖耳』（講談社文芸文庫）を刊行。／一月、又吉直樹がパーソナリティーを務めるニッポン放送のラジオ番組「ピース又吉の活字の世界」に出演（一月一六、二三日放送）。

二〇一四年（平成二六年）　七七歳

一月より、「躁がしい徒然」に始まる連作を『群像』に発表（以下、三月「死者の眠りに」、五月「踏切り」、七月「春の坂道」、九月「夜明けの枕」、一一月「雨の裾」）。一月、随筆「病みあがりのおさらい」を『新潮』に、五月、随筆「顎の形」を『文芸春秋』に掲載。六月、大江健三郎との対談「言葉の宙に迷い、カオスを渡る」を『新潮』に掲載。／二月、『新潮』の連作をまとめた『鐘の渡り』（新潮社）、三月、『古井由吉自撰作品』の月報の連載をまとめた『半自叙伝』（河出書房新社）、六月『辻』（新潮文庫）を刊行。

二〇一五年（平成二七年）　七八歳

前年からの連作を『群像』に掲載（一月「虫の音寒き」、三月「冬至まで」で完結）。一月、随筆「夜の楽しみ」を『新潮』に、随筆「達意ということ」を『文学界』に掲載。三月、大江健三郎との対談「文学の伝承」を『新潮』に、七月、堀江敏幸との対談「連れ連れに文学を思う」を『群像』に掲載。八月より、「後の花」に始まる連作を『新潮』に発表（以下、一〇月「道に鳴きつと」、一二月「人違い」）。一〇月、六月二九日に紀伊國屋サザンシアターにて行われた大江健三郎とのトークイベントを「漱石100年後の小説家」のタイトルで『新潮』に掲載。一二月、九月二日に八重洲ブックセンターで行われた又吉直樹とのトークイベントを「小説も舞台も、破綻があるから面白い」のタイトルで『群像』に掲載。／三月、TOKYO MXの「西部邁ゼミナール」に富岡幸一郎と出演（三月一五、二二、二九日放送）。五月、「東京大学新図書館トークイベントEXTRA」

（飯田橋文学会、東京大学大学院総合文化研究科・教養学部附属共生のための国際哲学研究センター、東京大学附属図書館共催）における阿部公彦とのトークショーで、『辻』『白暗淵』『やすらい花』について語る（二〇一七年一一月、東京大学出版会より刊行の『現代作家アーカイヴ1 自身の創作活動を語る』に収録）。一一月、SMAPの稲垣吾郎がホストを務めるTBSテレビ「ゴロウ・デラックス」に出演、「課題図書」は『雨の裾』（一一月一二日放送）。／四月、大江健三郎との対談集『文学の淵を渡る』（新潮社）、六月、『群像』の連作をまとめた『雨の裾』（講談社）を刊行。同月、『現代小説クロニクル 1995～1999』（日本文藝家協会編）に「不軽」が収録、講談社文芸文庫から刊行。七月、『仮往生伝試文』を講談社文芸文庫より初めて文庫本として刊行。

二〇一六年（平成二八年） 七九歳

前年からの連作を『新潮』に掲載（二月「時の刻み」、四月「年寄りの行方」、六月「ゆらぐ玉の緒」、八月「孤帆一片」、一〇月「その日暮らし」）。／一月、『「内向の世代」初期作品アンソロジー』（黒井千次選）に「円陣を組む女たち」が収録、講談社文芸文庫から刊行。六月『白暗淵』（講談社文芸文庫）を刊行。

二〇一七年（平成二九年） 八〇歳

六月、又吉直樹との対談「暗闇の中の手さぐり」を『新潮』に掲載。八月より、「たなごころ」に始まる連作を『群像』に発表（以下、一〇月「梅雨のおとずれ」、一二月「その日のうちに」）。／二月、『新潮』の連作をまとめた『ゆらぐ玉の緒』（新潮社）、『半自叙伝』（河出文庫）、五月『蜩の声』（講談社文芸文庫）、七月、エッセイ集『楽天の日々』（キノブックス）を刊行。

二〇一八年（平成三〇年） 八一歳

前年からの連作を『群像』に掲載（二月「野の末」、四月「この道」、六月「花の咲く頃には」、八月「雨の果てから」、一〇月「行方知れず」で完結）。三月、「創る人52人の『激動2017』日記リレー」の二〇一七年一一月一九日〜二五日を担当し『新潮』に掲載する。／五月、『群像短篇名作選2000〜2014』（群像編集部編）に「白暗淵」が収録、講談社文芸文庫から刊行。

二〇一九年（平成三一年・令和元年）八二歳

一月、インタヴュー「読むことと書くことの共振《ともぶ》れ」（聞き手・構成　すんみ）を『すばる』に掲載。二月、三四年続けた『優駿』のエッセイ連載を終了。四月、インタヴュー「生と死の境、『この道』を歩く」（聞き手蜂飼耳）を『群像』に掲載。七月より、「雛の春」に始まる連作を『新潮』に発表（以下、九月「われもまた天に」、一一月「雨あがりの出立」）。／一月、『群像』の連作をまとめた『この道』（講談社）を刊行。一二月、『深淵と浮遊　現代作家自己ベストセレクション』（高原英理編）に「瓦礫の陰に」が収録、講談社文芸文庫から刊行。／七月、次兄死去。この年、肝細胞がんなどの治療のため、関東中央病院に四回入退院。

二〇二〇年（令和二年）

一月、『詩への小路　ドゥイノの悲歌』（講談社文芸文庫）を刊行。同月、『戦時下の青春』（「セレクション戦争と文学7」集英社文庫）に「赤牛」が収録される。

二月一八日、肝細胞がん骨転移のため死去。享年八二。

四月「遺稿」を『新潮』五月号に掲載。また文芸各誌に追悼特集が掲載される。『群像』五月号に「追悼　古井由吉」（奥泉光「感謝と追悼」、角田光代「ありがとうございました」、黒井千次「遠いもの近いもの」、中村文則「生死を越え」、蓮實重彥「古井由吉とは親しい友人関係になかった」、蜂飼耳「一度だけの記憶」、保坂和志「身内に鼓動する思念」、堀江敏幸「往生を済ませていた人」、町田康「渡ってきたウイスキーの味」、松浦寿輝「静かな暮らし」、見田宗介「邯鄲の夢蝶の夢」、山城むつみ「いままた遂げた」、吉増剛造「小さな羽虫が一匹、ゆっくりと飛んだ」、富岡幸一郎「古井由吉と現代世界――文学の衝撃力」）、『新潮』五月号に「追悼・古井由吉」（蓮實重彥「三篇の傑作について――古井由吉をみだりに追悼せずにおくために」、島田雅彦「生死不明」、佐伯一麦「枯木の花の林」、平野啓一郎「「踏まえるべきもの」の絶えた時代に」、又吉直樹「ここにあるもの」）、『文学界』五月号に「追悼・古井由吉」（柄谷行人「古井由吉の永遠性」、蓮實重彥「学生服姿の古井由吉――その駒場時代の追憶」、三浦雅士「知覚の現象学の華やぎ――古井由吉を悼む」、中地義和「音律の探求者」、大井浩一「奇跡のありか――後期連作群をめぐって」、安藤礼二「境界を生き抜いた人――古井由吉試論」、島田雅彦×松浦寿輝対談「他界より眺めてあらば」、随想再録「達意ということ」）、『すばる』五月号に「追悼　古井由吉」（モブ・ノリオ「古井ゼミのこと」、すんみ「「わからない」という感覚から始まる」）、『文芸』夏季号に「追悼　古井由吉」（堀江敏幸「古井語の聴き取れる場所」、佐々木中「クラクフ、ビルケナウ、ウィーン中央駅十一時十分発」、朝吹真理子「冥界の門前」）。

（著者編・編集部補足）